# O Cão do Sul

# Charles Portis

# O Cão do Sul

Tradução
Renato Marques

ALFAGUARA

Copyright © 1979 by Charles Portis
Todos os direitos desta edição reservados à
Editora Objetiva Ltda.
Rua Cosme Velho, 103
Rio de Janeiro — RJ — Cep: 22241-090
Tel.: (21) 2199-7824 — Fax: (21) 2199-7825
www.objetiva.com.br

Título original
*The Dog of the South*

Capa
Mateus Valadares

Imagem de capa
The Enthusiast Network/Getty Images

Revisão
Fatima Fadel
Eduardo Rosal
Raquel Correa

Editoração eletrônica
Abreu's System Ltda.

CIP-BRASIL. CATALOGAÇÃO-NA-FONTE
SINDICATO NACIONAL DOS EDITORES DE LIVROS, RJ

P88c

    Portis, Charles
       O Cão do Sul / Charles Portis; tradução Renato Marques. – 1. ed. – Rio de Janeiro: Objetiva, 2015.

       Tradução de: *The Dog of the South*
       259p.                         ISBN 978-85-7962-355-4

       1. Ficção americana. I. Marques, Renato. II. Título.

14-16723                                      CDD: 813
                                              CDU: 821.111(73)-3

*(...) Mesmo os animais próximos da classe das plantas parecem ter os movimentos mais inquietos. A larva de verão das lagoas e charcos faz um longo movimento sinuoso; o górdio raramente fica imóvel. Quem quiser ver um movimento muito anômalo, poderá observá-lo nos espiralados e enfadonhos meneios da larva do mosquito.*

— SIR THOMAS BROWNE

# Um

Minha mulher Norma tinha fugido com Guy Dupree e eu estava só esperando as faturas do cartão de crédito chegarem pra ver aonde é que eles tinham ido. Eu estava dando tempo ao tempo. Isso foi em outubro. Eles tinham levado meu carro, meu cartão da Texaco e meu American Express. Do armário do meu quarto Dupree também havia pegado a minha melhor capa de chuva e uma espingarda e talvez mais um ou outro item. Era do feitio dele pegar a .410 — uma arma de criança. Acho que ele pensou que o coice não seria lá grande coisa, que ela daria conta de matar ou pelo menos de abrir um baita rombo na carne de um jeito satisfatório sem fazer muito barulho nem sacudir demais aquele ombro caído de macaco dele.

Quando os recibos chegaram, vieram dentro de envelopes gordos e o valor que eu devia era tão grande que a American Express entrou em pânico e imediatamente me instruiu a ligar com urgência para B. Tucker em Nova York e negociar as condições de pagamento. Meu palpite era que esse tal "Tucker" fosse só um sobrenome, ou talvez uma mulher durona sentada o dia inteiro ao lado de um telefone com um cigarro mentolado Kool na boca. Peguei meus mapas rodoviários e assinalei a jornada seguindo a sequência de datas e locais dos recibos. Não há nada que eu adore mais que uma tarefa como essas e tive de dar algumas boas gargalhadas à medida que a rota foi ganhando contorno.

Que viagem. Que par de pombinhos! Puro Dupree! A linha começava em Little Rock e, mostrando uma boa dose de determinação, descia direto até o Texas. Depois ficava titubeante e desordenada. Havia um grande arco que seguia pro oeste até o posto Moffit's da Texaco em San Angelo, onde ovelhas pastavam, e havia minúsculos epiciclos ao longo do caminho que não faziam o menor sentido.

Eu me lembrei da linha pontilhada nos livros de história representando o caótico périplo de Hernando de Soto, um bravo soldado que não encontrou ouro algum, apenas agruras e um rio barrento onde seu corpo foi por fim sepultado — à noite, dizem. Que homem! Na época eu era fascinado pelos grandes comandantes da história e às vezes ficava tão empolgado quando lia sobre homens como Lee ou Aníbal (ambos derrotados, acaba de me ocorrer), que tinha de me levantar e zanzar pelo quarto para recuperar o fôlego.

Não que houvesse espaço pra caminhar de verdade dentro do nosso apartamento na Gum Street. Norma queria se mudar pra um lugar maior e eu também — um lugar maior e *mais quieto* —, mas eu resistia à ideia de ir ver as casas e apartamentos que ela tinha sondado porque sabia por experiência própria que não seriam adequados.

O último imóvel tinha sido um pequeno chalé marrom-chocolate com um galpão da mesma cor no quintal. O sujeito da imobiliária mostrou o lugar e falou do pagamento das prestações com o mesmo peso de um aluguel. No galpão demos de cara com um velho deitado num catre. Ele estava comendo amendoins de uma lata enquanto assistia a um programa de televisão vespertino. Acima das meias dele dava pra ver suas canelas brilhantes. Um pedaço de algodão tapava um dos olhos.

"Aquele é o sr. Proctor", disse a fulaninha da imobiliária. "Ele paga cinquenta por mês pelo galpão e você pode incluir isso no seu recibo, sabe?" Eu não queria um velho morando no meu quintal e a fulaninha da imobiliária disse, "Bom, então diz pra ele cair fora", mas eu também não queria fazer isso com o sr. Proctor. A verdade é que não tínhamos dinheiro pra comprar uma casa, nem mesmo esse tal chalé, vivendo da caridade do meu pai do jeito que a gente vivia, e Norma também não conseguiu ou não quis encontrar um apartamento com paredes grossas feitas de um reboco decente. Eu tinha sido específico com relação a isso em oposição ao material moderno das paredes de chapas de gesso, que não apenas conduzem facilmente o som mas em muitos casos parecem amplificá-lo.

Eu devia ter prestado mais atenção em Norma, devia ter conversado com ela e dado ouvidos a ela, mas não fiz nada disso. Uma palavrinha conveniente aqui e ali talvez tivesse operado milagres. Eu sabia que ela estava inquieta, e ansiosa pra ter um papel mais ativo na vida. Ela falava exatamente nesses termos, e havia outros sinais também.

Um dia ela anunciou que queria dar uma festa no nosso apartamento com o tema "Volta ao mundo em 80 dias". Mal pude acreditar no que eu estava ouvindo. Uma festa! Ela falava em se candidatar a uma vaga de comissária de bordo na Braniff Airlines. Ela comprou uma bicicleta, um modelo multimarchas caríssimo, e contra a minha vontade entrou pra um clube de ciclismo. A ideia era que ela e seus camaradas saíssem pedalando ao longo das frondosas trilhas de terra batida da zona rural, berrando e cantarolando feito um bando de alemães, mas pelo que pude ver eles não iam além de reuniões no porão úmido de uma igreja.

Eu poderia continuar nessa toada aqui pra sempre. Ela queria tingir os cabelos. Ela queria mudar o nome pra Staci ou Pam ou April. Ela queria abrir uma loja e vender joias indianas. Não me faria mal algum ter discutido com ela a ideia da loja — todo dia há quem lucre horrores com esses cacarecos de prata e turquesa —, mas não me dei ao trabalho. Eu tinha de continuar com o nariz enfiado nos meus livros!

Agora ela tinha ido embora. Tinha ido pra Cidade do México com Guy Dupree, porque era pra lá que a minha linha pontilhada levava. A última posição era o Hotel Mogador em San Miguel de Allende, onde risquei no mapa uma cruz com meu lápis de desenhista e fiz um sombreado pra dar um efeito de profundidade.

O último recibo era de apenas doze dias antes. Nossos amigos mexicanos tinham a fama de procrastinar as coisas pro dia seguinte e tirar longas sonecas, mas naquela fatura não havia nem sinal de cochilo. Olhei pra desdenhosa imitação que Dupree fez da minha assinatura no recibo. Em alguns dos outros ele tinha assinado "sr. Comprador Espertinho" e "Wallace Fard".

Então lá estava ele, cruzando os desertos do México no meu Ford Torino com minha mulher e meus cartões de crédito e o cachorro de língua preta. Ele tinha um chow-chow que ia com ele pra toda parte, à agência do correio e às partidas de beisebol, e agora aquele abominável quadrúpede vermelho estava numa boa com suas patas de leão nos bancos do meu Torino.

Em troca do meu carro ele tinha me deixado o Buick Special 1963 dele. Que encontrei na minha vaga de estacionamento do Rhino Apartments, escarranchado sobre uma poça avermelhada de fluido de transmissão. Era um carro compacto, um espécime enferrujado de transporte básico com um motor V-6. A lata-velha até que andava bem e parecia ansiosa pra agradar, mas eu não conseguia acreditar que os engenheiros da Buick tinham se entusiasmado com um carro popular. Dupree tinha sido vergonhosamente desmazelado. O volante estava mais ou menos um quarto de volta frouxo e eu tinha de girá-lo feito um doido pra frente e pra trás numa paródia burlesca e infantil do ato de dirigir. Depois de um ou dois dias peguei o jeito, mas os violentos movimentos de braço me faziam parecer um lunático. Eu tinha de ficar alerta a todo momento, a todo instante, pra fazer pequenas correções. Aquele carro já tinha rodado 120 mil quilômetros e o cabo do velocímetro estava quebrado. Havia um buraco no assoalho do lado do motorista e quando eu passava por cima de alguma coisa branca o clarão entre os meus pés me fazia dar pulos. Mas chega de falar do carro por enquanto.

Essa história veio numa hora ruim. Apenas um mês antes — logo depois do meu aniversário de vinte e seis anos — eu tinha me demitido do meu emprego de copidesque no jornal pra voltar a estudar. Meu pai tinha concordado em me sustentar até eu conseguir algum tipo de diploma ou pelo menos uma licenciatura. Ele também me deu de presente o American Express, depois de ter um ano lucrativo reformando casas velhas com Midgestone. Como eu disse, era meu aniversário de vinte e seis anos, mas por alguma razão eu tinha passado o ano anterior pensando que eu já estava com vinte e seis anos. Um ano de graça! A pergunta era: será que eu o desperdiçaria como os outros?

Meu novo plano era me tornar professor do ensino médio. Ao longo dos anos eu já tinha acumulado horas de aula na faculdade suficientes pra pelo menos dois diplomas de graduação, mas a bem da verdade nunca coloquei as mãos em um. Eu nunca conseguia ficar muito tempo numa única linha de estudos. Minha instrução formal era uma nulidade, mas eu tinha frequentado um curso de pré-admissão em Direito na Southwestern e um pouco de Engenharia no Arkansas. Também passei algum tempo na Ole Miss,* onde estudei as campanhas do teatro ocidental da Guerra Civil sob a orientação do dr. Buddy Casey. Não fale sobre a Virgínia com o dr. Bud; fale sobre Forrest!

Por muito tempo tive uma gravação em fita cassete de sua famosa palestra sobre o Cerco de Vicksburg e eu gostava de colocá-la pra tocar de manhã enquanto me barbeava. Eu também a punha pra tocar no carro quando Norma e eu saíamos pra passear. Era uma daquelas performances — "bravura" é a palavra pra isso — que nunca perdem a graça. O dr. Bud fazia a coisa ganhar vida. Usando apenas os nós dos dedos e as laterais ressoantes de sua escrivaninha, ele era capaz de recriar as carretas de munição cruzando uma ponte de pranchas, e com a dentadura e as bochechas infladas e os lábios grossos e úmidos ele mostrava uma barragem de morteiro ao longe e o estrépito das correntes da âncora e o marulho das águas e o silvo dos rastilhos e os relinchos dos cavalos. Eu já tinha ouvido a fita centenas de vezes e a cada vez me surpreendia e me deliciava com algum trecho do gênio de Casey, alguma descrição ou achado ou passagem narrativa ou efeito sonoro. O chilreio dos pássaros, por exemplo. O dr. Bud faz um par de inesperados pios na tensa cena em que Grant e

---

\* Boa e velha Miss (ou "boa e velha senhorita"), apelido da Universidade do Mississippi. (N.T.)

Pemberton estão discutindo os termos da rendição debaixo do carvalho. O piado é estilizado — *tu-íte, tu-uí* — e não tem a intenção de representar o som de nenhuma ave em particular. Jamais deixou de me pegar de surpresa. Mas ninguém deve ter a pretensão de guardar a palestra inteira na cabeça de uma vez, tamanha sua riqueza.

Eu digo que "tive" a fita. Ela desapareceu de repente e Norma negou que a tivesse jogado fora. Depois de fazer algumas investigações e revirar o apartamento de cabeça pra baixo, deixei o assunto pra lá. Era o meu jeito. Certa vez li sobre um cara que não dizia à esposa como ele gostava que as coisas fossem feitas, pra que assim ela não pudesse ofendê-lo. Esse nunca foi o meu jeito. Norma e eu tínhamos as nossas rusgas, com certeza, mas nunca cenas de fúria como aquelas na televisão com atores e atrizes berrando uns com os outros. Na nossa casa era toma lá, dá cá. Duas das minhas regras causavam certo atrito constante — minha regra contra fumar à mesa e minha regra contra tocar discos após as nove da noite — hora em que eu já tinha me acomodado pra uma noitada de leitura —, mas eu não via como fazer concessões nessas áreas.

Norma estava casada com Dupree quando a conheci. Ela tinha pelinhos dourados nos antebraços e uma pequena veia ou artéria azul que atravessava sua testa e se dilatava e pulsava visivelmente quando ela se irritava ou expressava alguma opinião veemente. Você quase nunca vê a esposa de quem trabalha em jornal, e sinto vergonha de dizer que não me lembro da ocasião do nosso primeiro encontro. Eu me sentava ao lado de Dupree no canto do copidesque. Pra falar a verdade eu é que tinha arranjado o emprego pra ele. Ele não era muito benquisto na redação. Irradiava densas ondas de ódio e jamais tomava parte dos amigáveis gracejos do resto da turma do jornal, ele que outrora tinha sido tão alegre. Mal abria a boca, exceto pra resmungar "Merda" ou "Que merda" enquanto ia revisando as matérias, aparentando desprezo por todos os eventos da face da Terra e pelos relatos escritos sobre esses eventos.

No que diz respeito à altura dele, eu diria que não tinha mais de um metro e setenta e cinco — estando em posição ereta, não curvado feito um macaco daquele jeito — e mesmo assim ele anotava descaradamente um metro e oitenta em todos os formulários e requerimentos. Suas roupas eram desleixadas até mesmo pros padrões dos jornalistas — milhares de vincos! Era um efeito calculado em vez de desmazelo. Sei que ele tinha de trabalhar pra isso, porque suas roupas eram do tipo de prensagem permanente e não dá pra amarrotar esse material a menos que você coloque pra secar numa secadora e depois amarfanhe tudo. Ele tinha o hábito nervoso de esfregar as mãos pra frente e pra trás nas calças quando estava sentado e isso produzia uma desagradável condição chamada "empelotamento", em que as fibras da superfície formam bolinhas ou pílulas duras de tanto serem arrastadas de um lado pro outro. O empelotamento é visto com mais frequência em cobertores baratos do que em roupas, mas todas as calças de Dupree eram gravemente empelotadas na frente. Suas camisas eram imundas por completo. Ele usava óculos, as lentes grossas e engorduradas, que distorciam as coisas do mundo em formas inaturais. Já eu nunca precisei de óculos. Consigo ler placas de estrada a oitocentos metros de distância e posso avistar estrelas e planetas individuais até a sétima magnitude sem qualquer tipo de auxílio óptico. Posso ver Urano.

Por onze desgraçados meses Norma esteve casada com Dupree e depois de algumas das coisas que ela me contou eu fiquei espantado que pudesse voltar pra ele. Ele e seus frenesis de beijos! O canhão de carbureto dele! Porém, assim foi. Eu não fazia ideia de que estava acontecendo alguma coisa. Como é que ele tinha feito suas novas tentativas de aproximação? Quais eram suas repulsivas técnicas de cortejo? Teria o clube de ciclismo sido um ardil? Houve alguns encontros noturnos. Mas Dupree já tinha uma namoradinha! Um amigo no jornal me contou que ele vinha saindo com uma pessoa fazia muitos meses — uma mulher misteriosa que morava no segundo andar de uma casa cinza atrás do Game and Fish Building. E ela?

Norma e eu até que estávamos nos dando muito bem, pelo menos eu achava. Já mencionei o desassossego dela. A única outra coisa que consegui perceber foi uma ligeira mudança no comportamento dela. Ela tinha começado a me tratar com uma gentileza carinhosa mas impessoal, algo parecido com uma enfermeira lidando com um idoso. "Já tô indo", ela dizia, ou quando me dava algum presente, "Olha aqui está, Midge". Ela sempre me chamou pelo meu sobrenome.

Hoje penso que essa frieza deve ter começado com nosso curso de álgebra. Ela tinha concordado em me deixar praticar com ela meus métodos de ensino e então elaborei um plano de aulas de álgebra elementar. Eu tinha um pequeno quadro-negro, verde na verdade, que eu montava na cozinha toda quinta-feira às sete da noite pras minhas demonstrações. Não era o tipo de coisa que a gente gosta de pedir a alguém, mas Norma era uma boa companheira e encarou numa boa e achei que se eu conseguisse ensinar álgebra do nono ano a ela eu seria capaz de ensinar qualquer coisa a qualquer pessoa. Uma boa companheira, eu digo, mas isso foi só no começo do curso. Depois ela começou a falsificar as respostas nas avaliações semanais. Quero dizer, ela procurava as respostas dos problemas no final do livro-texto e as copiava sem me mostrar o passo a passo. Mas isso também não era parte do ensino? Eu não teria de lidar com a disseminada prática da cola nas rouquenhas salas de aula das nossas escolas públicas? Foi assim que lidei com Norma. Eu não dizia uma palavra sobre a desonestidade dela e simplesmente dava zero em todos os exercícios. Porém, ela continuava copiando as respostas, estivesse eu de olho ou não. Ela terminava a prova em dois ou três minutos e assinava o nome e me entregava, dizendo, "Aqui está, Midge. Mais alguma coisa?".

É claro que eu sabia que ela sentia pena de Dupree por causa dos problemas recentes dele e creio que ela acabou por vê-lo como um fora da lei romântico. Eu não sentia um pingo de pena dele. Seus problemas eram obra inteiramente dele próprio. Você não pode sair por aí incomodando as pessoas sem esperar alguma inconveniência. O problema dele era a política. Nos últimos tempos ele tinha se interessado por política e isso fez sua sordidez florescer.

Quer dizer, era "nos últimos tempos" pra mim. Eu não via Dupree fazia uns sete ou oito anos, quando ele estava longe em todas aquelas escolas diferentes, e é provável que a mudança tenha sido mais gradual do que me parecia. Outrora ele tinha sido um sujeito engraçado. Não costumo gargalhar, mesmo quando reconheço que a piada é boa, mas Dupree sempre me fazia rir quando interpretava uma coisa chamada O Homem Elétrico. Como O Homem Elétrico ou o Homem de Lama ele era capaz de fazer qualquer um cair na risada. E às vezes ele saía por uma porta e entrava por outra como se tivesse acabado de chegar, deslocando-se muito rápido e furtivo entre um ponto e outro. Não foi tão engraçado da primeira vez — mas ele continuou fazendo!

Até onde eu sei, ele jamais tinha sequer votado, e aí alguém deve ter contado a ele alguma coisa sobre política, alguma mentira convincente, ou ele deve ter lido alguma coisa — geralmente é um ou outro caso — e ele parou de ser engraçado e passou a ser maldoso e caladão. Isso não era tão ruim, mas depois ele parou de ser caladão.

Ele escrevia cartas desaforadas ao presidente, chamando-o de covarde e de rato nojento com sarna nas orelhas, e chegou inclusive a desafiá-lo pra uma troca de socos na Pennsylvania Avenue. Isso era uma beleza vindo de uma pessoa que tinha sido nocauteada em todos os botecos de Little Rock, quase sempre nos primeiros dez minutos depois de ter entrado. Não acredito que algum dia tenhamos tido um presidente, exceto aquele baixinho do James Madison, com seus bracinhos curtos, que não teria dado conta de Dupree numa briga justa. Qualquer provocação servia. Uma de suas estratégias favoritas era se sentar num bar e repetir comentários fátuos e ouvidos ao acaso numa voz grasnada como a do Pato Donald. Ou cuspia chumbinhos nas pessoas. Era capaz de disparar chumbinhos entre os dentes a alta velocidade e ficava lá sentado ferroando os queixos e narizes tenros dos beberrões com esses pequenos projéteis até que era descoberto e, via de regra, levava um soco à queima-roupa e desabava feito um saco de batatas.

Tenho de admitir que Dupree engolia esse remédio amargo sem choramingar, ao contrário de muitos encrenqueiros. Tenho de admitir que ele não tinha medo de levar porrada. Por outro lado, choramingou quando a lei caiu com tudo em cima dele. Ele não conseguia ver a distinção legal entre ofensas verbais e ameaças de morte, e achava que o governo o estava perseguindo. As ameaças não eram reais, no sentido de haver a possibilidade de que fossem levadas a cabo, mas isso o Serviço Secreto não tinha como saber.

E ele sem dúvida tinha feito as ameaças. Vi as cartas com meus próprios olhos. Ele tinha escrito ao presidente dos Estados Unidos coisas como "Dessa vez é o fim pra você e sua família de ratos. Conheço cada um dos seus movimentos e tenho acesso aos seus animais de estimação também".

Um homem do Serviço Secreto veio falar comigo e me mostrou algumas dessas cartas. Dupree tinha assinado "Cavaleiro Noturno" e "Jo Jo, o Menino com Cara de Cão" e "Devorador de Bolo de Milho" e "Nego Véio" e "O Marinheiro Invencível" e "Pense Bem" e "Conselheiro de Classe" e "Briguento Sorridente" e "Briguento da Moto Suja" e "Manobreiro".

Ele foi preso e me telefonou. Liguei pro pai dele — os dois não se falavam — e o sr. Dupree disse, "Leavenworth vai ser um bom lugar pra ele". O delegado fixou uma fiança de três mil dólares — o que não era grande coisa, me pareceu, por tamanha acusação —, mas o sr. Dupree se recusou a remeter o dinheiro pelo correio.

"Bem, eu não sabia se você tinha como pagar ou não", eu disse, sabendo que ele ficaria aflito por qualquer sugestão de que talvez não fosse rico. Ele ficou em silêncio por um longo momento e depois disse, "Não me ligue de novo pra tratar disso". A mãe de Dupree poderia ter feito alguma coisa, mas eu não gostava de falar com ela porque em geral ela vivia numa névoa alcoólica. Ela também tinha uma língua afiada, bêbada ou sóbria.

Certamente não era uma questão de dinheiro, porque o sr. Dupree era um próspero fazendeiro de soja que tinha propriedades não apenas no Arkansas, mas também na Louisiana e na América Central. O jornal já estava constrangido e eu não queria me envolver ainda mais. Norma argumentou que eu deveria dar uma mão a Dupree já que ele não tinha absolutamente nenhum amigo. Lutando contra o meu bom senso, juntei trezentos dólares e contratei um agente de fiança chamado Jack Wilkie pra depositar o dinheiro e tirá-lo da cadeia.

Não ouvi uma única palavra de agradecimento. Assim que foi solto do presídio do condado, Dupree se queixou comigo de que tinha feito apenas duas refeições por dia, mingau de aveia e panquecas e outros alimentos sem energia. Um fraudador colega de cela dissera a ele que os presos federais tinham direito a três refeições. Depois ele me pediu pra lhe arranjar um advogado. Não queria que Jack Wilkie o representasse.

Eu disse: "O tribunal vai nomear um advogado pra você."

Ele disse: "Já nomeou, mas ele não é bom. Não sabe nem qual é o procedimento federal. Vai começar a falar com este cara quando deveria estar falando com aquele outro cara. Ele abre mão de tudo. Vai acabar fazendo um acordo e me metendo numa prisão federal. Um réu primário."

"Você vai ter de arranjar seu próprio advogado, Dupree."

"Onde é que vou arrumar? Já liguei pra todos os filhos da puta das páginas amarelas."

Um bom advogado, julgava ele, seria capaz de evitar a avaliação psiquiátrica no hospital-presídio em Springfield, Missouri. Em todo caso, a bem da verdade ele não precisava de um advogado, bom ou ruim, porque na noite da sexta-feira seguinte não deu as caras no tribunal e fugiu com a minha mulher no meu Ford Torino.

Desde aquela noite eu vinha dando tempo ao tempo, mas agora que sabia onde eles estavam, mais ou menos, estava pronto pra entrar em ação. Eu tinha muito pouco dinheiro vivo pra viagem e nenhum cartão de crédito. Meu pai estava flutuando em algum lugar no lago perto de Eufaula, Alabama, no seu barco de plástico verde, participando de um torneio de pesca de perca. Claro que eu tinha tido muitas oportunidades de explicar a coisa toda a ele, mas senti vergonha. Eu já não era empregado do jornal e não podia recorrer à cooperativa de crédito. Meu amigo Burke nunca teve um vintém. Eu teria vendido algumas das minhas armas, o que relutei em fazer, deixando isso como último recurso. Aficionados por armas são rápidos no gatilho pra farejar uma venda de urgência e eu teria tomado uma surra desses negociantes desalmados.

Então justo no dia da minha partida eu me lembrei dos títulos de poupança. Minha mãe os tinha deixado pra mim ao morrer. Eu os deixei escondidos atrás das enciclopédias onde Norma nunca se demorava e tinha me esquecido completamente deles. Norma era ótima pra xeretar as minhas coisas. Eu nunca bisbilhotei as coisas dela. Eu tinha uma gaveta cheia de revólveres na minha escrivaninha e mantinha essa gaveta trancada à chave mas ela deu um jeito de abri-la e manuseou aquelas pistolas. Pequenas manchas de ferrugem das pontas de seus dedos úmidos contaram a história. Nem mesmo minha comida estava a salvo. Ela comia muito pouco, na verdade, mas se por acaso algum bocado atraente no meu prato chamava sua atenção ela o espetava e comia num piscar de olhos sem reconhecer que tinha feito algo fora do comum. Ela sabia que eu não gostava disso. Eu não fuçava o prato dela e ela sabia que eu não gostava que ela fuçasse o meu prato. Se o serviço de mesa pra uma pessoa não significa mais do que isso, então é tudo uma piada sem graça e seria melhor comer num cocho e fim de papo. Ela também não tirava as mãos do meu telescópio. Mas o diamante Hope teria ficado a salvo atrás daquelas *Britannicas*.

Eu busquei os títulos e me sentei à mesa da cozinha pra contá-los. Fazia um tempão que não os via e decidi alinhá-los ombro a ombro pra ver se conseguia cobrir cada centímetro quadrado da superfície da mesa com títulos. Assim que acabei de fazer isso, recuei e os contemplei. Eram títulos de vinte e cinco dólares da série E.

Nesse exato momento ouvi alguém à porta e achei que eram as crianças. Algum tipo de congresso da juventude estava em andamento no capitólio fazia dois ou três dias e havia crianças zanzando pela cidade inteira. Algumas tinham ido perambular até mesmo na Gum Street, onde não era concebível que tivessem o que fazer. Enquanto colocava minhas roupas na mala eu tinha observado esses jovens passando pra lá e pra cá o dia inteiro através da cortina e agora — justo a coisa que eu mais temia — eles estavam na minha porta. O que queriam? Um copo de água? O telefone? Minha assinatura em algum abaixo-assinado? Não me mexi e não fiz ruído algum.

"Ray!"

Era Jack Wilkie e não as crianças. Que peste! Dia e noite! Fui até a porta e abri o trinco e o deixei entrar, mas mantive parado na sala de estar porque não queria que ele visse minha mesa de títulos de poupança.

Ele disse: "Por que você não acende alguma luz ou abre a cortina ou coisa do tipo?"

"Eu gosto assim."

"O que você faz, só fica aqui o tempo todo?"

Ele fazia essa mesma coisa no começo de toda visita, a insinuação sendo que o meu estilo de vida era estranho e insalubre. Jack não era apenas agente de fiança e advogado, mas também um homem de negócios. Era dono de uma loja de rosquinhas e de alguns táxis. Quando eu mencionei que ele era advogado, não quis dizer que vestia um terno cinza e macio e passava a noite em casa em seu gabinete lendo os *Comentários* de Blackstone. Se uma pessoa o tivesse contratado sem vê-lo e estivesse esperando esse tipo de advogado, cairia de costas quando chegasse ao tribunal e visse Jack lá de pé envergando seu folgado terno laranja, inspecionando a substância verde sob as unhas. A pessoa diria, Ora, há mil advogados no condado de Pulaski e parece que fui pegar logo este!

Mas Jack era um sujeito boa-praça e eu o admirava por ser um homem de ação. Fiquei apreensivo da primeira vez que o vi. Ele me pareceu um desses fulanos esquisitos do interior que, um segundo depois de conhecer a gente, desata a contar sobre alguma aventura bestial envolvendo violência ou sexo ou ambos, ou que podem do mesmo jeito tagarela querer começar a falar do Reino de Jesus na Terra. Com esses sujeitos é uma coisa ou outra, e é preciso estar preparado.

Dessa vez ele tinha notícias importantes pra mim, pelo menos achava que tinha. Era um cartão-postal que Norma havia mandado para a mãe de Wormington, Texas. "Porta de entrada para a Terra das Colinas", lia-se sob a fotografia de uma estrutura baixa e escura que era o Hotel Wormington. Essas pretensões de ser a "porta de entrada" pra algum lugar sempre me pareceram uma coisa inútil, porque só podem significar que você ainda não está no tal lugar, que você ainda está em trânsito, que você não está em um lugar muito bem definido, qualquer que seja ele. Eu já sabia do cartão porque a sra. Edge, a mãe de Norma, tinha me ligado um dia antes pra me contar. Eu tinha me encontrado com ela defronte ao Federal Building e dei uma olhada por cima. Norma disse que estava tudo bem e que mais tarde entraria em contato. Isso era tudo, mas Jack quis ficar lá e conversar sobre o postal.

Examinei de novo a fotografia do hotel de beira de estrada. Junto à porta do escritório do lugar havia outra porta que se abria para o que devia ter sido um depósito ou quarto de guardados. Eu sabia que Norma com seu instinto para o equívoco tinha aberto aquela porta e ficado lá um bom tempo fitando os canos e baldes e ferramentas, tentando entender como o escritório tinha mudado tanto. Eu teria visto numa fração de segundo que estava no quarto errado.

Eu disse, "Eles não estão em Wormington agora, Jack. Foi só uma parada. Aqueles pombinhos não fugiram pra Wormington, Texas".

"Eu sei disso mas é um lugar por onde começar."

"Eles vão aparecer aqui daqui a alguns dias."

"Vou dizer uma coisa. Aquele velhaco já está bem longe. Ele sentiu o gostinho da cadeia e não achou nada bom."

"Eles vão aparecer."

"Você devia ter me avisado que ele era doido. Não gostei do jeito que você me envolveu nessa história."

"Você sabia qual era a acusação. Viu aquelas cartas."

"Achei que o pai dele era garantido. Um cara rico que vai soltando a grana aos poucos, talvez. Achei que ele só queria deixar o filho em apuros por uns tempos, pagando pelo que fez."

"Guy já deu muita dor de cabeça ao sr. Dupree."

"Vou dar queixa do carro roubado, é o único jeito."

"Não, não posso concordar com isso."

"Deixe a polícia fazer o nosso trabalho pra nós. É a única maneira de conseguir uma linha direta com aqueles dois pombinhos."

"Não quero constranger Norma."

"Você não quer constranger a si mesmo. Está com medo de que a história saia nos jornais. Deixe eu te dizer uma coisa. No minuto em que a fiança for confiscada, vai sair no jornal de qualquer jeito e a essa altura pode ser que você não consiga recuperar nem o seu carro."

Havia certo sentido nisso. Jack não era estúpido. O jornal não publicava matérias sobre cornos, mas eu achava melhor manter meu nome longe de qualquer registro público. Assim eu não poderia ser ligado à fuga de Dupree. Já havia gente batendo com a língua nos dentes, com certeza. Todo mundo no jornal já sabia o que tinha acontecido, mas o que as pessoas sabiam e o que elas podiam publicar — sem a proteção dos registros públicos — eram duas coisas diferentes. Tudo o que eu queria fazer agora era reaver meu carro. Eu já tinha sido corneado mas não pareceria tão idiota, pensei, se conseguisse pegar meu carro de volta sem a ajuda de ninguém.

Jack ficou lá parado e revisou de novo todo o caso. Ele fazia isso todas as vezes, como se eu pudesse estar confuso em relação a certos pontos. Quando os olhos dele se adaptaram à luz turva ele olhou de relance a minha mala no sofá e eu o vi entendendo isso, o fato da mala. Ele disse, "Eu não perco muitas fianças, Ray". Eu já o tinha ouvido dizer isso também.

Ele foi embora e rapidamente juntei meus títulos da série E e os arrumei dentro da mala. Da gaveta de pistolas selecionei um Colt Cobra .38 e borrifei por cima um spray lubrificante de silicone e o enfiei dentro de um saco plástico vedado e pus na mala ao lado dos títulos. O que mais? As cápsulas pra dor lombar! Norma não ia a lugar algum sem seu remédio pra dor lombar, mas dessa vez ela tinha esquecido, tamanha era sua pressa de dar no pé da cidade, pra longe dos meus carinhos semanais. Peguei o remédio no banheiro e pus na mala também. Ela me agradeceria por isso. Aquelas cápsulas custavam quatro dólares cada.

Verifiquei se todas as janelas estavam trancadas e achei uma estação de música country no meu enorme rádio Hallicrafters e o deixei tocando em alto e bom som junto à parede da cozinha. No apartamento ao lado havia um panaca roqueiro com um aparelho estéreo e seus ritmos tribais penetraram a minha parede. O barulho era a alegria dele. Ele tinha uma motocicleta também. A administração do Rhino tinha uma regra proibindo o conserto de motos no estacionamento mas o panaca não dava a menor bola. Uma noite eu liguei pra ele. Eu estava lendo uma biografia de Raphael Semmes e pus o livro de lado e telefonei pro panaca e perguntei se ele sabia quem era o almirante Semmes. Ele disse, "O quê?!", e eu disse "Ele era o comandante do *Alabama*" e desliguei na cara dele.

Estava tudo pronto. Minha lista estava completa. Liguei pedindo um táxi e datilografei um bilhete e prendi com uma tachinha na porta:

*Estarei fora da cidade por alguns dias.*
*Raymond E. Midge*

O taxista buzinou e desceu devagar a Broadway abrindo caminho em meio aos pequenos participantes daquela infinita convenção de Banqueiros Juvenis ou Jovens Caminhoneiros. Que pareciam cada vez mais numerosos. Eu tinha deixado o Buick Special num mecânico na Asher Avenue para trocar o solenoide de partida. O taxista me deixou em frente a um imundo café chamado Nub's ou Dub's que ficava ao lado da oficina. Nub — ou em todo caso um sujeito num avental — estava de pé atrás de uma porta e olhou pra mim. Eu estava vestindo paletó e gravata e carregando uma mala e acho que ele deduziu que eu tinha acabado de descer do avião vindo de alguma cidade distante e depois cruzei a cidade dentro de um táxi pra aproveitar uma das suas opções de prato do dia. Uma refeição até que não era má ideia mas estava ficando tarde e eu queria pegar a estrada.

O mecânico me disse que eu precisava de um novo suporte do motor e quis me vender também uma junta do cabeçote nova, por conta de um vazamento de óleo. Eu não quis nada disso. Não ia consertar coisa nenhuma naquele carro que não fosse absolutamente necessário. Foi uma atitude estranha da minha parte porque odeio ver um carro maltratado. Manutenção! Nunca fui adepto dessa nova política de troca de óleo dos dez mil quilômetros. Comigo foi sempre dos dois mil e quinhentos e um filtro novo toda vez.

E entretanto lá estava eu de partida pro México naquela lata-velha sem uma peça nova a não ser a correia do ventilador. Havia embalagens de chocolate Heath, pelo menos umas quarenta delas, espalhadas pelo assoalho, e eu não tinha sequer me dado ao trabalho de recolhê-las. O carro não era meu e eu o desprezava. Eu tinha pensado um bocado também. O choque do óleo limpo ou a tensão mais rígida de uma correia nova talvez fosse suficiente para abalar o frágil equilíbrio do sistema. E eu tinha concluído que na verdade a alta quilometragem não era uma desvantagem, raciocinando desta maneira especiosa: que um homem que tinha chegado à idade de setenta e quatro tinha boas chances de chegar aos setenta e seis — uma chance bem maior, verdade seja dita, do que a que um rapazola teria.

Antes que eu pudesse sair da cidade, lembrei-me do faqueiro de prata que a sra. Edge tinha legado a Norma. E se ele acabasse sendo roubado? Eu não estava muito preocupado com as minhas armas ou os meus livros ou o meu telescópio ou os meus selos mas se algum ladrão surrupiasse os garfos dos Edge eu sabia que ouviria pro resto da vida. Meu bilhete era um convite pra um arrombamento! Voltei ao apartamento e peguei a caixa tipo baú com a prataria. No meu bilhete avisando que eu ficaria fora da cidade por alguns dias algum engraçadinho tinha escrito "E daí?" Rasguei o papel e fui de carro pro centro da cidade até o Federal Building onde a sra. Edge trabalhava. Ela usava óculos com cordão e tinha um bom emprego com muito tempo de serviço na Junta de Controle dos Negócios de Algodão.

Ela não estava no escritório e ninguém soube me dizer pra onde ela tinha ido. Que beleza de emprego! Escapulir assim no meio da tarde! Liguei pra casa dela e ninguém atendeu. Imaginei que ela talvez tivesse encontrado algum lugar onde pudesse dançar à tarde. Ela era doida por dança e saía quase toda noite com homens grandalhões de cara corada que aguentavam ficar na pista de dança com ela por três ou quatro horas a fio. Ela me chamava de "mala sem alça" porque eu nunca levava Norma pra dançar. Estou falando de pés de valsa! Digo "nunca", mas já tínhamos requebrado com a cintura dura pelo salão em certas ocasiões especiais, embora nosso tempo total de dança pudesse ser facilmente computado em segundos, do mesmo jeito que os pilotos medem seu tempo de voo em horas. Acredito que a sra. Edge preferia a mim em detrimento de Dupree, por conta de minhas boas maneiras e meu vestuário asseado, mas isso não é dizer que ela gostava de mim. Ela também já tinha me chamado de "furtivo" e "uma raposinha egoísta".

Concluí que ela provavelmente tinha saído pra uma tarde de obstrução da cidade e rumei pra zona oeste e percorri os estacionamentos dos grandes shopping centers procurando o carro dela. Em certos dias da semana ela e diversas centenas de outras galinhas velhas se encontravam nesses lugares e ficavam sabendo de suas atribuições, não sem antes se incumbirem de estacionar seus Larks e Volvos e Cadillacs de través nas linhas pintadas ocupando assim duas vagas, às vezes três. Depois elas se espalhavam pela cidade. Algumas iam pros supermercados e empacavam as filas do caixa fuçando a bolsa e preenchendo cheques. Outras esperavam o corre-corre do meio-dia nos restaurantes self-service e lá faziam a fila andar a passo de tartaruga com longas e deliberadas paradas no balcão das tortas. As demais saíam em patrulha motorizada e arrastavam o carro a dez por hora na pista da direita das ruas mais movimentadas e paravam de repente pra conversões à esquerda toda vez que viam uma oportunidade de engarrafar o tráfego. Outro truque era pegar uma rua secundária e embicar meio carro numa avenida, bloqueando assim todo o fluxo. A sra. Edge era a líder da gangue. Se a deixassem solta ela acabaria abrindo uma academia de dança na agência do correio!

Estava escuro quando desisti da busca. O faqueiro de prata não era antigo nem raro nem particularmente valioso e eu estava furioso comigo mesmo por ter perdido tanto tempo com isso. Não sentia a menor vontade de refazer todo o caminho e voltar ao apartamento, por isso simplesmente deixei a caixa tipo baú no porta-malas.

Finalmente peguei a estrada e estava empolgado com a viagem. O rádio não funcionava e eu cantarolei um pouco. Quando cheguei a Benton, já estava cansado de dirigir aquele carro. Quarenta quilômetros! Mal podia acreditar. Ainda faltavam mil e seiscentos quilômetros e eu estava com sono e meus braços estavam exaustos e eu não via como conseguiria chegar a Texarkana.

Parei numa área de descanso e me deitei no banco, que tinha um forte odor de cachorro. Meu nariz estava encostado diretamente na capa trançada de plástico. A área de descanso era um péssimo lugar pra descansar. Jamantas a diesel entravam rugindo e os caminhoneiros deixavam o motor ligado e faziam da vida de todo mundo um inferno, e depois algum bosta de Ohio estacionou um reboque de cavalos ao meu lado. Toda vez que os cavalos ajeitavam o peso do corpo sobre uma perna e depois sobre a outra as molas do reboque rangiam. Aquele rangido durou a noite inteira e quase me deixou doido. Dormi cerca de quatro horas. Foi um sono duro e meus olhos ficaram inchados. Muitas pessoas, as mesmas que mentem sobre o rendimento do combustível por quilômetro, teriam dito que não haviam pregado os olhos.

O dia estava raiando quando cheguei a Texarkana. Parei e adicionei um pouco de fluido de transmissão e liguei pra Little Rock de um telefone público e acordei a sra. Edge. Pedi que ela ligasse pro meu pai quando ele retornasse e o avisasse que eu tinha ido pra San Miguel de Allende no México e voltaria em alguns dias. A prataria estava a salvo. O quê? México? Prataria? Geralmente ela era bem rápida, mas falei de um jeito atabalhoado e ela não entendeu. Tanto faz como tanto fez, porque eu não queria discutir com ela meus assuntos particulares.

O trecho até Laredo me tomou o dia inteiro. A gasolina era barata — 22,9 centavos o galão em alguns postos Shamrock — e a polícia do Texas não estava nem aí pra velocidade, mas eu tinha de manter a velocidade do Buick abaixo do que eu supunha ser mais ou menos cem por hora porque nesse ponto o vento entrava pelo buraco do assoalho de uma tal maneira que as embalagens de Heath ficavam suspensas atrás da minha cabeça num barulhento vórtice marrom. Outubro chegava ao fim. O tempo estava bom mas as folhas não eram bonitas; tinham mudado de repente de verdes para mortas.

Comprei um litro de fluido de transmissão em Dallas e parei duas vezes pra descontar títulos. A moça do caixa no banco em Waco me encarou e achei que eu devia estar exalando cheiro de cachorro. Ela me entregou um rolo de moedas de vinte e cinco centavos cujo peso calculei no pulso enquanto dirigia.

Ao sul de Waco procurei alguma placa do grande gasoduto, a Linha Scott-Eastern, mas nunca soube determinar em que ponto a tubulação passava debaixo da rodovia. Meu pai e o sr. Dupree tinham ajudado a construí-la, primeiro manejando um esfregão, depois como soldadores. Os Filhos dos Pioneiros! Um dia eles tinham sido amigos bastante chegados, mas com os anos foram se afastando, o sr. Dupree sempre tendo muito mais dinheiro. Meu pai se ressentia do grande sucesso dele, embora tentasse não guardar rancor, sempre dando ao sr. Dupree crédito por sua energia. O martelo e o maçarico de corte, ele dizia, eram as ferramentas favoritas do sr. Dupree. O toque do meu pai era muito mais refinado, seu cordão de solda mais suave e mais forte e mais agradável aos olhos, ou pelo menos é o que dizem. É claro que ele já não ganhava a vida com isso, mas as pessoas ainda o chamavam às vezes quando havia alguma tarefa manhosa a ser feita, como soldas em metal fino que aguentavam pressão interna sem vazamento, ou solda de alumínio. Metal fino? Dê a ele duas latas de cerveja e ele solda elas pra você!

No sul do Texas vi três coisas interessantes. A primeira foi uma menina magrinha, de uns dez anos de idade, talvez, dirigindo um Cadillac 1965. Ela não estava correndo muito, porque a ultrapassei, mas ainda assim ela seguia em frente, devagar e sempre, com a cabeça jogada pra trás e a boca escancarada e as mãozinhas agarradas ao volante.

Depois vi um velho subindo a pé o canteiro central arrastando atrás de si uma cruz de madeira. A cruz estava engastada numa espécie de carrinho de golfe com duas rodas raiadas. Desacelerei a fim de ler o cartaz manuscrito no peito dele.

### JACKSONVILLE
#### FLÓRIDA OU ME ARREBENTO

Eu nunca tinha estado em Jacksonville, mas sabia que era a terra do Gator Bowl,[*] e ouvi dizer que era uma cidade de prosperidade súbita e rápida expansão, que ocupava um condado inteiro ou coisa do tipo. Parecia um destino insólito pra um peregrino religioso. Penitência talvez por algum pecado terrível, ou uma barganha que ele tinha negociado com Deus, ou talvez fosse apenas um andarilho maluco. Acenei e o chamei, desejando-lhe sorte, mas ele estava concentrado em sua marcha e não tinha tempo pra cumprimentos inúteis. Seu passo era vigoroso e eu estava convencido de que ele não acabaria se arrebentando.

A terceira coisa interessante foi um comboio de caminhões com carroceria de madeira, todos abarrotados com

---

* Tradicional partida anual de futebol americano universitário disputada no estádio EverBank Field em Jacksonville (Flórida) desde 1946; a partir de 1996 o jogo passou a ser realizado sempre em 1º de janeiro. (N.T.)

pilhas de melancias e cantalupos soltos. Fiquei pasmado. Mal podia acreditar que as frutas de baixo não estavam sendo esmagadas sob todo aquele peso, explodindo e borrifando pela estrada o perigoso suco de melões. Um dos truques da natureza com superfície curva. Topologia! Eu jamais tinha chegado tão longe em meus estudos de Matemática e Engenharia, e sabia que jamais chegaria, assim como sabia que jamais seria piloto da Marinha ou agente do Tesouro. Tirei B em Estática mas estava tomando bomba em Dinâmica quando tirei o time de campo. A matéria de que eu mais gostava era uma chamada Resistência dos Materiais. Todos os outros a odiavam por causa de todas as tabelas que tínhamos de guardar de memória mas eu adorava, a tensão de cisalhamento de vigas. Uma vez eu tinha tentado explicar a Dupree como as coisas desmoronam de tanto serem puxadas e esticadas e comprimidas e torcidas e dobradas e cisalhadas, mas ele não me deu ouvidos. Toda vez que esse tipo de coisa vinha à tona, ele sempre dizia — *se gabava*, do jeito que essa gente faz — que não tinha cabeça pra números e não era capaz de fazer coisas com as mãos — sugerindo sub-repticiamente a presença de qualidades mais admiráveis.

# Dois

Em Laredo arranjei um quarto por seis dólares num hotel de beira de estrada que tinha uma porção de regras pregadas na porta e um travesseiro de borracha e um aquecedor a óleo na parede que tinha deixado muitos caixeiros-viajantes grogues. Era o tipo de lugar que eu conhecia bem. Eu sempre tento me hospedar num hotel de beira de estrada barato sem restaurante e que fique perto de um hotelzinho melhor onde eu possa comer e beber. Norma nunca gostou dessa prática. Ela tinha medo de que fôssemos flagrados no lugar melhor e humilhados diante de socialites que talvez tivéssemos acabado de conhecer. Os socialites avistariam nossa chave do quarto, com um naco de madeira pendurado feito uma cenoura, ou perceberiam alguma gafe da nossa parte, e parariam de falar com a gente. Aquele quarto de hotel de Laredo também tinha um boxe de chuveiro de latão e o tapete de banheiro era de papel.

Fui a uma loja de descontos e comprei três litros de fluido de transmissão e um pouco de comida pra estrada e uma caixa de isopor e uma torta congelada. Eu não queria a torta mas queria a embalagem em que ela vinha. De volta às sombras do meu quarto substituí a torta pelo Colt Cobra e lacrei a caixa com fita isolante. O tambor do revólver criou uma saliência na embalagem e me arrependi de não ter trazido uma automática. Depois coloquei a embalagem de aparência inocente no fundo da caixa de isopor e a cobri com os pequenos pedaços de gelo em formato de meia-lua da máquina de gelo do hotel. Isso era contra a política do hotel, já que as meias-luas se destinavam a drinques solitários no quarto e não ao uso a granel.

Mas mesmo assim enchi o isopor e por cima do gelo distribuí latas de cerveja e pacotes de mortadela e queijo num arranjo festivo. A torta propriamente dita, de limão, passei algum tempo carregando-a pelo quarto, colocando-a ora aqui ora ali. Não conseguia encontrar um bom lugar pra ela. Por fim levei-a para fora e a deixei ao lado da lata do lixo, pra algum rato de passagem que guincharia de alegria quando visse aquelas enormes ondas de merengue.

O hotelzinho melhor ficava do outro lado da rua larga. Fui até lá e sondei o lugar, o revisteiro e o saguão e o restaurante. Nada de bufê de saladas, mas tudo bem. Notei também que o cliente teria de passar pela sordidez fumegante da cozinha pra chegar ao banheiro. As pessoas que administravam o hotel pareciam ser de algum lugar do tipo Dakota do Norte e não do Texas, e pareciam todas preocupadas com alguma coisa, distraídas. Pude ouvir que estavam fazendo algum trabalho de carpintaria na cozinha, e gritos ocasionais.

Geralmente você pode esperar um belo bife à milanesa no Texas, isso quando não um filé de frango à milanesa, mas dessa versão eu não gostava. Tinha passado a tarde inteira pensando num daqueles bifes, com molho branco e bastante pimenta-do-reino, mas agora temia que aquela gente de Fargo me trouxesse um hambúrguer de vitela pré-fabricado em vez de carne fresca. Pedi rosbife e disse à garçonete que queria muita cartilagem e gostaria que a carne viesse na cor cinza com um lustro iridescente de arco-íris. Ela não estava a fim de gracinhas, preocupada com alguma chateação particular como os outros. Trouxe um prato de iscas de peixe e a menor porção de salada de repolho que eu já tinha visto na vida. Veio num copinho de papel pra cupcake. Eu não disse uma palavra porque o trabalho delas é dureza. Essas garçonetes ficam de pé o dia inteiro e nunca ganham aumento e nunca tiram férias até o dia em que pedem demissão. O cardápio era uma completa ficção. Ela estava servindo as iscas de peixe pra todo mundo, e as porções tampouco eram uniformes.

Depois do jantar entrei no saguão às escuras. Ainda era o "happy hour" e o lugar estava apinhado de moradores locais. Não vi socialite alguma. Tive dificuldade pra conseguir um dos banquinhos sem encosto no bar porque toda vez que algum deles vagava eu esperava um ou dois minutos deixando-o esfriar, pra que o calor do corpo se dissipasse da almofada de plástico, mas aí outra pessoa se sentava. A multidão escasseou quando os preços ficaram mais caros e aí eu meio que tive o bar inteiro só pra mim. Vi um homem de pé na ponta do balcão escrevendo uma carta com um lápis. Ele estava rindo do seu próprio trabalho, um bandido solitário escrevendo insultos cruéis pro chefe da polícia.

Pedi uma caneca de cerveja e dispus minhas moedas sobre o balcão, em colunas divididas de acordo com o valor. Quando a cerveja chegou, mergulhei o dedo nela e umedeci cada uma das pontas do guardanapo de papel pra ancorá-lo, de modo que não subisse junto com a caneca toda vez e eu parecesse um pateta. Bebi do lado da caneca que uma pessoa canhota usaria, na crença de que menos bocas tinham estado desse lado. Essa também é a minha política com xícaras, qualquer recipiente com alça, mas geralmente é de se esperar que as xícaras sejam lavadas com mais esmero do que canecas de bar. Uma rápida chapinhada na água aqui e ali e essas belezinhas estão de volta na prateleira!

À minha frente do outro lado do balcão havia um espelho escuro e acima dele uma cabeça de veado com um cigarro na boca. Na área das mesas uma mulher tocava um órgão elétrico. Ninguém estava berrando pedidos pra ela. Eu era a única pessoa do lugar que aplaudia sua música — uma bravata de viajante. E depois de algum tempo eu também parei de aplaudir. Eu não tinha a menor personalidade. Se os outros fregueses de repente decidissem atacar a pobre mulher com garrafadas, com aquelas garrafas quadradas de gim, creio que eu teria me juntado a eles. Isso era uma coisa nova. Todos nós sabemos do aristocrata que entra em derrocada, mas ali estava algo que Jefferson não tinha antevisto: um serviçal decadente.

Um velho calçando sapatos de palhaço entrou pela porta e começou a tocar uma espécie de melodia num trombone de brinquedo. Ele cantarolava com os lábios fechados dentro do instrumento, como se fosse com um pente e um lenço de papel. O barman mexicano o enxotou. Depois outro homem entrou e se sentou ao meu lado. Fiquei irritado, porque havia um punhado de bancos vazios. Empertiguei-me e esperei que ele começasse e falar. Evitei contato visual. A qualquer minuto agora, eu disse a mim mesmo, esse sujeito vai pedir um uísque Old Charter e 7-Up e me contar que serviu como recruta do Exército com Tyrone Power. Eu não conseguia ver o rosto dele, mas fitei sua pata peluda quando ele estendeu o braço e apanhou de dentro da tigela de cortesia um punhado de caixinhas de fósforos de papelão. Unhas esverdeadas e um pesado anel de prata com uma pedra preta.

Ele me deu um soco no ombro e gargalhou. Era Jack Wilkie. Mal pude acreditar.

Ele disse, "Como vai o carrinho?".

"Vai bem."

"A caranga anda bem, é?"

"O que você está fazendo aqui, Jack?"

"É só mais um dia de trabalho." Ele estava descabelado e sua camisa de tricô estava mal-ajambrada e úmida de suor mas ele ficou contente com o efeito que tinha obtido e continuou me dando socos e rindo.

A sra. Edge lhe contara sobre o telefonema de Texarkana e ele imediatamente adivinhou o meu plano. Tinha recuperado com facilidade o tempo perdido em seu Chrysler Imperial. Na manhã seguinte iria até San Miguel e pegaria Dupree e o levaria de volta pra Little Rock. Era simples assim. Ele parecia achar que San Miguel ficava logo atravessando a fronteira.

"Você devia ter me contado onde ele estava, Ray."

"Eu ia te contar assim que recuperasse meu carro. Queria pegar o meu carro sem a sua ajuda."

"Você devia ter me falado desse negócio do México. A gente podia ter pensado em alguma coisa. Pra mim isso é trabalho."

"Eu sei disso."

"Que diferença faz contanto que você recupere seu carro?"

"Não é a mesma coisa."

Dei a ele todas as informações de que eu dispunha e ele anotou "Hotel Mogador" num guardanapo de hotel. Ele disse que bem que eu poderia ir com ele para San Miguel no conforto do espaçoso Chrysler. Eu meio que concordei. Parecia a coisa certa a fazer, a não ser talvez esquecer a história toda e voltar pra Little Rock feito um cachorro com o rabo entre as pernas. De jeito nenhum eu conseguiria chegar antes dele em San Miguel no pequeno Buick.

Eu disse, "Como é que você vai tirar Dupree do México? Seu mandado não vai valer de nada lá".

Jack desdenhou. "*Mandado*. Essa é boa. Mandado porra nenhuma. Eu não preciso de mandado. Tudo de que eu preciso é de uma cópia autenticada da fiança. Eu sou parte querelante da ação. Isso é melhor do que qualquer mandado, faça chuva ou faça sol. Eu posso prender em qualquer lugar. Até a pessoa mais imbecil do mundo sabe disso."

A mulher do órgão estava cantando. Já fazia algum tempo que ela estava cantando, mas agora não era uma música de fundo qualquer, era algo digno de aplauso e a gente teve de prestar atenção: "And then they nursed it, rehearsed it... And gave out the news..."*

O velho com os sapatões voltou e dessa vez estava usando um chapeuzinho de mensageiro de hotel com uma tira sob o queixo. Ele correu pelo lugar brandindo um pedaço de papel e berrando, "Telefonema! Telefonema pro xerife de Cochise! Ligação urgente! Código dez!". O barman se meteu debaixo do bar e disparou contra ele um pano de limpeza e o enxotou de novo e eu ouvi os baques dos sapatos compridos do velho corredor afora.

---

* Trechos do clássico popular "The Birth of the Blues" [O nascimento do blues], música de Ray Henderson e letra de Buddy G. DeSylva e Lew Brown, publicada em 1926, gravada pela primeira vez em 1927 e mais tarde regravada por Frank Sinatra e Louis Armstrong, entre outros. "E então eles a acalentaram, ensaiaram... E espalharam a notícia." (N.T.)

Jack disse, "Quem é o velhote?".

Eu disse, "Eu não sei".

"Deviam meter esse filho da puta na cadeia."

"Acho que é Dia das Bruxas."

"Não, não é. Em todo caso um cara desses não saberia que dia é hoje. Este lugar cheira a canil. Você comeu aqui?"

"Comi."

"Pode me recomendar alguma coisa?"

"Não posso recomendar o que eu comi."

"Aquela porcaria de tamale apimentado?"

"Comi peixe."

"Isso é um erro. Um lugar como este. Vamos pra alguma boa churrascaria. Estou com fome."

"Eu já comi."

"Que tal se a gente for pra pista? Por que a gente não procura uma corrida de cachorros e ganha uma grana fácil? Que os cães paguem a nossa viagem."

"Não tem corrida de cachorro aqui, Jack."

"Acho que tem."

"A jogatina não é legalizada no Texas."

"Acho que tem corrida de cachorros."

"Acho que não. Nas ruas, talvez, entre eles mesmos."

"Do outro lado da fronteira, então. Eu sei que tem algum tipo de corrida em Juárez."

"Isso é lá em cima em El Paso."

Eu ainda não fazia ideia de como Jack ia conseguir levar Dupree embora do México sem seguir algum tipo de formalidade legal. Ele ficou repetindo que era "o fiador" e "uma parte querelante da ação" e que uma pessoa assim podia ir a qualquer lugar do mundo e fazer o que bem quisesse. Ele disse, "Não dou a mínima pra onde eles estão. Já busquei caras na Venezuela e na República Dominicana".

Por um bom tempo ficamos lá sentados e bebendo. Jack me mostrou suas algemas, que ele carregava numa pochete de couro presa ao cinto. Ele também tinha um cassetete, ou melhor, um porrete de couro do tipo "Big John" com uma das extremidades achatada. Não portava arma. Disse que adorava o trabalho de agente de fiança. A esposa dele achava asqueroso e queria que ele se dedicasse à prática do direito, que ele considerava uma chatice.

"Eu estava no Exército e ninguém queria me ver", ele disse. "Depois virei vendedor e ninguém queria me ver. Agora ficam felizes de me ver. Vou te dizer uma coisa. Quando você tira alguém da cadeia está prestando um verdadeiro serviço pro sujeito. Claro, todo mundo tem que ir pra prisão uma hora ou outra, mas isso não quer dizer que você tem de ficar lá."

Perguntei a Jack se ele poderia me ajudar a arranjar um emprego de perito avaliador de seguros. Sempre pensei em me tornar alguma espécie de investigador e perguntei se ele podia me conseguir alguma coisa. Quem sabe alguma coisa pequena e temporária, um estágio supervisionado. Uma vez o jornal havia me dado uma oportunidade como repórter policial, embora nem de longe tenha sido uma chance justa. Dois dias! Jack não estava interessado nesse assunto e não quis discuti-lo comigo.

Ele queria falar da própria família. Tinha um enteado de orelhas de abano chamado Gary que fumava maconha e tirava D na escola e gastava todo o dinheiro em discos de vinil. O rapaz também desperdiçava boa parte de seu tempo e dinheiro num fliperama no centro da cidade e Jack dizia que ele tinha feridas medonhas na sobrancelha direita por causa das muitas horas apertando o olho contra o periscópio do jogo de submarino. Só de pensar naquele menino e sua boca falastrona e seu bigodinho adolescente Jack ficava fulo da vida. Mas Wilkie não culpava a esposa pelo fato de ter dado à luz a criança insatisfatória e tê-la levado pra morar na casa dele.

Ele me cutucou com o dedo e disse, "A minha mulher é doce como mel. Que fique bem claro". E um pouco depois disse, "Fico feliz que a minha mulher não seja uma porca gorda". Ele me disse que ela tinha "músculos firmes" e me falou de todos os presentes de aniversário e de Natal que tinha dado a ela em anos recentes. Ele disse que ela jamais o deixara trancado pra fora de casa.

Eu não entendia como Jack Wilkie podia ter uma esposa tão formidável, e estava cansado de ouvir falar dela. Ele saiu pra comer um cheesebúrguer e pensei nos comentários dele. A insinuação parecia ser que Norma não era doce como mel. Quando ele voltou, perguntei se era isso o que ele queria dizer, e ele respondeu que não.

Ele tinha deixado comida respingar na camisa de malha. Eu disse que na minha opinião um investigador numa viagem de trabalho deveria usar paletó e gravata. Ele não me deu ouvidos. Estava olhando pra cabeça do cervo pendurada na parede. Ele pulou em cima do balcão e caminhou de pernas escarranchadas pela estreita passagem atrás do bar e arrancou o cigarro da boca do veado e jogou-o sobre as tábuas do assoalho. Depois se virou pro barman. "Isso não está certo e você sabe que não está certo", ele disse. "Isso não se faz. Não coloque outro cigarro na boca do veado."

O barman estava cortando fatias de limão. Com seus olhos caídos e seu bigodinho ele me parecia um tipo durão. Estava farto daquelas palhaçadas no seu bar, pude ver, e achei que faria alguma coisa. Mas ele disse apenas, "Não fui eu quem pôs lá".

Jack desceu do balcão e começou a me contar sobre as diferentes pessoas que o tinham atacado enquanto ele estava simplesmente fazendo seu trabalho. Todos que o atacavam eram doidos. Ele levantou uma perna das calças e me mostrou um ponto encaroçado na panturrilha onde uma mulher do Mississippi o golpeara com uma chave Phillips. Depois ergueu a camisa de malha e me mostrou uma cicatriz roxa em suas costas brancas e largas onde tinha levado um tiro de um sujeito maluco em Memphis. Um de seus pulmões tinha ficado cheio de sangue e quando ele chegou ao pronto-socorro do Hospital Metodista ouviu o médico perguntar a uma enfermeira se ela estava com a chave do necrotério. Jack escapou por pouco! Nem todo mundo ficava feliz de vê-lo!

Nada mais foi dito sobre nosso negócio. Eu o deixei lá bêbado no banco do bar. Ele disse que me veria no café da manhã.

Voltei pro meu quarto do outro lado da rua e me deitei com a cabeça debaixo do travesseiro de borracha pra afugentar o barulho da estrada. Não consegui dormir. Depois de algum tempo comecei a ouvir batidas e pancadas e vozes lá fora. Aparentemente alguém estava indo de porta em porta. Talvez fosse gostosura ou travessura, ou o Lions Club vendendo vassouras. Ou a pessoa mais tapada do hotel procurando o próprio quarto. Chegou minha vez e fui até a porta. Era o velho dos sapatões. Ele estava vestindo também um paletó branco de algodão ou avental. Com seu rosto púrpura bem perto do meu, vi seu olho ruim e tive a momentânea impressão de que eu estava olhando para o sr. Proctor. Mas como podia ser? O sr. Proctor estava aconchegado em seu galpão marrom em Little Rock, comendo amendoim enlatado e assistindo a algum violento documentário na televisão. O homem me entregou um cartão. Citações da Bíblia, pensei, ou sinais de surdo-mudo.

"O que é isso? O que você está fazendo?"

"Estou só de bobeira", ele disse.

Meu palpite era de que ele tinha sido um traquejado faz-tudo ali na área dos hotéis de beira de estrada, conhecido por todo mundo como Papaizinho ou Pete. Até que um dia foi injustamente acusado de alguma coisa, de roubar lençóis talvez, e acabou demitido sumariamente sem direito a pensão. Agora ele estava dando o troco. Era seu jeito de se vingar dos patrões do hotel. Mas quando perguntei sobre isso ele disse, "Não, estou só de bobeira. Minha mulher é uma velha que zanza por aí com um carrinho de supermercado. É da sra. Meigs que estou falando. Ela pega garrafas o dia inteiro e eu faço isso a noite inteira".

"Você não estava usando esse paletó antes."

"É o meu casaco de trânsito. A sra. Meigs fez ele pra mim pra que os carros e caminhões me vejam à noite e assim não me atropelem. Tem este botão aqui no meio e esses bolsos embaixo. Gostou?"

"Gostei muito. Parece um avental de farmacêutico."

"Eu não tenho nem a metade dos bolsos que eu queria, mas a pessoa não pode ter tudo."

"O que mais você faz? O que mais você vai fazer hoje à noite?"

"Primeiro me permita dizer o que eu não vou fazer. Não vou ficar aqui parado conversando com você. Se eu cedesse essa quantidade de tempo a todo mundo, nunca conseguiria completar as minhas rondas, não é?"

Ele tirou do bolso uma gaita, não um trombone dessa vez, e bateu-a contra a palma da mão de maneira profissional pra expulsar qualquer resto de cuspe ou migalha. Enfiou-a na boca e sugou e soltou o ar, produzindo dois sons diferentes, pra dentro e pra fora, depois deu outro piparote pra limpar os furos da embocadura e a guardou. Eu não tinha o que dizer sobre aquilo, aqueles dois acordes, e ele saiu em disparada feito um raio e sumiu.

Levei o cartão pra cama e o examinei. Coisas pequenas ganham importância quando estou longe de casa. Fico alerta a presságios. Coisas estranhas acontecem quando a pessoa está viajando. No topo do cartão havia duas bandeiras americanas cruzadas impressas em tinta colorida. Abaixo delas a sempre popular "Paredereclamardavida", e na parte inferior estava escrito "Sr. e sra. Meigs/Laredo, Texas". No verso do cartão, Meigs ou sua esposa tinha acrescentado um pós-escrito a lápis: "adios AMIGO e cuidado com o CHÁU."

Não entendi patavina e apaguei a luz. Ouvi um mexicano berrando furioso com Meigs. Ainda assim não consegui dormir. Saí de novo da cama e bebi uma das cervejas da caixa de isopor. Li de novo o cartão. "Paredereclamardavida!" Pensei, Ora, tudo bem, eu vou. Decidi partir imediatamente. Eu teria uma vantagem sobre Jack. Valia a pena tentar. Me vesti às pressas e coloquei a mala e a caixa de isopor no porta-malas.

Absolutamente nada estava acontecendo no centro de Laredo. Não me preocupei com o seguro mexicano do carro. Atravessei o rio Grande e do outro lado da ponte um policial mexicano apontou-me um estacionamento que era circundado por uma alta cerca de arame farpado.

Eu era a única pessoa entrando em Nuevo Laredo naquelas horas mortas da noite mas ainda assim levei um tempão para obter meu cartão de turista e a papelada do carro. O policial mexicano sentado à máquina de escrever não acreditou que a minha carteira de habilitação do Arkansas fosse realmente uma carteira de habilitação. A essa altura o documento não passava de um frágil e fino pedaço de papel arrancado de um bloco de apontamentos e parecia uma licença de pesca. Entreguei a ele o certificado de registro e licenciamento do meu Torino e ele não se deu ao trabalho de olhar lá fora pra conferir se era de fato o carro que eu estava dirigindo. O maior problema era a datilografia. Quando você dá de cara com um policial numa máquina de escrever, é melhor tomar uma Coca-Cola e relaxar.

Enquanto eu esperava, passou-me pela mente uma ideia que me fez rir um pouco. A ideia era colocar aquele sujeito mexicano e Nub ou Dub num programa de televisão pra uma competição de datilografia. Os dois ficariam se encarando em cima de um palco atrás de suas enormes Underwood e Nub tentaria bater "3 Opções Veg." em seu cardápio ao passo que o tal mexicano tentaria escrever "Raymond Earl Midge" em seu formulário. De costa a costa as pessoas urrariam observando esses dois catadores de milho. Deslizei furtivamente pra mão do homem uma cédula de um dólar dobrada até ficar do tamanho de um chiclete. Fiz o mesmo com os guarda-barreiras e os fiscais da alfândega lá fora.

Era a coisa a fazer, foi o que me disseram, mas me incomodei um pouco. A pessoa pode encarar uma nota de dólar como uma gorjeta, bem como pode encará-la como uma pequena propina. Meu receio era que no final das contas ficasse claro que um daqueles caras fosse um zelota tipo Bruce Wayne, cujos pais tinham sido assassinados por bandidos e que dedicava sua vida inteira a combater o crime. Uma tentativa de suborno, seguida da descoberta de um revólver escondido dentro de uma embalagem de torta, e eu estaria em maus lençóis. Mas nada aconteceu. Eles empalmaram os dólares como um daqueles bilheteiros de circo e ninguém inspecionou coisa alguma. O fiscal marcou a minha mala com um pedaço de giz e um dos guarda-barreiras colou um decalque nos vidros e eu dei no pé. Eu estava livre e solto no México com meu Colt Cobra.

Aqueles rapazes eram preguiçosos e não estavam muito interessados em seu trabalho, verdade seja dita, mas ainda assim fiquei feliz pelo modo com que eu tinha resolvido a situação. Mal conseguia me conformar com a serenidade que eu havia demonstrado, encarando de frente a possibilidade de ir preso. Agora eu estava surpreso e abobalhado feito uma ave doméstica que se descobre capaz de voar sobre uma cerca baixa em um momento de terror. Vestígios do poder de Midge estavam ressuscitando no sangue. Eu também me sentia feliz por estar no México e não em casa, mas isso é uma via de mão dupla porque depois do nascer do sol encontrei americanos saindo de carro do México e todos eles pareciam estar cantando canções alegres.

Acenei pra crianças carregando baldes de água e pra velhas com xales na cabeça. Era uma manhã friorenta. *Eu sou um gringo de boa vontade num pequeno Buick! Vou tentar observar os costumes de vocês!* Foi isso que coloquei em meus acenos.

Os pobres do México eram os que não usavam óculos de sol. Vi isso logo de cara. Os outros, descendentes do grande Cortez, ele que tinha queimado seus navios em Veracruz, estavam roubando pequenas vantagens no tráfego. Eles aceleravam e ocupavam a faixa contínua do centro da pista quando você tentava ultrapassá-los. Eles detestavam ser ultrapassados. Eu digo que Cortez "queimou" seus navios porque é o que todo mundo diz, mas sei perfeitamente bem que ele apenas desmantelou as naus na praia — não que isso diminua sua coragem.

A alguns quilômetros da fronteira havia um posto de controle e lá um policial examinou meus papéis. Nada batia! Eu estava dirigindo um carro completamente diferente do que estava descrito no documento. Ele não tinha condições de lidar com uma mentira tão deslavada logo de manhã tão cedo e me devolveu os papéis e com um aceno me mandou seguir em frente.

A estrada do deserto era reta e o guia de viagem dizia que ela era entediante mas eu não achei. Eu estava interessado em tudo, os arbustos verde-cinza, os cactos, uma colina baixa e marrom, uma aranha cruzando a pista. Mais tarde naquela mesma manhã apareceu uma nuvem escura que tinha uma borda verde e depois caiu uma chuva tão torrencial que os carros e ônibus encostaram pra esperar passar. Um temporal do deserto! Não dava pra enxergar um metro à frente! Liguei os faróis e desacelerei, mas segui em frente até que as lonas dos freios ficaram molhadas e já não seguravam mais.

Não gosto de desperdiçar tempo quando estou na estrada e essa parada me deixou impaciente. Se você para por dez minutos, perde mais que dez minutos de volante. Não sei por que, mas sei por que navios lerdos conseguem cruzar o Atlântico em questão de poucos dias. Porque eles nunca param! Meus tornozelos e meus sapatos novos de cordovão estavam ensopados da água que entrava espirrando pelo buraco do assoalho. Parei no acostamento e fiquei lendo *A vida e a época gloriosa de Zach Taylor*, de Binder. Não era o tipo de título de que eu gostava, mas o livro era danado de bom.

Depois que o sol saiu, dirigi devagar e por algum tempo pisei de leve no pedal até os freios secarem. Eu ainda estava na parte reta da rodovia ao norte de Monterrey quando um carro grande e amarelo surgiu em disparada e colou na minha traseira. Mais uma coisa mexicana, pensei, e então vi que era Jack Wilkie em seu Chrysler Imperial. Pelo retrovisor eu podia enxergá-lo, gargalhando e tamborilando um dedo no volante, no mesmo ritmo, supus, de alguma música no rádio. Vi seu enorme anel prateado e flocos de açúcar de uma rosquinha em volta da boca dele. De tão perto que ele estava.

Dei uma pisadinha de leve no freio o suficiente apenas pra acender a luz traseira mas mantive o acelerador pressionado. Jack achou que eu ia parar bruscamete e freou e derrapou. Suas rodas da direita saíram do asfalto e entraram no acostamento de terra e o Chrysler deixou atrás de si uma espiral de poeira. Depois ele se recuperou e colou no meu para-choque de novo, ainda gargalhando. Eu não gostei daquela risada. O truque da luz de freio era o único que eu conhecia e por isso simplesmente comecei a acelerar e acelerar. Jack ficou na minha cola, a centímetros de distância. Ele estava brincando comigo. Podia ter me ultrapassado com a maior facilidade, mas ia destruir o Buick ou me fazer desistir, uma coisa ou outra. Dirigi o carrinho o mais rápido que ele aguentava, o que pelos meus cálculos girava em torno de uns cento e quarenta e cinco por hora. Isso pro Imperial era absolutamente nada, mas eu tinha um motor de seis cilindros e uma transmissão de duas velocidades refrigerada a ar que estava guinchando feito um porco.

E a gente seguiu nessa de motores roncando e pé na tábua por quilômetros a fio, para-choque com para-choque, dois motoristas infernais, e eu já estava começando a ficar sem estômago. Eu sequer sabia qual era o sentido daquilo. As chapas de metal do carro estavam trepidando e ressoando e tudo parecia indistinto aos olhos. Partículas de ferrugem e terra dançavam no assoalho. Embalagens de chocolate voavam por toda parte.

Pra mim já chega, eu disse a mim mesmo, e estava pronto pra desistir quando o escapamento ou o eixo de transmissão caiu na estrada debaixo do Chrysler e começou a levantar faíscas. Jack tinha chegado ao fim da linha. Disparei numa ladeira e o deixei pra trás com um par de buzinadas. *Imperial amarelo-mostarda. Quase novo. Completo. Único dono. É ver e se apaixonar. Alto desempenho e ultrarrápido. Pneus em bom estado. Carro realmente ótimo. Precisa de alguns consertos. Ligar para Agência de Fianças Cherokee e perguntar por Jack. Funciona até altas horas da noite. Continue ligando.*

# Três

Perdi mais um bocado de tempo na e nos arredores da cidade de adobe de Saltillo procurando o campo da Batalha de Buena Vista. Não o encontrei. Os mapas de Binder eram inúteis e os mexicanos fingiam que nunca tinham ouvido falar de Zachary Taylor e Archibald Yell. No auge da batalha, quando a vitória era incerta e as coisas podiam tomar um rumo ou outro, o impassível Taylor virou-se pro seu oficial de artilharia e disse, "Um pouco mais de chumbo, capitão Bragg". Comentários como esse estavam inculcados na minha cabeça e ocupavam um espaço precioso que deveria estar ocupado com outras coisas mas não estava.

Desisti da busca e segui a toda sul afora no alto de um platô desolado. Estava fresco lá e a paisagem não era como a terra amistosa que eu conhecia. Aquele era o lugar seco e fresco de que tanto ouvimos falar, o lugar onde supostamente devemos armazenar coisas. O carro andava bem e eu resplandecia na alegria da jornada solitária. Era quase uma condição abençoada. Será que agora eu era um errante, como nas canções country? *Sinto muito, benzinho, mas preciso meter o pé na estrada!* Ou era apenas uma viagem? Toda vez que via uma pessoa ou um animal doméstico eu berrava um cumprimento, ou talvez uma pergunta — "Você gosta de viver aqui no México?" —, simplesmente a primeira coisa que me vinha à cabeça. Parei pra pernoitar num acampamento de trailers em Matehuala. Um jovem casal de canadenses numa perua dividiu seu jantar comigo.

Dormi no carro de novo, embora eu não gostasse muito, exposto daquele jeito às pessoas que passavam e espiavam pelas janelas e me observavam dormindo. Era como você ficar deitado de costas na praia com os olhos fechados e temendo que alguma pessoa terrível de sapatos pesados surgisse e fosse tomada pelo impulso de pisar com tudo na sua barriga vulnerável. Acordei cedo e me barbeei com a água fria da pia. Os canadenses também acordaram cedo, e me deram uma fatia de bolo inglês e uma xícara de café. Ao meio-dia eu estava em San Miguel de Allende.

O Hotel Mogador ficava a mais ou menos um quarteirão da praça principal, ou *jardín*, como eles diziam, o que quer dizer "jardim". Não havia um só hóspede no lugar. Dupree e Norma tinham ido embora fazia pouco mais de três semanas. Não fiquei muito surpreso com isso, nem muito preocupado. Daquele ponto em diante, pensei, seguir o rasto de dois estrangeiros e um cachorro chow-chow num Ford Torino azul não podia ser tarefa das mais difíceis. Eu não tinha me dado conta de que havia tantos outros americanos no México.

O dono do hotel era um homem prestativo e me mostrou o quarto deles, a atarracada cama de madeira, a banheira pequena revestida de pequenos ladrilhos azuis. Não senti nada de especial em relação ao quarto mas certamente não queria ficar ali, como o homem sugeriu. Fiz um interrogatório minucioso. Eles disseram pra onde iam? Não. Será que tinham ido pra algum outro hotel das redondezas? Possivelmente, mas ele não tinha visto os dois pela cidade. Havia um acampamento de trailers em San Miguel? Sim, atrás do Hotel Siesta na saída da cidade.

O tempo todo não me saía da cabeça que eu os encontraria num acampamento de trailers. Suponho que eu pensava que seria um lugar adequado pro relacionamento meretrício deles. Eu tinha um plano pra esse trailer. Eu daria um tranco na porta com tanta força que a corrente do trinco quebraria com um estalo. Dupree estaria sentado comendo uma tigela de cereais, segurando uma colher grande em sua mão de macaco. Eu aplicaria uma chave de braço no pescoço dele por trás. Enquanto ele cuspisse e gotas de leite voassem de sua boca, eu pegaria do bolso dele as chaves do meu carro e os meus cartões de crédito. Norma diria, "Deixe ele respirar um pouco!", e eu o empurraria pra longe e deixaria os dois lá no chiqueiro deles sem dizer uma só palavra.

Fui de carro até o lugar na saída da cidade mas não era uma comunidade de casas sobre rodas do tipo que eu tinha imaginado. Era literalmente um acampamento de trailers, um descampado empoeirado onde Mamãe e Papai podiam estacionar seu Airstream por um ou dois dias e deixar o enorme Olds 98 deles sossegado. O lugar estava quase deserto. Numa das extremidades do campo havia um motor home quadradão e na outra um velho ônibus escolar que tinha sido pintado de branco e transformado em trailer. O ônibus tinha ganhado um nome, "O Cão do Sul", que estava pintado em preto numa das laterais, mas não por um letrista munido de régua e com a mão firme. As letras garrafais e infantis esparramavam-se em diferentes ângulos e embaixo escorriam. A tinta branca também tinha sido aplicada de maneira apressada, e em certos lugares tinha encarquilhado, apresentando um acabamento rugoso como aquele que se vê em antigas calculadoras e máquinas registradoras. Aquela coisa era um ônibus hippie.

Fui ao Mogador e almocei no pátio com o dono. Com a minha diária eu tinha de fazer duas refeições lá. Estávamos rodeados de flores e gatos por toda parte. Comemos sopa de cebola e depois algumas costeletas de vitela com arroz. O homem do hotel alimentou os gatos com as sobras e eu fiz o mesmo. Que vida!

Ele disse que antes estava um pouco confuso e acabou me mostrando o quarto errado. Na verdade o quarto de Norma-Dupree ficava um andar acima do que ele havia me mostrado, e na verdade era o próprio quarto que ele havia me dado. Eu gostaria de trocar? Eu disse que não, que não fazia diferença. Depois houve alguma confusão na cozinha e ele foi investigar. Quando voltou, me disse, "Não foi nada. O esfregão pegou fogo. Todos os meus funcionários são umas bestas".

O almoço mexicano era uma coisa demorada e antes de terminarmos ganhamos a companhia de um sujeito esquisito usando um avental prata metalizado. Ele era um artista canadense que fazia coelhos de papel. Ele me mostrou um e era um coelhinho muito bem-feito exceto pelos cílios. O preço era dez dólares. Comentei que parecia haver um bocado de canadenses no México.

Ele ficou indignado. "E por que não haveria?"

"É desproporcional com relação à sua população, quero dizer. Foi apenas uma observação neutra."

"Nós somos livres pra viajar, sabe? Podemos ir até pra Cuba se quisermos."

"Creio que não estou me fazendo entender."

"Por favor faça-se entender."

"Bem, há duzentos milhões de americanos e vinte milhões de canadenses, e o meu país fica mais perto do México que o seu, mas tenho a impressão de que aqui há o mesmo tanto de americanos e canadenses. Nesta mesa, por exemplo."

"Vocês não são os únicos americanos. Vocês só roubaram esse nome."

"Olha só, por que você não vai pro inferno?"

"Que brilhante da sua parte. Tão típico."

Meu palpite era que aquela bicha estava tendo muita dificuldade pra vender seus coelhinhos superfaturados. Essa era a minha única explicação pro comportamento dele. O homem do hotel se mostrou todo animado e tentou consertar as coisas. Mas isso também irritou o artista e ele se levantou e saiu furioso, parando por um momento sob a arcada como se tivesse pensado numa coisa genial pra me chamar, que foi "cara de rato".

Ele pensou que era uma coisa genial, mas pra mim era notícia velha ser comparado a um rato. Verdade seja dita, eu parecia mais uma ave de rapina do que um rato, mas qualquer pessoa com traços pequenos e angulosos que ficam amontoados no centro do rosto pode esperar ser chamada de rato umas três vezes por ano.

Terminamos nossa refeição em paz e depois fui ao centro da cidade trocar os títulos de poupança por pesos. O banco estava fechado pro almoço até as quatro da tarde. Que belo almoço! Perambulei a pé pela cidade procurando meu Torino.

Havia um coreto na praça central, e alguns bancos de ferro lavrado e alguns bandos de pássaros barulhentos com plumas compridas na cauda. Eu os tomei por membros da família dos quíscalos. Havia árvores elegantes também, do tipo que os arquitetos gostam de desenhar na frente de seus prédios. Alguns gringos estavam espalhados pelos bancos, cochilando e lendo jornais e fazendo palavras cruzadas. Abordei um por um e fiz perguntas. Não consegui grande coisa até que mencionei o cachorro. Eles se lembravam do cachorro. Porém, não me forneceram nada além de meros relatos de aparições esporádicas. Saí de mãos vazias sem pistas nem datas concretas.

Hippies interferiram em meu trabalho parando-me pra perguntar as horas. Por que davam a mínima pra isso? E, se davam, por que não tinham relógios? As fábricas de relógio trabalhavam a todo vapor dia e noite em Tóquio e Genebra e Little Rock pra que todo mundo pudesse comprar seu próprio relógio barato, mas nenhum daqueles hippies tinha relógio. Talvez desanimassem por ter de dar corda. Ou talvez tudo fosse apenas zombaria do meu paletó e da minha gravata. Os mesmos hippies pareciam me parar repetidas vezes, mas eu não tinha certeza.

Um sargento aposentado do Exército me disse que tinha papeado um pouco com Dupree. Ele disse que tinham conversado acerca das curiosas leis sobre o consumo de bebida alcoólica nos diferentes estados, e as curiosas bebidas alcoólicas do mundo, como o ouzo e o pulque, e ele fez com que eu me sentisse contente por não ter estado lá. Em todas as suas viagens pelo mundo, ele disse, só tinha encontrado uma coisa que não tinha conseguido beber e isso era um brandy de primeira destilação em Parral, Chihuahua.

"Onde o senhor conversou com ele?"

"Aquele rapaz sulista?"

"Isso."

"Bem aqui. Eu não me sento no mesmo banco todo dia. Não é que eu tenha o meu próprio banco, mas eu *estava* aqui naquele dia. O rapaz sentou ali e comprou um picolé pro cachorro dele."

Pensei com meus botões que o homem devia estar se confundindo. A história do picolé parecia fazer sentido, mas eu não via Dupree sentado ali sendo todo bem-educado e trocando figurinhas com o Sargento.

"Ele disse pra onde ia depois daqui?"

"Acho que não. Ele não tinha muito a dizer."

"E a garota não estava com ele?"

"Eu não vi garota nenhuma, só o cachorro. Um chow-chow grande e peludo. O rapaz disse que ia aparar o pelo dele. Estava preocupado com o calor e a umidade tropical e disse qua ia dar uma boa tosada bem rente com tesoura. Ele queria saber onde poderia comprar talco antipulgas e uma tesoura pesada."

"Quando foi isso?"

"Já faz tempo. Sei lá. Eles vêm e vão. Ele roubou seu cachorro?"

"Não. O senhor o viu depois disso?"

"Não. Vi ele uma vez num carro com outras pessoas."

"Era um Ford Torino?"

"Não, era um carro pequeno e estrangeiro. Uma lata-velha. Era um carro esquisito tipo um Simca. Estavam dando umas voltas aqui no *jardín*. Não prestei muita atenção."

Outras pessoas? Carro estrangeiro? Dupree não era de fazer amizade com desconhecidos. Que história era essa? Mas o sargento não foi capaz de me dizer mais nada, exceto que as pessoas eram "encardidas" e tinham aparência de americanos. Ele apontou pra farmácia na esquina onde tinha mandado Dupree comprar talco. Depois sacou do bolso da camisa uma esferográfica e óculos, e eu dei um salto do banco, alarmado, temendo que ele estivesse prestes a desenhar algum diagrama pra mim, mas estava apenas reorganizando o conteúdo do bolso.

Eu o agradeci e fui até a farmácia e fiquei sabendo que um americano usando óculos tinha de fato comprado um pouco de talco antipulgas lá. Foi tudo que pude descobrir com a farmacêutica. Eu estava cansado. Toda aquela caçada pra provar algo que eu já sabia, que Dupree tinha estado em San

Miguel. Eu não conseguia ir além desse ponto. Eu precisava mesmo era de uma nova abordagem investigativa, um novo plano, e não era capaz de pensar em um. Passei os olhos pelo expositor de aspirinas.

"¿*Dolor?*", disse a mulher, e eu disse, "*Sí*", e apontei pra minha cabeça. Aspirinas eram fracas demais, ela disse, e me vendeu alguns comprimidos alaranjados embrulhados num pedaço de papel marrom. Fui com os comprimidos até um café e esfarinhei um deles em cima da mesa e experimentei o gosto. Ao que me constava, eram perigosas drogas mexicanas, mas engoli dois mesmo assim. Eram amargos.

A caminho do banco para uma segunda tentativa fui desviado da rota e acabei dentro de um pequeno museu. O homem que dirigia o lugar estava de pé na calçada e me levou no bico e me persuadiu a entrar. O ingresso custava apenas dois pesos. Ele tinha algumas coisas à mostra que davam gosto de ver. Havia nacos ásperos de minério de prata e duas estatuetas de argila e duas múmias em putrefação e artefatos coloniais e delicados crânios de aves e utensílios de cobre martelado. O homem me deixou manusear a prata. Escrevi meu nome no livro de visitas e vi que Norma e Dupree tinham estado lá. No espaço dos comentários Dupree tinha escrito, "Uma grande enganação. Exposição mais chata da América do Norte". Norma tinha escrito, "Do que eu mais gostei foram as opalas. São muito impressionantes". Ela tinha assinado Norma Midge. Ainda estava usando meu nome. Fiquei lá parado olhando a assinatura dela, as pequenas alças de xícara na parte de cima do N maiúsculo e do M maiúsculo.

O livro ficava em cima de uma mesa alta parecida com um púlpito e atrás dela, pregado com tachinha na parede, havia um mapa do México. Cheguei mais perto pra admirar o mapa. Datava de meados de 1880 e era um belo exemplar da cartografia inglesa. O seu mapa mais novo nem sempre é o seu melhor mapa! O relevo era representado com sombreado, e cada linha diminuta era espacejada à perfeição. O gravador era um mestre, e o impressor tinha feito milagres com apenas duas tonalidades de tinta, preto e marrom. As letras eram feitas à mão. Minha localização era por volta de 21 graus ao norte e 101 graus a oeste. Nunca na vida eu tinha estado tão ao sul, cerca de 2 graus abaixo do Trópico de Câncer.

Então depois de alguns minutos a ficha caiu. Eu sabia pra onde Dupree tinha ido e já devia saber o tempo todo. Ele tinha ido pra fazenda do pai dele na América Central. Tecnicamente San Miguel ficava dentro dos trópicos, mas numa elevação de mais de 1.828 metros o calor não seria tão forte a ponto de fazer um cachorro sofrer. E não havia umidade digna de nota. Eles estavam naquela fazenda nas Honduras Britânicas. Aquele macaco tinha levado minha esposa pras Honduras Britânicas e tinha planejado tudo no Hotel Wormington!

Eu fiquei agitado, minha *dolor* sumiu de repente, e eu quis compartilhar a boa notícia com alguém. *¡Misión cumplida!* Quer dizer, não estava exatamente cumprida, mas o resto seria fácil. Procurei um lugar para me vangloriar e logo cheguei a um bar chamado Cucaracha.

Era um salão quadrado às escuras com o pé-direito alto. Alguns bancos de madeira estofados estavam dispostos num arranjo labiríntico. Virados de frente pra este lado e pra aquele lado, e tão perto uns dos outros que era difícil se mover. Bebi bourbon até que me dei conta do quanto custava e então troquei por gim-tônica, que era muito mais barato.

Os fregueses eram em sua maioria gringos e uma curiosa mixórdia de veteranos e hippies e caloteiros de pensão alimentícia e artistas. Eram gente amigável e gostei imediatamente do lugar. *Nós todos fugimos pro México* — era a coisa que pairava no ar e produzia uma espécie de bonomia triste. Fiquei surpreso de me ver falando com tanto desembaraço dos meus assuntos particulares. O pessoal do Cucaracha me ofereceu dicas sobre a ida de carro até as Honduras Britânicas. Eu me deleitei com toda a atenção que recebi na condição de personagem de um drama internacional. Minha dor de cabeça voltou e tomei mais alguns comprimidos.

No fim das contas um dos hippies era de Little Rock. Nunca pensei que me sentiria tão feliz de ver um hippie, mas fiquei contente de ver aquele sujeito. Ele estava com uma namorada hippie, que vestia meias brancas de enfermeira. Ela era uma belezura mas demorei a perceber isso porque o cabelo espetado dela era feio demais. Além disso lá dentro estava escuro. Perguntei ao hippie o que ele fazia e ele disse que bebia um litro de brandy Madero todo dia e tomava seis comprimidos de benzedrina. Ele me perguntou o que eu fazia e fui obrigado a dizer que não fazia muita coisa. Depois conversamos sobre Little Rock, ou pelo menos eu falei. Achei que talvez tivéssemos amigos em comum, ou, se não, sempre poderíamos falar sobre as diferentes ruas e seus nomes. O hippie não estava interessado em nada disso. Ele disse, "Little Rock é um pé no saco", e a namoradinha riponga dele disse, "North Little Rock também".

Mas isso não importava, eu estava me divertindo. Tudo era engraçado. Uma mulher americana com um bonezinho de jogar tênis branco enfiou a cabeça pelo vão da porta e um segundo depois sumiu quando viu que tipo de lugar era aquele. Isso fez a turma do Cucaracha cair na risada, um acusando o outro de ser a pessoa medonha responsável por ter afugentado a mulher. Conversei com um aleijado, um gringo de cabelo grisalho, que estava sendo escanteado pelos outros beberrões. Ele disse que tinha derrubado dois aviões japoneses quando fazia parte dos Tigres Voadores. Agora ele era dono de uma fábrica de chicletes em Guadalajara. As pessoas o odiavam, ele disse, porque seus princípios não permitiam que ele emprestasse dinheiro, tampouco que pagasse bebidas pra qualquer outra pessoa além de si mesmo. Ele descreveu pra mim as seis primeiras jogadas de uma importante partida de futebol americano em Stanford em 1935, ou devo dizer as seis primeiras jogadas depois do *scrimmage*, já que ele não contava o *kickoff* como jogada.

Do outro lado do recinto havia duas garotas australianas e o Tigre Voador disse que elas queriam me conhecer. Ele me contou que já fazia um bocado de tempo que elas estavam tentando chamar a minha atenção. Fui imediatamente até lá e me sentei com elas. Essas garotas eram duas gracinhas magras que estavam rodando o mundo de carona com suas bolsas a tiracolo. Mas era tudo uma pegadinha, o convite, e elas não queriam me conhecer coisa nenhuma. Eu me sentei ao lado de outra garota, esta uma professora de Chicago, e depois tive de me levantar de novo porque o lugar estava reservado, pelo menos foi o que ela disse. Fiquei um tempão de olho naquele lugar vazio no banco e na verdade ele não estava reservado pra ninguém. Um hippie usando um macacão listrado veio do balcão e se sentou ao lado dela. Ela o avisou de que o lugar estava reservado mas aquele sujeito esquisitão não se levantou. "Você não pode guardar lugar", ele disse. Que declaração! Você não pode guardar lugar. Nem em um milhão de anos eu jamais teria pensado nisso.

Eu esqueci a história do banco e fiquei lá sentado e bebi gim-tônica até que a quinina da água tônica fizesse meus ouvidos zumbirem. Alguém nessa noite me disse que tinha visto Dupree com um sujeito usando um colar cervical, mas eu estava bêbado demais pra ir atrás disso e a coisa me saiu completamente da cabeça. Comecei a tagarelar. Falei pra todo mundo do negócio de Midgestone do meu pai, como os laminados de pedra eram cortados com fitas de serra especiais, e como eram moldados e areados. Falei do meu bisavô construindo a primeira estufa no Arkansas e como ele cultivou uma variedade de pêssegos duros e pequenos que eram à prova de passarinhos e perfeitos para o transporte, embora insossos. Eu não conseguia parar de falar, virei um chato de galochas e sabia disso, mas não conseguia parar. Era importante pra mim que eles soubessem dessas coisas, e quem senão eu iria lhes contar?

Eles fugiam da minha presença, os hippies e os veteranos e as belezuras, e me deixaram sentado sozinho no canto. Continuei bebendo, eu me recusei a ir embora. Todos eles tinham virado a cara pra mim mas eu não ia deixar que me fizessem cair fora de lá. Havia muita velharia no jukebox e eu, que nunca na vida tinha mexido num jukebox, fazia o garçom pegar meu troco a cada rodada de bebida e tocar "It's Magic", com Doris Day. Ela estava cantando essa canção, que para mim era novidade, quando entrei no bar. Eu já tinha ouvido falar de Doris Day mas ninguém nunca havia me contado que boa cantora ela era.

Por volta da meia-noite o casal hippie de Little Rock começou a discutir. Eu não conseguia ouvir o que o rapaz estava dizendo porque a voz dele era baixa, mas ouvi a garota dizer, "Nem o meu *pai* fala assim comigo e você *com certeza* também não vai!". A garota estava exaltada. Ele estendeu a mão pra tocá-la ou pra apresentar um novo argumento e ela a rechaçou e se levantou e saiu às pressas, pisando duro em suas meias brancas e resvalando em um velho que apareceu no vão da porta.

Era um homem gordo, mais velho que o Tigre Voador, e perscrutava da esquerda para a direita como um animal caçando comida. Usava um chapéu branco e uma camisa branca e calças brancas e uma gravata-borboleta preta. Esse velhote, pensei comigo, se parece muito um árbitro de boxe, a não ser pelo chapelão de abas moles e a lanterna militar presa no cinto.

Ele olhou ao redor e disse, "Cadê o menino que está indo pras Honduras Britânicas?".

Eu não abri a boca.

Ele levantou a voz. "Estou procurando o menino que vai pras Honduras Britânicas. Ele está aqui?"

Se eu tivesse ficado de boca fechada mais cinco segundos, ele teria seguido o caminho dele e eu teria seguido o meu. Eu disse, "Estou aqui! No canto! Mas não posso falar!". Fazia um bocado de tempo que eu não falava e a minha voz saiu grasnada e sem um pingo de autoridade.

"Onde?"

"Bem aqui!"

"Não estou vendo você!"

"No canto!"

Ele abriu caminho aos trancos e barrancos pelo salão e tirou o chapéu e se juntou a mim no banco. Suas calças brancas eram compridas demais e mesmo quando ele estava sentado havia excesso de roupa empilhada sobre os sapatos. "Eu não consegui ver você por cima de tantas cabeças", ele disse.

Eu ainda estava furioso, cuspindo fogo, um bêbado ressentido, e descarreguei nele a minha irritação. "Não tinha como o senhor enxergar um ser humano normal aqui lá de onde o senhor estava. Eu não sou uma girafa. Pra sua informação, senhor, muitos pilotos da Marinha têm um metro e setenta de altura. Por que o senhor não experimenta chamar Audie Murphy de tampinha? Faça isso e o senhor vai acordar na Enfermaria St. Vincent."

Ele não deu atenção a essa lenga-lenga. "Meu ônibus quebrou e eu preciso voltar pra estrada", ele disse. "Quando é que você sai de viagem?"

"Aqui ninguém me deixa falar."

"Quem não deixa?"

"Todos esses bebuns. Quem vê pensa que são os donos do bar. Tenho o mesmo direito que eles de ficar aqui e se eles não querem me ouvir falar sobre a estufa podem ir pro inferno! Esses pinguços nunca plantaram coisa nenhuma na vida."

Nem eu, aliás, mas não era a mesma coisa. O velho se apresentou como dr. Reo Symes. Ele aparentava estar com a saúde debilitada. Seu cinto tinha uns vinte centímetros de comprimento a mais que o necessário, e a ponta se enrolava e pendia flácida da fivela. Sob seus olhos havia bolsas escuras e suas orelhas eram carnudas e peludas. Um olho estava gravemente inflamado e essa foi a coisa que me fez sentir que eu estava falando com o sr. Proctor ou o sr. Meigs.

Ele disse que era da Louisiana e que estava a caminho das Honduras Britânicas quando seu ônibus escolar-trailer quebrou. Ele era o dono do Cão do Sul. Ele perguntou se podia pegar a estrada comigo e dividir as despesas. Exagerando tudo como o bêbado nojento que eu era, eu disse que ele era mais que bem-vindo e que eu não cobraria nada. Sua companhia seria um pagamento mais que suficiente. Ele me questionou sobre minhas habilidades ao volante e eu garanti que era um bom motorista. Ele disse que estava com medo de pegar um ônibus mexicano porque os motoristas de lá tinham a péssima reputação de tentar ir mais rápido que os trens nas passagens de nível. Ele me ofereceu algum dinheiro adiantado que eu recusei com um gesto. Eu disse que o buscaria pela manhã.

Eu tinha planejado esquadrinhar o céu naquela noite em busca do Cruzeiro do Sul e da Nebulosa do Saco de Carvão, mas quando saí do bar estava nublado e garoava. Comprei dois cachorros-quentes de um homem empurrando um carrinho em volta da praça. A um quarteirão dali a cidade estava totalmente às escuras. Cambaleei pelo meio da rua de paralelepípedos e tentei dar a impressão de que estava apenas saracoteando. Nos vãos de portas sem iluminação havia gente fumando cigarros e pensando seus pensamentos mexicanos.

Um gato do hotel, branco, me seguiu escada acima até o meu quarto e eu lhe dei um dos cachorros-quentes. Não o deixei entrar no quarto. Seria uma bondade despropositada. Ele se afeiçoaria a mim e depois eu teria de abandoná-lo. Dentro do quarto logo junto à porta havia um espelho de corpo inteiro e a imagem que ele refletia era ondulada e amarelada. Eu sabia que Norma devia ter ficado ali diante dele e ajeitado as roupas. O que ela estaria vestindo? Eu gostava mais quando ela usava suas roupas de inverno e nem me lembrava direito dos seus trajes de verão. Que arraso quando ela vestia o casaco branco e o gorro de tricô vermelho! Com o Espírito do Inverno beliscando suas bochechas e seu nariz ondulado!

# Quatro

Estava chovendo quando acordei de manhã. Depois de pagar a conta do hotel ainda me sobraram sete ou oito dólares e uns sessenta pesos. Ouvi um terrível tinido metálico quando tentei dar partida no carro. Uma bomba de água ou uma junta universal que não estão muito bem das pernas dão um aviso antes de bater as botas, mas aquilo era um defeito súbito e grave, ou pelo menos foi o que eu pensei. Uma biela ou uma corrente de distribuição quebrada. Resistência dos materiais! Bem, eu disse pra mim mesmo, o pequeno Buick já era.

Desci e abri o capô. Lá estava o gato branco, decapitado pelas pás do ventilador. Não acreditei. Ele tinha se enfiado dentro do compartimento do motor daquele carro, não de um outro carro qualquer, e ali estava o sangrento produto do meu trabalho manual. Eu não sabia lidar com coisa nenhuma. Não era capaz de dar conta nem mesmo das pequenas decências da vida. Mal conseguindo respirar, fiquei zanzando em volta do carro.

Um menino carregando alguns livros de escola parou para me observar e eu lhe dei dez pesos pra remover a carcaça. Tentei me recompor. Ócio e solidão levaram a esse drama: um bosta qualquer se achando o maior dos pecadores. Dirigi até a praça e esperei o banco abrir. Minhas mãos tremiam. Eu tinha lido em algum lugar que gatos brancos quase sempre são cegos, como dálmatas. Minha boca estava seca e perdi a visão periférica.

O gerente do banco disse que não poderia trocar os títulos mas poderia aceitá-los como depósito se eu quisesse abrir uma conta. O dinheiro seria liberado na minha conta em mais ou menos um mês. Um mês! Por que eu não tinha trocado tudo por dinheiro nos Estados Unidos? Como eu perdi tempo! Norma teria adorado isso e eu não podia culpá-la. Sempre fui impaciente com esse tipo de improvidência infantil por parte de outras pessoas.

O acampamento de trailers Siesta agora era um campo de lama. O sr. Symes estava tomando café em seu ônibus Ford branco. Os assentos dos passageiros tinham sido removidos e substituídos por uma mixórdia de móveis que não haviam sido fixados, tampouco ajustados no tamanho ou customizados de forma alguma. Havia um colchão imundo no piso e uma barafunda de caixas e cadeiras e mesas. Era a bagunça de um velho por cima da bagunça de um hippie. Aceitei um pãozinho e recusei o café. Eu adorava aqueles pãezinhos mexicanos mas não gostei do visual da xícara do doutor e nunca dei muita bola para café instantâneo porque não tem cheiro.

Fui franco com ele. Expliquei o problema dos títulos e mostrei a exata quantia de dinheiro que eu tinha. Foi um momento péssimo. Eu já estava constrangido pelo meu comportamento no bar e agora, depois de toda aquela conversa expansiva sobre carona grátis, acabei fazendo o papel de mentiroso pão-duro. Fiz-lhe uma proposta. Eu o levaria de carro até as Honduras Britânicas se ele pagasse a gasolina e cobrisse outras despesas. Quando chegássemos a Belize, eu mandaria um telegrama pra casa pedindo dinheiro e reembolsaria metade dos gastos. Nesse ínterim eu lhe daria em mãos cinco dos meus títulos de poupança.

Ele ficou desconfiado e eu podia entender isso, embora o acordo me parecesse bastante justo. Os títulos não eram negociáveis, ele disse, e não teriam utilidade alguma pra ele. Apontei para o fato de que tinham, sim, certo valor de refém. Seria do meu interesse libertá-los. Ele olhou o carro. Que estava assentado numa posição esquisita porque os pneus eram de tamanhos diferentes. Ele disse, "Beleza, então. Vamos que vamos", e arremessou seu café por uma das janelas.

Houve um problema de trinco e ferrolho na porta do ônibus e ele a trancou com um cadeado de latão. Levou consigo sua maleta e um galão de água potável e uma caneca de plástico e um saco de marshmallows. Deixamos o Cão do Sul estacionado lá na lama.

Ele estava circunspecto. Tinha pouco a dizer. Fuçou o rádio, por mais tempo que eu teria tentado, e depois desistiu. Ele disse, "Se um homem quisesse ouvir o noticiário neste carro, não teria a menor sorte, teria?".

"Este não é o meu carro. No meu carro tudo funciona."

Os céus estavam desanuviando e o sol da manhã era ofuscante. Ele esticou a mão para o para-sol da direita que jamais tinha estado ali. Sua mão caiu e ele resmungou.

"Ele anda bem", eu disse.

"O que é essa trepidação toda?"

"Os suportes do motor estão gastos."

"Os o quê?"

"Os suportes do motor. Estão parecendo uma geleia preta lá embaixo. Bem, mas um V-6 também chacoalha pra caramba. Vai melhorar depois que a gente ganhar velocidade."

"Você acha que vamos conseguir?"

"Sim, acho. É um bom carro." Eu tinha dito isso só pra dizer alguma coisa, mas pensei bem e concluí que era verdade.

"Espero que uma roda não saia voando dessa coisa", ele disse.

"Eu também espero."

Ele se preocupava muito com isso, que uma roda saísse voando, e deduzi que algo do tipo já tinha acontecido uma vez com ele e o deixou impressionado.

Quando chegamos a Celaya, que ficava a apenas uns quarenta e oito quilômetros de San Miguel, se tanto, saí da estrada e fui pro centro da cidade. Dirigi devagar uma rua acima e outra rua abaixo. Achei que talvez visse alguns edifícios crivados de balas ou pelo menos uma estátua ou algum tipo de placa ornamental.

O dr. Symes disse, "O que você está fazendo agora?".

"Esta aqui é Celaya."

"E daí?"

"Houve uma grande batalha aqui em 1915."

"Eu nunca ouvi falar deste lugar."

"Creio que foi a terceira batalha mais sangrenta já travada no hemisfério."

"E daí?"

"Algumas fontes dizem que foi a quarta mais sangrenta. Obregón perdeu seu braço aqui. O exército de Pancho Villa foi massacrado. Sabe o que ele disse?"

"Não."

"Ele disse, 'Eu prefiro ser derrotado por um china do que por aquele *perfumado*, Obregón'."

"Contra quem eles estavam lutando?"

"Era uma guerra civil. Estavam lutando um contra o outro."

"Nunca ouvi falar disso."

"Bom, foi há muito tempo, e aconteceu bem aqui, nesta cidade. Aposto que por aqui há um bocado de velhos zanzando que participaram da batalha. Se o meu espanhol fosse melhor, eu tentaria encontrar um deles pra conversar."

"Não vamos fazer isso."

O doutor fingiu contar o seu dinheiro. Ele disse que tinha apenas uns cinquenta dólares. Sua surrada carteira de couro tinha cerca de trinta centímetros de comprimento e estava presa por uma corrente às roupas dele de alguma maneira. Era como uma daquelas enormes carteiras carregadas por caminhoneiros, por leiteiros e vendedores de batatas fritas.

Havia três tipos de gasolina no México naquela época e eu vinha comprando a melhor, a Pemex 100. Agora, para economizar dinheiro, o dinheiro do doutor, comecei a usar a variedade intermediária que supostamente tinha uma octanagem de 90. Eu não acredito que fosse tão alta, porque nos longos trechos de montanhas os pistões chacoalhavam feito garrafas vazias dentro de um saco.

Esse ruído incomodava o doutor. Ele disse, "O velho Modelo A tinha um avanço de ignição que você podia manipular. Não sei por que se livraram dele. Bom, são os sabichões de Detroit. O afogador manual também. Isso já era. Já *foi*".

"Qual é o problema com o seu ônibus?"

"Acho que é um rolamento fundido. Minha roda direita da frente. Ela estava balançando e estava saindo do cubo um barulho de rangido. Pedi pra um cara dar uma olhada numa oficina em Ciudad Victoria."

"E o que ele disse?"

"Sei lá o que ele disse. Ele lubrificou o rolamento. Segui em frente e durante um tempo foi tudo bem. Depois essa roda começou a chacoalhar e fiquei com medo de que a desgraçada fosse sair voando."

Mas o doutor não falava muito, exceto pra fazer reclamações, e achei que seria uma jornada longa e silenciosa. Fiz algumas considerações de viagem. Eu disse que os pais e mães mexicanos pareciam ser mais gentis e carinhosos com os filhos do que os americanos. Ele nada disse. Comentei sobre os edifícios novos, a extravagante arquitetura mexicana. Ele disse, "Não tem muita coisa acontecendo dentro desses prédios".

Minhas guinadas abruptas também o incomodavam. Ele ficava sentado todo rígido no banco e observava e ouvia. Queixava-se do cheiro de cachorro e da poeira que subia do assoalho. Bebia de uma garrafa de licor B & B. Disse que sofria de bronquite crônica de cantor e que tomava esse licor pra garganta desde que o governo havia proibido o uso de codeína no xarope pra tosse.

"Pura conversa fiada", ele disse. "Eu já vi todo tipo de viciado e nunca conheci uma só pessoa que fosse viciada em codeína. Eu mesmo já tomei uns duzentos litros dessa coisa. O vinho deixa a pessoa doida mais rápido do que qualquer outra coisa que eu conheço e você pode comprar quanto vinho quiser. Bom, são os sabichões de Washington. Eles sabem de tudo."

"O senhor é formado em medicina?"

"Não estou exercendo a prática no momento."

"Uma vez andei pesquisando sobre a área da medicina. Pedi alguns catálogos de universidades."

"Estou aposentado da prática médica."

"Esses médicos ganham uma dinheirama."

"Em geral isso é verdade. Eu estaria bem de vida hoje se tivesse dado mais atenção aos meus métodos de diagnosticar doenças. O diagnóstico é a sua maior preocupação. Sempre me preocupei mais com a cura. Foi um grave erro da minha parte. Minha vida inteira foi arruinada por um homem chamado Brimlett. Eu não o diagnostiquei."

Depois de algum tempo ele pareceu se dar conta de que eu não o roubaria e tampouco bateria o carro. Ele relaxou e tirou o chapelão. Na parte de trás da cabeça dele havia um penacho pontudo de cabelo como o de um gaio-azul. Ele não se lembrava do meu nome e ficava me chamando de "Speed".

Fiquei sabendo que ele vinha vivendo nas sombras havia muitos anos. Tinha vendido sobras de tapetes felpudos e pinturas em veludo na carroceria de um caminhão na Califórnia. Tinha vendido sapatos pelo correio, sapatos de formas grandes que deviam ser quase redondos, com larguras que chegavam ao tamanho Extra-Extra-Extra-Extra-Extra-Extra-Largo. Tinha vendido bulbos de gladíolo e vitaminas para homens e pílulas que queimavam gordura e ganchos para todas as finalidades e peras estragadas pelo granizo. Tinha recebido módicos honorários ensinando veteranos a fingir dores no peito e assim conseguir internação imediata nos hospitais da Administração dos Veteranos e uma semana grátis na cama. Tinha vendido pequenos ranchos no Colorado e certificados de posse de ações sem registro no Arkansas.

Ele disse que tinha tido muito poucos problemas com a lei nos anos recentes, embora tivesse sido preso duas vezes na Califórnia: a primeira por perturbação do culto religioso, e depois por se passar por um oficial da Marinha. Eram coisinhas de nada. Por este último delito ele tinha ido parar no xilindró em San Diego; seu uniforme estava em péssimas condições e ele era velho demais para a modesta patente que havia simulado. Disse que estava apenas tentando abrir uma pequena linha de crédito num banco. Um amigo de Tijuana chamado Rod Garza pagou sua fiança e a coisa nunca nem chegou ao tribunal. A prisão na igreja foi por conta de uma rusga com alguns dos membros do coro que tinham dado beliscões e mordidas nele e cutucado sua bunda. Eles estavam tentando tirá-lo à força do coro, porque alegavam que ele cantava fora do ritmo e os fazia perder o compasso. Certo domingo ele se virou para eles e os açoitou com um pedaço de corda de grama trançada. Algumas mulheres choraram.

Perguntei se quando estava na Califórnia ele alguma vez havia visitado o Parque Nacional de Yosemite.

"Não, nunca."

"E Muir Woods?"

"O quê?"

"Muir Woods."

"Nunca ouvi falar."

"Eu gostaria de ver aquelas bandas. Já fui pro Novo México e pro Arizona mas nunca estiquei até a Califórnia. Eu gostaria de ir até lá qualquer hora."

"Você vai adorar se gostar de ver uns crioulos do tamanho de armários beijando mulheres brancas na boca e bolinando os peitos delas em público. Lá eles fazem o que dá na telha, Speed. Eles estão nadando de braçada lá. Se eu fosse um crioulo, é pra lá que eu iria. Foi um policial negão que me prendeu na porta daquela igrejinha lá em Riverside. É mole? O cara me algemou também, como se eu fosse Billy Cook. Não dá pra esperar que um crioulo da Califórnia se sujeite a um homem branco, mas achei que ele podia pelo menos mostrar alguma consideração pela minha idade."

"O senhor foi pra cadeia?"

"Passei só uma noite. Até a terça de manhã. O juiz municipal me multou em trinta e cinco dólares e me mandou achar outra igreja onde cantar."

Perguntei se ele estava indo pras Honduras Britânicas de férias e ele disse, "Férias! Você acha que eu sou do tipo de homem que tira férias?".

"Por que motivo o senhor está indo lá?"

"Minha mãe está lá. Preciso vê-la."

A mãe dele? Não acreditei. "Ela está doente?"

"Eu não sei. Preciso tratar de uns assuntos com ela."

"Quantos anos ela tem?"

"Ela é tão velha que está andando de lado. Eu odeio ver isso também. É um mau sinal. Quando esses velhinhos começam a rastejar de um lado pro outro arrastando os pés, é porque já estão nas últimas."

Ele queria tratar com ela sobre um pedaço de terra da qual ela era dona, na Louisiana, perto da cidadezinha de Ferriday. Era uma ilha no rio Mississippi chamada Jean's Island.

"Não está servindo de nada pra ela", ele disse. "Ela simplesmente entregou pros pássaros e pras cobras. Ela paga impostos todo ano e a terra não gera um centavo de renda. A única vantagem é a valorização. Ela não quer dar a terra pra mim e também não me deixa usá-la. Ela é minha mãe e a tenho na mais alta conta, mas ela é dura na queda pra fazer negócio."

"Não é uma terra cultivada?"

"Não, é só madeira bruta. O potencial é enorme. Só as nogueiras valem cinquenta mil dólares em madeira compensada pra móveis. E depois os tocos podem ser cortados e transformados em empunhadura de revólver. O que você acha de cinquenta mil dólares?"

"Parece um dinheiro danado de bom."

"Algumas daquelas árvores são impressionantes. Troncos duplos."

"Talvez o senhor consiga arranjar uma licença para extrair madeira."

"Eu arranjaria uma licença se eu pudesse. O que eu quero é uma escritura. Mas também não estou falando de uma escritura de renúncia, e sim de uma escritura de garantia com autenticação. Você entende o que eu estou te dizendo?"

"Sim."

"Você disse licença pra *extrair madeira*?"

"Sim."

"Foi o que eu achei que você tinha dito. Por que eu ia querer cortar a madeira?"

"Foi ideia do senhor. As nogueiras."

"Eu tava só tentando te mostrar o valor do lugar. Não vou cortar aquelas árvores. Você está louco? Corte as árvores e a coisa toda vai por água abaixo e depois como é que você fica? Quer saber a minha opinião? Eu digo pra deixar as árvores quietas e transformar o lugar numa reserva de caça particular. Mas não estou falando de esquilos e patos. Estou falando de encher o lugar com feras de verdade. Javalis africanos e búfalos-africanos. Não digo que vai ser barato, mas esses caçadores têm um punhado de grana e não se importam de gastar."

"Não é uma má ideia."

"Tenho uma centena de ideias melhores que essa, mas Mamãe não responde às minhas cartas. O que me diz de um rancho pra meninos cristãos? É um cenário ideal. É de se imaginar que ela se interessaria por isso, certo? Bem, errado. Que tal um parque temático? A terra de Jefferson Davis. Lá não fica longe do latifúndio do velho Davis. Escute isso. Eu me vestiria todo elegante igual ao Davis, de sobrecasaca e tudo, e receberia os turistas assim que eles pusessem os pés pra fora da balsa. Eu olharia fixamente para eles como o velho Davis e seu olho enevoado e as crianças chorariam e agarrariam as mãos das mães e depois — este é o desfecho — me veriam dar uma piscadela com meu olho límpido. Eu teria Lee também, e Jackson e Albert Sidney Johnston, andando pelo meio do caminho. Contrataria algumas pessoas com barba, sabe, pra fazer isso. Eu não teria Braxton Bragg nem Joseph E. Johnston. Toda tarde às três o Lee tiraria seu sobretudo cinza e se engalfinharia numa luta livre com um aligátor num poço de lama. Sorteio de prêmios. Uma grande quantidade de camisetas e talvez alguns televisores preto e branco portáteis. Se a pessoa não gostar disso, que tal uma pista de Stock Car? Corridas o ano inteiro quase sem regras. Curvas mortíferas bem na beira da água. As quinhentas milhas de Symes no dia de Natal. Promoção casada com direito a um ingresso pro Sugar Bowl.* Que tal um parque industrial? Que tal um arranha-céus com jardim no terraço? O que me diz de uma

---

\* Tradicional partida anual de futebol americano universitário disputada no Mercedes-Benz Superdome em New Orleans, Louisiana; o jogo é realizado em 1º de janeiro. (N.T.)

escolinha de beisebol? Que tal uma ilha de macacos? Hoje em dia ninguém vai querer pagar pra ver um ou dois macacos. As pessoas querem ver um monte de macacos. Tenho um bocado de ideias mas primeiro preciso pôr as mãos na ilha. Você consegue entender aonde quero chegar? É o pedaço de terra mais quente da Louisiana, de longe."

"O senhor é um estudioso da Guerra Civil, dr. Symes?"

"Não, mas meu pai era."

"Que história é aquela com Bragg? O senhor disse que não haveria um Bragg andando lá no seu parque."

"Meu pai não tinha tempo pra Bragg nem Joseph E. Johnston. Ele sempre disse que Bragg perdeu a guerra. O que você sabe sobre aqueles restaurantes giratórios, Speed?"

"Não sei de coisa nenhuma sobre eles, mas posso dizer que Braxton Bragg não perdeu a guerra sozinho."

"Estou falando daqueles restaurantes no topo dos prédios que ficam dando voltas e voltas enquanto as pessoas comem."

"Eu sei do que o senhor está falando mas nunca estive em um. Veja bem, o senhor não pode sair por aí dizendo que Braxton Bragg perdeu a guerra."

"Meu pai disse que ele perdeu a guerra em Chickamauga."

"Eu sei o que Bragg fez em Chickamauga, ou antes o que ele não fez. Também não posso aceitar as desculpas de Joseph E. Johnston pra não ter ido ajudar Pemberton mas não ando por aí dizendo que ele perdeu a guerra."

"Bom, era nisso que o meu pai acreditava. Pollard era o homem dele. Um sujeito chamado Pollard, ele disse, escreveu o único relato imparcial da coisa."

"Eu li Pollard. Ele chama Lincoln de macaco do Illinois."

"Pollard era o homem dele. Já eu não leio essas velharias. Isso aí são águas passadas. Eu nunca perdi meu tempo com esse lixo. Qual é a sua opinião pessoal sobre os tais restaurantes giratórios?"

"Acho que são uma coisa boa."

"A esposa do Leon Vurro disse que eu devia ter uma torre de cinquenta andares bem no meio do parque com um restaurante giratório no terraço. O que você acha?"

"Acho que ficaria bom."

"Essa é a sua opinião. Acontece que eu tenho a minha. Vamos calcular os custos. Tá legal, os turistas panacas e os casais em lua de mel estão lá um dia jantando e eles dizem, 'Vamos ver, a gente está olhando pra Louisiana agora ou pro Mississippi, qual dos dois?' Eu digo, diabos, qual seria a diferença? Um lado do rio é igualzinho ao outro. Você acha que seria barato? Todo aquele maquinário? Engrenagens e correias quebrando todo dia. Você teria de contratar dois ou três filhos da mãe do sindicato trabalhando em tempo integral só pra manter a coisa funcionando. E a conta de luz? Mil dólares por mês? Dois mil? Você teria de cobrar dezoito dólares por um filé pra se dar bem num negócio como esses. E tudo isso só pra que um panaca e sua família possam ver trezentos e sessenta graus dos mesmos malditos campos de algodão. Eu não gosto disso. Você tem alguma noção de quanto custaria erguer uma torre de cinquenta andares? Não, você não tem, e a Bella Vurro também não. E provavelmente você não dá a mínima. Eu sou o pobre filho da puta que vai ter de assumir a dívida."

"Veja bem, dr. Symes, eu sei que Bragg deveria ter sido substituído no comando antes. Todo mundo sabe disso hoje. Joe Johnston também, mas daí a dizer que ele perdeu a guerra é uma diferença muito grande."

"O que você faz da vida, Speed?"

"Voltei pra faculdade agora. Estou tentando acumular horas de aula pra obter uma licenciatura."

"Então você é um estudante de trinta anos de idade, é isso que você é."

"Eu tenho vinte e seis anos."

"Bem, acho que você não está fazendo mal a ninguém."

"A Guerra Civil era o meu campo de estudos."

"Uma baita perda de tempo."

"Não acho. Estudei por dois anos na Ole Miss sob a orientação do dr. Buddy Casey. Ele é um homem admirável e um acadêmico renomado."

"Por mim tanto faz se você passou dois anos vagabundeando. Por mim tanto faz se passou dois anos jogando Parcheesi."

"Esse é um comentário tolo."

"Você acha?"

"É uma estupidez."

"Tá legal. Escute aqui. Você é um leitor? Você lê muitos livros?"

"Leio bastante."

"E você vem de uma família de leitores, certo?"

"Não, isso não está certo. Isso está completamente errado. Meu pai não tem nem seis livros. Ele só lê o jornal umas duas vezes por semana. Ele lê revistas de pesca e as propostas de concorrência da área da construção. Ele trabalha. Ele não tem tempo pra ler."

"Mas você é um leitor."

"Tenho mais de quatrocentos volumes de história militar no meu apartamento. Ao todo, tenho vinte metros lineares de livros."

"Tudo bem, agora escute aqui. Jogue aquele lixo pela janela. Tudinho."

Ele enfiou a mão dentro da sua maleta e sacou um livrinho com uma capa amarela de papel. O celofane que outrora encadernava a capa e a contracapa estava rachado e soltando. Ele brandiu o livro. "Jogue todas aquelas coisas mortas pela janela e ponha isto aqui na sua estante. Ao lado da sua cama."

Que declaração! Livros, pesados, voando pela janela do apartamento do Rhino! Eu não podia tirar os olhos da estrada por muito tempo mas olhei de soslaio para a capa. O título era *Com asas como águias* e o autor era John Selmer Dix, MSc.[*]

---

[*] O título do livro parece tirado de uma citação bíblica, Isaías 40:31: "Mas os que esperam no Senhor renovarão as forças, subirão com asas como águias; correrão, e não se cansarão; caminharão, e não se fatigarão." (N.T.)

Dr. Symes folheou as páginas. "Dix escreveu este livro quarenta anos atrás e ainda tem o frescor do orvalho da manhã. Bem, e por que não teria? A verdade nunca morre. Agora, esta aqui é uma primeira edição. Isso é importante. É esta aqui que você quer. Lembre-se da capa amarela. Eles mudaram as coisas nas edições posteriores. Uma palavrinha aqui e ali, mas faz diferença. Não sei quem está por trás disso. Colocaram o Marvin assistindo à televisão em vez de ouvir música dançante no rádio. Coisas do tipo. É este aqui que você quer. Este aqui é o Dix legítimo. Este é o livro que você quer no seu criado-mudo bem ao lado do seu copo d'água, *Com asas como águias* com a capa amarela. Dix foi o homem mais formidável do nosso tempo. Ele era um verdadeiro mestre das artes, e de algumas ciências também. Foi o maior escritor que já existiu."

"Dizem que Shakespeare foi o maior escritor que já existiu."

"Dix coloca Shakespeare no chinelo."

"Nunca ouvi falar dele. De onde ele é?"

"Ele era de toda parte. Agora já morreu. Foi enterrado em Ardmore, Oklahoma. Recebia sua correspondência em Fort Worth, Texas."

"Ele morava em Fort Worth?"

"Ele morava em todo lugar. Você conhece o velho Clube Elks em Shreveport?"

"Não."

"Não o novo. Não estou falando das novas instalações."

"Não sei nada a respeito de Shreveport."

"Bem, não importa. Uma das minhas maiores tristezas é que nunca consegui conhecer Dix pessoalmente. Ele morreu falido num hotelzinho de beira de estrada de ferro em Tulsa. A última coisa que ele viu pela janela ninguém tem como saber. Nunca encontraram o baú dele, sabe? Ele tinha um baita de um baú de latão que era todo amarrado com arame e cordas e correias e tiras, e que ele levava pra toda parte. Nunca acharam. Ninguém nem sabe o que tinha dentro do baú."

"Bom, as roupas dele, o senhor não acha?"

"Não, ele nem tinha roupas pra contar a história. Nenhuma *troca* de roupas. Os famosos chinelos dele, é claro."

"A correspondência dele, talvez."

"Ele queimava todas as cartas sem ler. Não quero mais ouvir os seus palpites. Você acha que vai acertar a resposta assim de cara? Gente mais inteligente que você vem estudando esse problema faz anos."

"Livros, então."

"Não, não, não. Dix nunca lia coisa nenhuma a não ser os jornais diários. Ele *escrevia* livros, ele não tinha de ler livros. Viajava com pouca bagagem exceto pelo baú. Pensava com mais clareza quando estava em movimento. Toda a melhor parte da obra dele ele escreveu dentro de um ônibus. Sabe aquele ônibus expresso que sai de Dallas diariamente ao meio-dia rumo a Los Angeles? É desse que ele gostava. Ele rodou pra lá e pra cá o ano inteiro quando estava trabalhando no *Asas*. Viu a passagem das estações dentro daquele ônibus. Conheceu todos os motoristas. Ele tinha uma lousa que ele punha em cima do colo pra que assim pudesse espalhar as coisas dele, sabe, e trabalhava lá no assento da janela."

"Não sei como alguém aguenta viajar de ônibus o ano inteiro."

"Ele ficou completamente exausto no final daquele ano e jamais recuperou por completo a saúde. A essa altura o baú de latão dele tinha uns mil amassados e as dobradiças e travas não passavam de uma piada. Foi quando ele começou a amarrar com cordas e correias. A boca dele sangrava por causa do escorbuto, de lesões na mucosa e úlceras supuradas, as gengivas dele ficaram esponjosas. Ele era um homem arrebentado, sem dúvida, mas por Deus a obra dele estava concluída. Ele arruinou a própria saúde pra que a gente pudesse ter *Asas como águias*."

O médico foi em frente. Ele disse que todos os outros livros, comparados à obra de Dix, eram apenas "grunhidos asquerosos". Eu era capaz de entender como um homem podia dizer essas coisas sobre a Bíblia ou o Corão, algum livro sagrado, mas o tal livro de Dix, pelo que eu tinha visto, não passava de uma obra de autoajuda para inspirar caixeiros-viajantes.

Ainda assim, eu não queria julgá-lo às pressas. Talvez houvesse dicas valiosas naquelas páginas, alguns pensamentos de Dix que lançariam nova luz sobre as coisas. Eu ainda estava alerta pra mensagens fortuitas.

Perguntei ao doutor o que a mãe dele estava fazendo nas Honduras Britânicas.

"Pregando", ele disse. "Ensinando higiene pras criancinhas pretas."

"Ela não está aposentada?"

"Ela nunca vai se aposentar."

"Como é que ela foi parar nas Honduras Britânicas?"

"Ela foi pra lá a primeira vez com um pessoal da igreja pra levar roupas pras vítimas de um furacão. Depois que o meu pai morreu, em 1950, ela voltou pra dirigir uma missão. E aí ela foi ficando. Os mandachuvas da igreja tentaram expulsar a minha mãe de lá três vezes mas não conseguiram se livrar dela porque ela era a dona do prédio. Ela abriu a própria igreja. Diz que foi Deus quem a mandou continuar o trabalho lá. Ela morre de medo de furacão mas fica mesmo assim."

"O senhor acha que Deus realmente disse pra ela fazer isso?"

"Bem, eu não sei. Essa é a única coisa que me manteria lá. A Mamãe diz que gosta. Ela e a Melba. Ela mora na igreja com a amiga dela, a Melba. É uma dupla, veja você."

"O senhor já esteve lá?"

"Só uma vez."

"Como é lá?"

"Quente. Um punhado de crioulos."

"Parece bem longe de tudo."

"Depois que você chega lá não é. É a mesma coisa de sempre."

"O que a sua mãe faz, ela vai e vem da Louisiana?"

"Não, ela não volta nunca."

"E o senhor só a viu uma vez desde que ela foi pra lá?"

"É uma viagem dura. Você está vendo a trabalheira que estou tendo. Esta é a minha última cartada."

"O senhor poderia ir de avião em poucas horas."

"Nunca tive interesse em aviação."

"Eu estou indo pra lá atrás de um carro roubado."

"Não me diga."

Ele continuava se retorcendo no banco do passageiro a fim de olhar os carros que se aproximavam de nós por trás. Ele os examinava um a um quando nos ultrapassavam e a certa altura me disse, "Você consegue ver os braços daquele homem?".

"Que homem?"

"Dirigindo aquela perua."

"Consigo ver as mãos dele."

"Não, os braços dele. O Ski tem tatuagens nos antebraços. Flores e estrelas e aranhas."

"Não consigo ver os braços dele. Quem é Ski?"

Ele não me respondeu e não demonstrou a menor curiosidade por minha história. Contei sobre Norma e Dupree. Ele não disse uma palavra, mas eu podia sentir seu desprezo. Eu era não apenas um estudante, mas um corno também. E além disso estava falido.

Ele meneava a cabeça e cochilava toda vez que eu começava a falar. Sua cabeça pesada e cristada pendia e fazia com que ele tombasse pra frente e a lanterna angular presa no cinto o cutucava na barriga e o acordava. Então ele se sentava direito e repetia tudo. Vi um tufo emaranhado de pelos grisalhos na comprida orelha esquerda dele. Eu me perguntei em que idade começava esse troço, esse troço de pelo na orelha. Eu estava ficando velho. O doutor tinha me dado trinta anos. Apalpei as orelhas e nada encontrei, mas sabia que a coisa logo brotaria lá dentro, talvez em questão de horas. Eu estava ganhando peso também. Nos últimos meses tinha começado a ver as minhas próprias bochechas, dois pequenos e rosados horizontes.

Eu estava hipnotizado pela estrada. Eu me inclinava pra frente e deixava que a velocidade fosse aos poucos se insinuando furtiva, e passei pela Cidade do México quase sem pensar em Winfield Scott e nos píncaros de Chapultepec. Passar por lá desse jeito! Ignorar a Cidade do México! Nos longos trechos de vazio eu tentava imaginar que estava estacionário e que a terra marrom ia sendo rolada sob mim pelos pneus do

Buick. Foi uma ilusão precária na melhor das hipóteses e que se dissolveu por completo assim que avistei outro carro.

Um dos pneus da frente estourou num subúrbio de Puebla e dirigi com ele assim mesmo por cerca de oitocentos metros. O estepe também estava vazio, e gastamos o resto da tarde para ajeitar a situação. O pneu titular estava com duas fendas na lateral. Eu não fazia ideia de como esse flanco podia ser consertado mas o borracheiro mexicano colocou dois remendos e uma câmara interna e ele aguentou firme. Ele era um homem e tanto. Fazia seu serviço imundo na rua defronte à sua casa de barro sem um desmontador de pneus mecânico ou uma chave de impacto ou qualquer outro tipo de ferramenta especial.

Encontramos uma padaria e compramos pãezinhos e deixamos Puebla ao anoitecer. O dr. Symes tirou de dentro de sua maleta um esfigmomanômetro. Esticou um dos braços e o envolveu com a braçadeira e inflou. Tive de dirigir com uma das mãos enquanto com a outra segurava a lanterna para que ele pudesse medir sua pressão. Ele resmungou mas não disse se o resultado o agradou ou não. Engatinhou pro banco de trás e afastou as coisas do caminho e disse que ia tirar uma soneca. Jogou alguma coisa pela janela e mais tarde me dei conta de que devia ter sido o meu livro sobre Zachary Taylor.

"É melhor você ficar de olhos abertos numa perua caramelo", ele disse. "Não sei qual é o modelo, mas é um bom carro. Placas do Texas. Placas da concessionária. O Ski vai estar dirigindo. Ele é um homem pálido sem queixo. Tatuagens nos antebraços. Usa um chapeuzinho de palha com uma daquelas coisas na aba. Não consigo pensar na palavra."

"Pluma."

"Não. Em pluma eu consigo pensar. Essa é mais difícil de lembrar. Uma coisa de metal."

"Quem é esse tal de Ski?"

"Ted Brunowski. Um velho amigo meu. Chamam ele de Ski. Você sabe como eles chamam as pessoas de Ski e Chefe e Tex no Exército."

"Nunca servi no Exército."

"Você tinha asma?"

"Não."

"O que você está tomando pra isso?"

"Eu não tenho asma."

"Já experimentou colocar um chihuahua no seu quarto à noite? Dizem que funciona. Eu sou um médico ortodoxo mas também sou a favor de qualquer coisa que funcione. Em todo caso você deveria tentar."

"Eu nunca tive asma."

"A amiga dos que fogem do dever. É assim que chamavam a asma durante a guerra. Assinei muito atestado a cento e cinquenta paus por dispensa."

"Pra que o senhor quer ver esse sujeito?"

"É uma perua caramelo. Ele é um homem pálido e sem queixo feito um passarinho. Fique de olho nas placas da concessionária. O Ski nunca trabalhou como vendedor de carros mas sempre teve placas de concessionária. Ele também não é maçom mas quando aperta sua mão faz um troço com o polegar. Ele também sabe fazer o sinal maçônico de socorro. Ele nunca me mostrou como é que se faz. Você entende o que estou te dizendo?"

"Até agora entendi tudo. O senhor quer falar com ele ou o quê?"

"Apenas me avise se você avistá-lo."

"Existe alguma possibilidade de encrenca?"

"Existe possibilidade de tudo."

"O senhor não me falou coisa nenhuma sobre isso."

"Irrite o Ski e ele quebra seus ossos. Ele te acerta uma bordoada bem no meio da fuça, a principal parte do corpo. Ele te põe a nocaute à menor provocação. Ele te ensina uma lição da qual você não vai se esquecer tão cedo."

"O senhor deveria ter me falado alguma coisa a respeito disso."

"Ele matou a pontapés um marujo da Marinha Mercante no canal. O rapaz estava tentando obter informações pro bando de Blackie Steadman, apenas tentando fazer o trabalho dele, veja bem, e o camarada não quis ajudá-lo."

"O senhor deveria ter me falado dessas coisas."

"O Blackie recrutava esses marujos da Marinha Mercante pra se incumbir das matanças dele. Ele contratava um desses rapazes pra fazer o serviço na noite da véspera do embarque e, quando o corpo fosse encontrado, o assassino já estaria em algum lugar, tipo Polônia. Mas o Ski foi esperto e sacou a parada deles."

"O que ele quer com o senhor?"

"Ele deu cabo daquele marujo em dois tempos. Com o Ski a coisa é seria. Ele é casca-grossa. Ele é forte. E também não estou falando desses músculos inchados de academia. Estou falando de um par de braços duros e firmes feito toras. É melhor não mexer com ele."

Todo esse tempo o doutor estava se contorcendo no banco de trás tentando se ajeitar numa posição confortável. Ele fazia o carro balançar. Meu medo era que ele esbarrasse no trinco da porta e caísse carro afora. Ele cantarolava e fungava. Cantou um verso de *My Happiness* vezes sem conta, e depois, com um trinado de cantor de igreja, *He's the Lily of the Valley, the bright and morning star.*\*

Parei de prestar atenção nele. Depois de algum tempo ele dormiu. Roncando o motor atravessei montanhas escuras, quase sempre descendo, e achei que jamais chegaria ao fundo. Eu olhava sem parar pelo retrovisor e examinava cada veículo que passava por nós. Não eram muitos. O doutor tinha me dado um trabalho penoso e agora estava dormindo.

O guia de viagem recomendava não dirigir à noite no México, mas imaginei que isso era uma bobagem escrita para idiotas. Meu corpo estava inclinado pra frente de novo e eu seguia adiante num ritmo impetuoso feito uma formiga que volta pra casa carregando alguma coisa. O guia estava certo. Era um pesadelo. Caminhões sem lanterna traseira! Vacas e burros e ciclistas no meio da pista! Um ônibus enguiçado no cume de uma colina! Uma pilha de pedras surgindo do nada

---

\* "Ele é o lírio do vale, a estrela luzente da manhã", hino cristão escrito por William Charles Fry (1837–1882). (N.T.)

em rápida sucessão! Um caminhão tombado e dez mil laranjas rolando estrada abaixo! Eu estava tentando lidar com tudo isso e ficar de olho em Ski ao mesmo tempo e estava furioso com o dr. Symes por dormir a sono solto. Eu já não dava a mínima se ele ia cair ou não.

Por fim eu o acordei, embora a essa altura o pior já tivesse passado.

"O que foi?", ele disse.

"Não estou mais procurando a tal da perua. Estou muito ocupado aqui."

"O quê?"

"Isso está me deixando louco. Não consigo enxergar qual é a cor dos carros."

"Do que você está falando?"

"Estou falando do Ski!"

"Eu não me preocuparia com o Ski. Leon Vurro é o homem que ele está procurando. Onde você conheceu o Ski?"

"Eu não conheço o Ski."

"Quer que eu dirija um pouco?"

"Não, não quero."

"Onde a gente está?"

"Não sei exatamente. Fora das montanhas, pelo menos. Estamos em algum lugar perto de Veracruz."

Eu só pensava que em algum momento encostaria o carro e dormiria até o amanhecer mas não conseguia encontrar um lugar que parecesse adequado. Os postos Pemex eram barulhentos e movimentados demais. O doutor me pediu pra parar uma vez no acostamento para que ele pudesse pingar umas gotas de colírio nos olhos vermelhos dele. Foi uma situação demorada e bagunçada. Ele jogava os ombros pra trás feito um praticante de tiro ao prato. Segurei a lanterna para ele. Ele disse que as gotas estavam geladas. Enquanto eu fazia isso, verifiquei o fluido de transmissão e havia uma porção de pequenos lampejos azuis brincando no motor onde os cabos de vela estavam rachados e arqueando.

Ele tirou outra soneca e depois começou a tagarelar sobre Houston, que ele pronunciava "Iúston". Eu gosto das coisas muito bem claras e os movimentos dele tinham me deixado confuso. No começo pensei que ele tinha ido pro México vindo direto da Louisiana. Depois foi a Califórnia. Agora era Houston. Ski era de Houston, e era dessa mesma cidade que o doutor tinha partido às pressas pro México, ou o "velho México", como ele dizia.

"Quem é esse tal de Ski, afinal?"

"É um velho amigo meu. Achei que já tinha te falado isso.

"Ele é criminoso?"

"Ele é um sabichão dos imóveis. Ganha dinheiro até enquanto dorme. Antes ele era policial. Diz que fez sozinho mais prisões do que qualquer outro policial na pitoresca história do condado de Harris. Isso eu não posso garantir, mas que ele prendeu muita gente, prendeu. Eu o conheço há muitos anos. Jogava pôquer com ele no Hotel Ritz. Aplicava vacina contra cinomose nos filhotes de cachorro dele. Removi do ombro dele uma verruga benigna que era do tamanho de uma noz-pecã. Parecia a cabeça de um homem baixinho, ou uma cabeça de bebê, só faltava começar a chorar ou falar. Nunca cobrei um centavo dele. O Ski esqueceu isso tudo."

"Por que o senhor me disse que ele estava à sua procura?"

"Ele quase me pegou em Alvin. Foi por um triz. Você conhece o County Line Lounge entre Arcadia e Alvin?"

"Não."

"A Uncle Sam Muffler Shop?"

"Não."

"Shoe City?"

"Não."

"Bom, foi exatamente lá que eu deixei ele pra trás. Aquele anel viário foi onde ele rasgou as calças. Nunca mais o vi depois disso. Ele não tem queixo, sabe?"

"O senhor me disse isso."

"O capitão Hughes da Patrulha Rodoviária costumava dizer que, se um dia eles fossem enforcar o velho Ski, teriam de colocar a corda debaixo do nariz dele."

"Por que ele estava atrás do senhor?"

"Leon Vurro é o homem que ele está a fim de pegar."

As rodovias do México, eu imaginava, deviam estar apinhadas de investigadores americanos. O doutor e eu, nenhum de nós muito sinistro, tínhamos nos conhecido por acaso e estávamos sendo mais ou menos perseguidos. E quanto a todos os outros? Ali eu tinha visto umas figuras esquisitas dos Estados Unidos. Nojentos! Malucos! Patifes! Bichas! Mentirosos! Drogados da Califórnia!

Tentei não mostrar muito interesse pela história dele depois que ele tinha cochilado enquanto eu estava contando a minha. Isso pouco importava, porque de qualquer maneira ele não dava atenção alguma a ninguém. Ele falava em inglês coloquial com todos os mexicanos que a gente encontrava ao longo do caminho e parecia não perceber que eles não conseguiam entender uma única palavra do que ele dizia.

A história era difícil de acompanhar. Ele e um homem chamado Leon Vurro tinham publicado em Houston um folheto com dicas e previsões para apostas intitulado *Bayou Blue Sheet*. Eles agenciavam algumas apostas também, e compravam apostas menores de alguns bookmakers pés-rapados, Ski fazendo o papel do parceiro caladão. Eles usavam os fusos horários nacionais a seu favor de um jeito que eu não fui capaz de entender. Ski tinha muitos outros interesses. Tinha conexões políticas. Nenhum esquema era grande ou pequeno demais para ele. Ele conseguiu fechar um contrato para publicar um anuário intitulado *Homens de valor*, que vinha a ser uma coleção de fotografias e biografias resumidas de todos os supervisores de condado do Texas. Ou talvez fossem os oficiais de justiça do condado. De toda forma, Ski e os funcionários públicos do condado levantaram uma quantia inicial de 6.500 dólares pra bancar as despesas operacionais. O dr. Symes e Leon Vurro reuniram o material e trabalharam na montagem do boneco do livro. Também venderam anúncios pra publicação. Depois disso Leon Vurro desapareceu com o dinheiro. Essa, em todo caso, era a versão do doutor.

"O Leon é um filho da puta de um vagabundo", ele disse. "Mas eu não achava que ele fosse um rematado salafrário.

Ele disse que estava cansado. Cansado! Ele dormia dezesseis horas por dia e ia pro cinema toda tarde. Eu é que estava cansado, e com calor também, mas podíamos ter terminado aquela coisa em mais duas semanas. Antes até, se o Leon tivesse deixado a mulher dele fora da jogada. Ela tinha de meter o nariz em tudo. Ela misturou todas as fotos. Dizia que tinha sido trapezista do circo Sells-Floto. Estava mais pra cartomante. Vidente, isso sim. Devia fazer algum número do chicote, isso sim. Pra mim ela tinha cara de cigana. Com aquela bundona gorda ela teria arrebentado as cordas do trapézio. Se caísse passaria rasgando direto pela rede de proteção. Tínhamos de trabalhar rápido porque as fotos estavam ficando verdes e enrolando nas pontas. Não sei como ficaram molhadas. Tem muito bolor em Houston. Pode apostar que fiquei cansado de olhar praquelas coisas. Eu queria que você visse aqueles rostos, Speed. O Pruneface e o B. B. Eyes* não chegam nem aos pés daqueles rapazes."

"O senhor deve achar que sou um idiota", eu disse. "Vocês nunca tiveram a intenção de publicar aquele livro."

"Não, era um negócio limpo e sério. Conhece a editora Moon?"

"Não."

"Eles têm escritórios em Palestine, Texas, e em Muldrow, Oklahoma."

"Nunca ouvi falar dela."

"É uma editora conhecida. Eles trabalham com impressão e publicam calendários e livros de receitas e livros sobre discos voadores e livros de crianças, livros sobre segurança em barcos, todo tipo de coisa. *A vida de Lyndon B. Johnson quando menino*. Esse é um livro da Moon. Era um negócio bastante limpo e sério."

"Quanto dinheiro Leon Vurro pegou?"

"Não sei. Tudo que tinha lá ele limpou. É uma pena também. A gente poderia ter terminado aquela coisa em duas

---

\* Dois vilões de aparência grotesca, ambos inimigos do detetive das tiras de quadrinhos *Dick Tracy,* criadas pelo cartunista Chester Gould, em 1931. (N.T.)

semanas. A gente já estava na letra M e isso era a metade do livro. Até mais, na verdade, porque não haveria muitos Xs e Zs. Nunca se sabe. Talvez o Leon estivesse certo. Você tem de saber quando colocar as cartas na mesa. Foi uma velhacaria de final de semana, sabe? Acontece muita trapaça nos finais de semana, e não é só soltar cheques sem fundo. O Leon limpou a conta na sexta à tarde. Eu estava em San Antonio tentando vender anúncios praquele livro besta. A notícia do Leon se espalhou rápido mas não chegou até mim. Não chegou à Cidade do Álamo. Voltei pro meu quarto em Houston no domingo à noite. Eu estava hospedado na Jim's Modern Cabins na Galveston Road. Minha cabana era escura e a janela estava aberta. Você tinha de deixar as janelas abertas. O Jim não tem ar-condicionado a não ser no escritório dele. Ele tem uma janela no escritório que faz as paredes chacoalharem. Passei andando em frente à minha janela e senti o hálito frutado do Ski. Ele tem diabetes, sabe. Esses médicos jovens dizem que todo mundo tem diabetes, mas o Ski tem mesmo. Eu sabia que ele estava esperando dentro daquela cabana no escuro mas não sabia por quê. Sem demora eu dei no pé e aí foi pau a pau no sul de Houston. Fui descendo até chegar a Corpus e troquei meu carro por aquele ônibus hippie na primeira revendedora que abriu. Eu sabia que não tinha nada que dirigir um carro de doze metros de comprimento, mas foi a única unidade que o sujeito topou negociar numa troca elas por elas. Achei que daria uma bela casinha na estrada. Os maiores cantores gospel têm seus ônibus particulares."

"Por que Ski estaria atrás do senhor se foi Leon Vurro quem pegou o dinheiro?"

"A mulher do Leon estava por trás de tudo. A Bella armou aquilo. Eu nunca disse que ela era burra."

"Como o senhor sabe de tudo isso se fugiu da cidade às pressas daquele jeito? Essa parte não ficou clara pra mim."

"Essas coisas a gente aprende a sentir."

"Não sei como dá pra aprender a sentir todas as circunstâncias."

"Eu nunca devia ter trabalhado com o Leon. Gente assim só te arrasta pra baixo. Ele não tinha a menor noção de como interagir com o público e nunca se vestia da maneira adequada. Vão enterrar aquele filho da puta com a jaqueta de zíper dele."

"Como o senhor sabe, por exemplo, que Leon tinha limpado a conta do banco?"

"Eu sempre tentei ajudar o Leon e você vê o agradecimento que eu recebi. Eu o contratei pra dirigir pra mim logo depois que o rato dele morreu. Na época ele trabalhava pros Murrell Brothers Shows, exibindo um rato de vinte e três quilos dos esgotos de Paris, França. É claro que não pesava vinte e três quilos e não era um rato e também não era de Paris, França. Era algum animal da América do Sul. Enfim, o bicho morreu e eu contratei o Leon pra dirigir pra mim. Eu estava vendendo anéis com pedra do signo e protetores de queixo com alças vibratórias de porta em porta e ele me deixava numa ponta do quarteirão e me esperava na outra. Nesse ritmo ele dava conta do recado muito bem. Essa era mais ou menos a vocação dele. Cometi um grave erro quando promovi o Leon a um nível maior de responsabilidade."

Apertei o doutor com perguntas minuciosas sobre a escapada de Houston, mas não consegui arrancar dele nenhuma resposta direta e por isso desisti.

# Cinco

O sol nasceu no mar, ou devo dizer na baía de Campeche. O ar quente parecia pesado e tive a fantasiosa impressão de que parecia fazer pressão contra nós e deter nosso avanço. Digo "parecia" porque sei, como qualquer piloto profissional, que o ar quente é menos denso que o ar frio. Eu tinha me esquecido da mortadela e do queijo no isopor. Comemos os marshmallows e os pãezinhos, e depois que os pãezinhos ficaram duros eu os joguei pros bodes ao longo do caminho.

Na cidade de Coatzacoalcos estacionei em fila dupla numa rua estreita em frente a uma loja de autopeças e comprei dois litros de fluido de transmissão e uma lata pequena de solvente. Esse solvente era um medicamento patenteado dos Estados Unidos que supostamente curava válvulas emperradas e tuchos de válvulas barulhentos. O dr. Symes estava preocupado com o ruído. Ele não parava de matraquear sobre isso.

Ao longo do caminho encontrei a sombra de um bosque de palmeiras logo à beira da estrada. Peguei meu funil de plástico e o fluido vermelho e completei a transmissão enchendo até a borda. Depois li de cabo a rabo tudo que estava escrito na lata do solvente. Havia alertas sobre os riscos de se inalar a coisa e detalhadas instruções de uso. Na parte inferior do rótulo havia uma advertência em letras vermelhas que chamou minha atenção tarde demais, "Talvez seja necessário utilizar duas latas". Despejei metade no carburador com o motor em marcha lenta acelerada e esvaziei o restante no cárter. O ruído continuou como antes.

O dr. Symes disse, "Ainda estou ouvindo o barulho. Acho que você piorou o problema. Acho que está mais alto do que antes".

"Ainda não deu tempo de fazer efeito."

"Quanto tempo demora?"

"Aqui diz que uns cinco minutos. Diz que talvez seja preciso colocar duas latas."

"Quantas latas você comprou?"

"Uma."

"Por que você não comprou duas?"

"Naquela hora eu não sabia disso."

Ele arrancou da minha mão a lata vazia e estudou o rótulo. Encontrou a advertência vermelha e apontou-a pra mim. "Aqui diz, 'Talvez seja necessário utilizar duas latas'."

"Agora eu sei o que diz aí."

"Você devia saber que um carro como esses precisaria de duas latas."

"Como é que eu ia saber isso? Não tive tempo de ler tudo."

"A gente nunca vai chegar lá."

"Vai, sim."

"Nunca! A gente nunca vai chegar lá! Olha só como ela é pequena!" Ele achou o tamanho da lata engraçado. Teve um ataque de risos e depois um ataque de tosse, que por sua vez descambou num ataque de espirros.

"Metade dos carros na estrada está fazendo esse mesmo barulho", eu disse. "Não é nada sério. O motor não vai parar."

"Uma lata! Uma lata dessa merda não daria conta de consertar nem um cortador de grama e você espera que dê jeito num Buick! Só se fossem umas cinquenta latas, isso sim. Que otário! Você disse que ia me levar até a minha Mamãe e não sabe nem onde a gente está! Você não sabe a diferença entre a sua bunda e uma bola de basquete! Eu nunca consigo chegar aonde quero porque estou sempre empacado com otários como você! Estrada afora numa boa! Ah, sim! Estrada afora rumo à casa da Mamãe!"

Essas últimas palavras ele cantou numa curta melodia.

É claro que eu sabia muito bem onde nós estávamos. Era o doutor quem tinha noções esquisitas de geografia. Ele achava que o nosso carro viajava ao longo do oceano Pacífico e tinha a ideia de que qualquer lapso momentâneo ao volante, uma curva errada que fosse, resultaria sempre num monstruoso erro circular, que nos levaria de volta ao ponto de partida. Talvez isso já tivesse acontecido muitas vezes com ele.

Seguimos em frente sem parada alguma para dormir. A estrada estava interditada na rota direta que atravessava o sul de Campeche e por isso tivemos de pegar o caminho mais longo, a estrada costeira, o que significou esperar por balsas e nelas fazer travessias à noite. Isso também significou que tivemos de dirigir pro norte até Yucatán e depois descer de novo pro sul passando por dentro de Quintana Roo até chegarmos à cidade fronteiriça de Chetumal.

O que essas balsas atravessavam eram as embocaduras de rios ao longo do Golfo, dois rios e uma lagoa, creio eu, ou talvez seja o contrário, em todo caso um longo trecho de delta. O dr. Symes ficava dentro do carro enquanto eu caminhava a passos largos no convés e aspirava o ar, embora não houvesse o que ver na escuridão, nada além das ondas na proa, encrespadas e vítreas. Havia neblina também, e mais uma vez me foi negado o espetáculo dos céus do sul.

Eu tinha dito ao dr. Symes que o motor não ia parar e então no calor do meio-dia de Yucatán ele parou. Talvez o doutor tivesse tido um de seus pitis se não estivéssemos num vilarejo, rodeados de gente de olho em nós. Em vez disso ele ficou amuado. Achei que o filtro do combustível tinha entupido, o pequeno dispositivo de bronze sinterizado do lado do carburador. Peguei emprestado um alicate e tirei o filtro e dei nele umas batidas e soprei dentro. De nada adiantou. Um caminhoneiro mexicano diagnosticou o problema como bloqueio de vapor. Ele cobriu com um trapo úmido a bomba de combustível pra esfriá-la, condensar o vapor na linha de combustível. Eu nunca tinha visto esse truque antes, mas funcionou e logo retomamos a viagem.

A estrada era plana e reta por aquelas bandas e havia pouco tráfego. A visibilidade era boa também. Decidi deixar o doutor dirigir um pouco enquanto eu tirava uma breve soneca. Trocamos de lugar. Ele era um motorista melhor do que eu podia esperar. Eu já tinha visto muita gente pior. A folga do volante não o tirou nem um pouco dos eixos. Mas ele tinha seu próprio estilo e com ele na direção era impossível dormir. Ele mantinha o pé pressionando o acelerador por cerca de quatro segundos e depois tirava o pé. Pisava de novo e tirava de novo. Era desse jeito que ele dirigia. Eu balançava pra frente e pra trás como um daqueles passarinhos de brinquedo que bebem água de um copo.

Tentei ler o livro de Dix. Ao que tudo indicava eu não estava conseguindo captar a mensagem do homem. As páginas eram quebradiças e as letras eram pesadas e pretas e difíceis de ler. Havia dicas sobre como converter desvantagens em vantagens e como encarar insultos e recusas sem se abalar. O bom caixeiro-viajante deve sempre fazer *mais uma visita*, dizia Dix, antes de dar por encerrado o dia de trabalho. Ela poderia ser a decisiva! Ele dizia que a pessoa tem de guardar dinheiro mas também não deve ter medo de gastar dinheiro, e ao mesmo tempo não deve nem pensar em dinheiro. Boa parte de suas ideias era formulada dessa maneira. Você deve fazer isto e aquilo, duas coisas contrárias, e também deve ter o cuidado de não fazer nem uma nem outra. Tensão dinâmica! Evite piscar em excesso e mexer os olhos feito um doido, Dix dizia, quando falar com interessados e potenciais compradores. Refreie as mãos. Fique de olho nas brechas, em todas as brechas, por menores que sejam. Essas eram boas dicas à sua própria maneira, mas eu tinha sido induzido a esperar trovões e cometas. Fiquei impaciente com o livro. O doutor tinha depositado pequenos fragmentos de muco em todas as páginas e essas bolinhas de ranho tinham ressecado e cristalizado.

"Este carro parece que anda de lado", ele me disse.

O carro não andava de lado, e eu não me dei ao trabalho de responder.

Um pouco depois ele disse, "Este motor parece que está sugando ar".

Deixei essa passar também. Ele começou a falar de sua juventude, dos seus dias de estudante de medicina no Instituto

Wooten em Nova Orleans. Eu não conseguia acompanhar as histórias todas e me desliguei da melhor maneira que pude. Ele terminou seu longo relato dizendo que o dr. Wooten "inventou as pinças".

"As pinças cirúrgicas?", perguntei, indiferente.

"Não, as pinças. Ele inventou a pinça."

"Não entendi. De que tipo de pinça o senhor está falando?"

"Pinças! Pinças! Aquele instrumento que serve pra arrancar ou segurar as coisas! Você não entende inglês?"

"O senhor está dizendo que esse homem inventou a primeira pinça?"

"Ele patenteou a coisa. Ele inventou a pinça."

"Não, ele não inventou."

"Então quem foi?"

"Eu não sei."

"Você não sabe. E também não conhece Smitty Wooten, mas quer me dizer que ele não inventou a pinça."

"Ele pode ter inventado algum tipo especial de pinça, mas não inventou *a pinça*. O princípio da pinça provavelmente já era conhecido pelos sumérios. O senhor não pode sair por aí dizendo que esse sujeito da Louisiana inventou a pinça."

"Ele foi o melhor diagnosticador da nossa época. Presumo que você vai negar isso também."

"Isso é outra coisa."

"Não, vá em frente. Ataque-o à vontade. Ele está morto agora e não tem como se defender. Pode chamá-lo de mentiroso e vagabundo. É um ótimo esporte pras pessoas que ficam sentadas às margens da vida. Elas fazem o mesmo com o Dix. Gente que não é digna sequer de pronunciar o nome dele."

Eu não queria provocar outro frenesi enquanto ele estava dirigindo, por isso deixei o assunto pra lá. Havia bem pouco tráfego, como eu disse, naquele cerrado verde desolado, e nem sinal de rios e riachos, mas ele conseguiu encontrar uma ponte estreita e nela cruzar com um caminhão de gado. Assim que avistou o caminhão, a uns bons oitocentos metros, o doutor começou a fazer delicados ajustes na velocidade de modo a assegurar um encontro no centro exato da ponte. Arrancamos um espelho do caminhão e fugimos da cena e quando estávamos longe eu assumi de novo o volante.

Foi aí que um dos suportes do motor quebrou. A borracha deteriorada finalmente sucumbiu. Resistência dos materiais! Sem essa sustentação a menor aceleração jogaria o motor pra direita por causa do torque, e as pás do ventilador retiniriam contra a cobertura. Desentortei dois cabides e prendi a ponta de um dos ganchos de arame esticados no coletor do lado esquerdo e ancorei as outras pontas ao chassi. Isso meio que firmou o motor e impediu que ele saísse pulando de imediato. Achei que foi um trabalho engenhoso, embora eu tenha queimado os dedos no escapamento.

Para um carro pequeno até que o Buick tinha muitos segredos. Outro pneu furou perto de Chetumal, o esquerdo traseiro, e quase espanei os parafusos antes de me dar conta de que sua rosca era pra esquerda. Longe de ser engenhoso, fui lerdo e estúpido! De todos os pneus de diferentes tamanhos do carro este era o menor, e quando o tirei vi gravadas na borracha as seguintes palavras: "Propriedade da U-Haul. Não pode ser comercializado." Um pneu de trailer!

O dr. Symes esperou à sombra de alguns arbustos. Meus dedos cobertos de bolhas doíam e eu estava furioso comigo mesmo e estava com calor e sujo e com sede. Pedi que ele me passasse o galão de água. Ele não respondeu e falei com ele de novo, em tom ríspido. Ele simplesmente ficou me encarando com a boca escancarada. Seu rosto estava cinza e ele arfava. Um dos olhos estava fechado, o vermelho. O velho estava passando mal! Nada de ataques de riso aqui!

Levei a maleta e a água até ele. Ele bebeu um dos comprimidos de aparência gredosa e quase engasgou. Disse que estava com tontura. Por alguns minutos ele não quis nem se mexer. Bebi o resto da água morna no galão e me deitei na sombra. A areia estava áspera e um tanto quente. Eu disse que o levaria a um médico em Chetumal. Ele disse, "Não. É só uma indisposição. Vai passar. Daqui a um minuto vou estar bem. A casa da Mamãe não está longe, está?".

"Não, agora não está longe."

Ele tirou seu comprido cinto e isso pareceu lhe proporcionar algum alívio. Depois tirou sua gravata-borboleta. Desacorrentou das roupas a gigantesca carteira e passou-a às minhas mãos, juntamente com sua lanterna, e pediu que eu me incumbisse de entregar aquelas coisas à mãe dele, uma certa sra. Nell Symes. Não gostei nada de ouvir aquilo. Ficamos um bom tempo lá sentados sem dizer uma palavra.

O pneu remendado foi dando baques surdos até Chetumal, e dali seguiu aos trancos e barrancos até o ponto de passagem da fronteira, que era um rio nos arrabaldes da cidade. O guarda do lado mexicano da ponte não deu a menor atenção aos meus papéis precários mas não gostou do doutor, não quis tocá-lo nem ao menos encostar nele, aquele velho gringo de olhos ocos com a boca aberta, e estava decidido a não deixá-lo sair do México sem seu ônibus. No cartão de turista do dr. Symes estava claramente estampado *"Entro com Automóvil"*, como no meu, e se alguém entra no México com um *automóvil* tem de sair com ele também.

Expliquei que o ônibus do doutor tinha quebrado mas não por culpa dele e que ele pretendia retornar pra buscá-lo após uma breve visita à mãe adoentada em Belize. O guarda disse que qualquer pessoa poderia inventar essa história, o que era verdade. A lei era a lei. Mostre-me o ônibus. O dr. Symes ofereceu ao homem cem pesos e o homem examinou por um instante a cédula marrom e depois balançou a cabeça; era uma questão séria que não poderia ser resolvida com dinheiro, certamente não com cem pesos.

Puxei o doutor de lado e sugeri que ele desse ao homem quinhentos pesos. Ele disse, "Não, isso é demais".

"O que o senhor vai fazer, então?"

"Eu não sei, mas não vou dar quarenta dólares pra esse filho da puta."

Vi um ônibus vermelho cruzar a fronteira depois de apenas uma breve inspeção em cada lado da ponte. Disse ao doutor que o levaria de volta a Chetumal. Ele poderia esperar lá até escurecer e então pegar um ônibus vermelho até Belize.

A essa altura, muito provavelmente haveria um guarda diferente naquele posto de fronteira. Era muito provável que o doutor passasse despercebido, e a jornada de ônibus não seria longa. Apenas uns cento e trinta quilômetros até Belize.

Ele estava titubeante e confuso. Tinha vertigens de calor. Eu não conseguia entender uma palavra do que ele dizia. Ele estava com diarreia também e bebia elixir paregórico de uma garrafinha. Voltamos de carro até Chetumal, o pneu dando solavancos.

Ele disse, "Você vai se livrar de mim, Speed?".

"O senhor não me deixa levá-lo a um médico."

"Nunca pensei que você fosse me jogar fora."

"Não vou jogar o senhor fora. Escute o que estou dizendo. O senhor pode pegar um ônibus e atravessar a fronteira hoje à noite. Vou cuidar do seu embarque. Vou seguir o ônibus."

"Achei que a gente tinha um trato."

"Não sei exatamente o que o senhor espera que eu faça. Não posso obrigar essa gente a deixar o senhor sair do país."

"Você disse que me levaria até Belize. Achei que era um acordo firme."

"Estou fazendo o melhor que eu posso. O senhor se esquece de que tenho o meu próprio assunto pra cuidar."

"Pegou pesado, Speed. Essa foi forte. Não te conheço, mas sei que isso não é digno de você."

"O senhor precisa é de um médico."

"Vou ficar bem se conseguir arranjar alguma coisa gelada pra beber."

Estacionei na orla em Chetumal e o tirei do carro e caminhei com ele até um quiosque na zona portuária. Nós nos sentamos em cadeiras de metal dobráveis debaixo de um teto de palma de estilo cabana. Ele parecia um cadáver. Quando a garçonete veio nos atender ele recobrou um pouco as forças e tentou sorrir. Ele disse, "Mocinha, eu quero a maior Coca-Cola que você estiver autorizada a servir". Ela era uma índia muito bonita de olhos pretos penetrantes. Ele tentou piscar, e disse, "Agora eles estão trazendo essas meninas lá de Hollywood". Um homem na mesa ao lado estava comendo um abacaxi fresco com uma faca. Pedi um abacaxi e uma Coca grande pro doutor.

O vento ganhava força. Barquinhos sacolejavam ruidosamente ao longo da baía. Urubus caminhavam atrevidos pelo cais, feito perus domésticos. O doutor bebeu três Cocas e pediu sua carteira de volta. Eu a devolvi.

"Que fim levou a minha lanterna?"

"Está no carro."

Ele avistou algo reluzente e se inclinou e arranhou o chão tentando pegar o objeto.

Eu disse, "Isso aí é uma cabeça de prego".

"Uma moeda eu sabia que não era. Eu só queria ver o que era."

"Preciso consertar o estepe e preciso me informar sobre o tal ônibus. Quero que o senhor espere bem aqui e não saia zanzando por aí."

"Não vou entrar em ônibus nenhum."

"O que o senhor vai fazer então?"

"Não vou cair num despenhadeiro dentro de um ônibus mexicano."

Ele gostava muito de sua velha carcaça.

Ficamos algum tempo sentados em silêncio. Fui ao carro e peguei meu mapa Esso das Honduras Britânicas. Era um belo mapa azul quase sem estradas pra atravancá-lo. Logo depois da baía havia um vilarejo litorâneo chamado Corozal. Por que eles não poderiam cruzar a fronteira dando a volta pela água? Havia um punhado de barcos à disposição. E nem seria uma viagem longa — uma questão de poucos quilômetros.

Propus esse plano ao doutor e mostrei a ele a posição das coisas no mapa. Para evitar que o mapa fosse levado pelo vento, tive de ancorar as pontas com garrafas. Vezes sem conta expliquei o esquema mas ele não conseguia compreender. "Fazer o quê, Speed?", ele dizia. Estava esmorecendo de novo.

Agora a maioria dos barcos estava atracando. Andei pelo cais e conversei com os donos, tentando explicar-lhes e convencê-los do plano no meu espanhol trôpego. Dei com os burros n'água. Eles não quiseram tomar parte. Ventava demais e a água estava encapelada demais e a noite não tardaria a cair. Talvez amanhã, eles disseram, ou depois de amanhã. Guardei de novo o mapa no carro e voltei pra mesa. O dr. Symes estava bebendo outra Coca. A moça queria receber o dinheiro que lhe era devido e ele estava tentando encetar uma disputa com ela, o dobro ou nada. Ele tinha uma conversa mole pronta pra disparar com todos os caixas, sendo a ideia confundi-los de modo que acabassem cometendo um erro a favor dele.

"Não dá", eu disse. "O vento está muito forte. É perigoso demais. De todo modo era um plano ruim. O senhor vai ter de pegar o ônibus vermelho e fim de papo."

"O vento?", ele disse.

Jornais estavam açoitando nossas pernas e a toalha de mesa estalava e levantava voo e os burros se escoravam nos prédios e o pesado semáforo pendurado sobre o cruzamento estava uns trinta graus fora da vertical, e em pleno olho desse furacão ele me fez essa pergunta.

"Um ônibus. Vou colocar o senhor dentro de um ônibus. É o único jeito."

"Nada de ônibus, não."

"O senhor quer ver a sua mãe ou quer ficar aqui?"

"A Mamãe?"

"Ela está esperando o senhor logo ali estrada abaixo. O senhor pode chegar lá num piscar de olhos. O ônibus é seguro, eu garanto. Este é um país plano. Daqui até Belize não há montanhas. Nenhuma. É uma planície costeira. Vou acompanhar o senhor até chegar lá. Vou de carro bem atrás do ônibus."

"Me despachar pro meio das montanhas num ônibus, é isso? Essa é a sua resposta pra tudo. Você já se certificou de que seja um ônibus sem freios? Não sei nem o nome desta cidade. Eu queria ir pra Belize e em vez disso você enfiou a gente neste lugar. Por que a gente está de bobeira aqui, afinal?"

"O senhor pode estar em Belize daqui a algumas horas se me der ouvidos. Entende o que eu estou te dizendo?"

Em meu desespero eu tinha adquirido os hábitos de falar do doutor. Ele devia ter passado metade da vida berrando aquela pergunta imprestável. Pensei em contratar uma ambulância. Certamente os guardas da fronteira não interfeririam numa viagem de misericórdia. Mas isso não sairia caro demais?

Alguém me beliscou na parte carnuda do meu braço e dei um pulo. Um rapaz índio de dezessete anos estava de pé atrás de mim. "Corozal?", ele disse. E me levou pra carreira onde seu barco estava amarrado, uma pequena embarcação caseira com um antiquado motor de popa de quatro tempos. Era um motor de uns seis cavalos, com alto desempenho. Perguntei sobre os coletes salva-vidas. *No hay*, ele disse. Indiquei que o mar estava encapelado e cada vez mais agitado. Ele deu de ombros, como se isso fosse irrelevante. Rapidamente chegamos a um acordo.

O doutor estava fraco e confuso demais pra resistir. Peguei sua carteira para guardá-la novamente comigo e o colocamos dentro do barco. Entreguei ao rapaz uma cédula de dez dólares e lhe prometi outros vinte — uma segunda parcela mais gorda pra estimular a presteza — assim que ele entregasse o velho em Corozal. O rapaz puxou a corda muitas vezes até conseguir dar partida no motor. Depois zarpou e eu, tomado de temores, fiquei observando enquanto eles se afastavam, o barquinho lentamente singrando através das cristas espumosas. O sol se punha. O doutor tinha mentido pra mim sobre seus fundos. A carteira estava apinhada de notas de vinte e cinquenta.

Dirigi de volta até o ponto de passagem da fronteira e não tive problemas pra sair do México. Na outra extremidade da ponte tive de lidar com um guarda das Honduras Britânicas. Era um negro garboso de shorts e meias altas e cinto Sam Browne. Eu tinha me livrado do meu paletó fazia tempo mas ainda estava usando minha gravata. Estava imundo e precisava me barbear.

Ele me perguntou qual era a minha ocupação. Eu disse que era comerciante. Ele chamou a atenção para o fato de o estepe estar vazio. Eu o agradeci. Eu era médico? O que estava fazendo com uma maleta de médico? Pra que aquela prataria toda? Eu não tinha respostas muito boas pra ele. Ele escarafunchou tudo, até mesmo a caixa de isopor. O gelo já havia derretido fazia dias e o queijo e a mortadela tinham estragado. A água estava marrom por causa das bordas enferrujadas das latas de cerveja. No fundo dessa bagunça meu Colt Cobra revirava na água dentro da sacola plástica. Eu tinha me esquecido completamente dele. O velho me fez negligenciar meu próprio negócio! O guarda secou o revólver com um lenço e enfiou-o no bolso da cintura. Balançou o dedo pra mim mas não disse uma palavra. Ia ficar com ele.

Ele me perguntou se eu planejava vender o Buick e eu disse que não. Ele anotou seu nome e endereço no verso de um cartão de propaganda do Hotel Jogo Limpo em Belize e disse que ficaria feliz em intermediar a venda do carro. Peguei o cartão e disse que pensaria no assunto. Ele disse que eu não tinha cara de comerciante. Descrevi meu Torino e perguntei sobre Norma e Dupree e o cachorro — e fiquei pasmo quando aquele sujeito esquisito disse que se lembrava deles. Ele se lembrava do carro e da moça bonita e, sim, o cachorro vermelho, e o camarada de óculos que estava dirigindo; ele se lembrava muito bem dele.

"Tocou aquela 'Sweet Lorraine' no berimbau de boca."

"Não, não pode ser ele. Não é o Dupree."

"Sim, e 'Twilight Time' também."

Eu não podia acreditar no que estava ouvindo. Seria possível que duas pessoas idênticas tinham passado por ali com um chow-chow num Torino azul? Um Dupree antimatéria tocando melodias numa gaita? Um jovem Meigs! O doutor tinha dito que lá eu podia esperar a mesma coisa de sempre mas isso não me parecia a mesma coisa de sempre.

Perguntei sobre a estrada até Belize. Era asfaltada? Eu devia me arriscar sem estepe? Ele disse que era uma estrada excelente, muito melhor do que qualquer outra coisa que eu tinha visto no México. E não apenas isso, mas agora eu teria a chance de comprar gasolina boa pra variar. O combustível mexicano era inferior e tinha um cheiro ruim. Ali a gasolina tinha o cheiro adequado.

Em Corozal havia um píer em T em cuja ponta estacionei e esperei ansioso no breu. O vento tinha amainado um pouco. Agora soprava uma brisa fria. Presumo que devia haver algum nome pitoresco pra isso, pra esse tipo específico de vento. Eu estava a apenas uns quinze graus acima do Equador e estava ao nível do mar e mesmo assim fazia frio. Um pé de vento gelado como esses na ilha da Louisiana e o doutor teria nas mãos mil macacos com crise de tosse. Consegui distinguir algumas estrelas em meio às nuvens errantes mas não o Cruzeiro do Sul.

Comecei a ficar cada vez mais preocupado com aquele barquinho na massa de água à noite. Não era alto-mar mas era uma baía grande, grande o suficiente pra causar encrenca. Por que eu tinha sugerido aquilo? Seria tudo minha culpa, o desastre no mar. Desatino criminoso! O barco naufragaria e o doutor, um estorvo até o fim, acabaria no fundo do mar e levaria com ele o moço índio.

Um homem de aparência hispânica juntou-se a mim na ponta do píer. Ele estava descalço, as pernas das calças enroladas, e empurrava uma bicicleta. Encostou a bicicleta e olhou pra água, as mãos nos bolsos, uma figura sorumbática. Eu não queria me intrometer nos pensamentos dele, mas quando o vento soprou e balançou sua bicicleta eu achei que nesse momento não haveria problema em falar, o ruído tendo perturbado seu devaneio. Eu disse, *"Mucho viento"*. Ele fez que sim com a cabeça e pegou a bicicleta e foi embora. Muito vento. Que comentário! Não é de admirar que todo mundo ache os estrangeiros uns babacas.

Ouvi os estalos do motor e então vi o barco na água. Ondas encrespadas quebravam contra a embarcação. O rapaz estava furioso porque o doutor tinha vomitado marshmallows e Coca-Cola. O velho estava encharcado e apenas semiconsciente. Nós o deitamos no píer e o deixamos secar por um minuto. Foi como tentar arrastar um colchão molhado. Dei ao menino dez dólares extras pela trabalheira. Ele me ajudou a colocar o doutor no carro e depois sem medo entrou na água escura de novo.

Parte da estrada rumo a Belize era asfalto quebrado e o resto era pedregulho. Enormes pedaços grossos e achatados de concreto tinham sido arrancados do lugar como num terremoto. Que estrada! As fracas molas do Buick insistiam em arriar, e estou falando do fundo do poço mesmo. Quando chegamos aos solavancos na fase final, temi que alguma coisa acabasse se rompendo, algum componente da suspensão. Eu estava preocupado com os pneus também. O trecho de pedregulho era pouca coisa melhor. Tentei encontrar uma velocidade em que pudéssemos passar de leve sobre as saliências dos enrugamentos, mas sem sorte. Percorremos às pressas todo o leito da estrada. O doutor gemia no banco de trás. Eu também estava começando a fraquejar. Minha cabeça latejava e tomei mais alguns dos comprimidos alaranjados.

# Seis

Era tarde quando chegamos a Belize e eu não estava com a menor vontade de pedir informações e chafurdar num lugar estranho. Não era uma cidade grande mas as ruas eram estreitas e escuras e irregulares. Encontrei um táxi num posto Shell e perguntei ao taxista negro se ele conhecia uma certa sra. Nell Symes, que tinha uma igreja ali. Ele demorou um pouco para entender. Eu estava falando da "Vó"? Bem, eu não sabia, mas em todo caso paguei uma corrida ao homem pra me levar até a Vó e fui atrás dele com o Buick.

A igreja era uma casa convertida, uma estrutura branca de dois andares. Algumas janelas tinham gelosias de madeira e algumas tinham venezianas dobráveis. O telhado era de folha de ferro galvanizado. Era o tipo de casa velha que precisava de um tratamento de Midgestone.

Ao lado da porta havia uma placa de madeira em que se lia:

*Tabernáculo da Unidade*
*"Quem quiser"*\*

A casa estava às escuras e bati repetidas vezes na porta até acordar algum morador. Ouvi alguém descendo lentamente as escadas. A porta se abriu e dei de cara com duas velhinhas. Uma vestia um roupão de banho de flanela e a outra usava um suéter vermelho. A de suéter tinha tufos de cabelo cor-de-rosa no couro cabeludo. Era um rosa químico e brilhoso como o de

---

\* Referência bíblica: "E quem tem sede, venha; e quem quiser, tome de graça da água da vida" (Apocalipse 22:17). (N.T.)

um pintinho de Páscoa. Pude ver de imediato que a outra era a mãe do dr. Symes. Ela tinha os mesmos olhos de guaxinim. Estava apoiada numa bengala de alumínio mas não parecia muito mais decrépita que o próprio doutor.

"Sra. Symes?"

"Sim."

"O filho da senhora está comigo ali no carro."

"Como é que é?"

"O dr. Symes. Ele está ali no carro."

"O Reo. Meu Deus."

"Ele está doente."

"Quem é o senhor?"

"Meu nome é Ray Midge. Ele pegou uma carona no México comigo."

"O senhor é da parte das autoridades postais?"

"Não, senhora."

"Nós não estávamos nem pensando no Reo, não é, Melba?"

A outra velhinha disse, "*Eu* com certeza não estava. Eu estava pensando num lanchinho".

A sra. Symes voltou-se de novo pra mim. "Ele trouxe alguma sirigaita com ele?"

"Não, senhora. Veio sozinho."

"O senhor está dizendo que ele ficou no carro?"

"Sim."

"Por que ele está lá no carro? Por que ele não sai do carro?"

"Ele está doente."

"Vá lá ver se é ele mesmo, Melba."

Melba foi até o carro. Abri a porta pra que a luz do teto acendesse. Ela examinou de perto a figura amarfanhada no banco de trás. "É o Reo, sim. Está dormindo. Perdeu peso. As roupas dele estão fumegantes. Ele está usando as mesmas calças brancas da última vez. Eu nem sabia que calças duravam tanto tempo."

A sra. Symes disse, "Talvez ele tenha vários pares, todos idênticos. Alguns homens fazem isso com as meias".

"Acho que são as mesmas calças."

"E a lanterna dele?"

"Não estou vendo."

"Está aí dentro em algum lugar", eu disse.

Nenhuma das duas velhinhas tinha condições de me ajudar a descarregar o doutor. Eu não conseguia carregá-lo mas dei um jeito de arrastá-lo pra dentro, onde o coloquei deitado em cima de um banco de igreja. Ele estava flácido e sua pele estava fria e suas roupas realmente soltavam fumaça. Depois voltei e peguei sua maleta. A sra. Symes não estava muito preocupada com a condição do filho. Ela parecia achar que ele estava bêbado.

"Esse veneno tem de ser metabolizado", ela disse. "Não dá pra ter pressa."

Eu disse, "Ele não está bêbado, senhora, ele está doente. Creio que precisa de um médico".

Melba disse, "A gente não usa médicos".

"As senhoras têm sorte de gozar de boa saúde."

"Nossa saúde não é exatamente boa. A gente apenas não vai ao médico."

A parte do térreo era uma capela e elas moravam no andar de cima. A sra. Symes me perguntou se eu queria jantar. Eu não gostava de comer nem de dormir nem de usar o banheiro na casa de outras pessoas, mas era uma emergência. Eu precisava de comida e fiz hora na esperança de receber um convite como esses. Segui as duas escada acima.

As luzes elétricas bruxulearam e depois apagaram-se de vez. Eu me sentei à mesa da cozinha sob o suave lume amarelado de um lampião de querosene. A sra. Symes me serviu uma porção de frango frio e um pouco de arroz requentado e molho e biscoitos. Havia uma tigela de tomates cozidos também. Que refeição! Eu estava com tanta fome que tremia e comi feito um porco. Melba me fez companhia e se lançou com afinco a uma segunda refeição da noite. Ela comia com voracidade pra uma velha encarquilhada, suspirando e arrulhando entre uma garfada e outra e sacudindo uma perna pra baixo e pra cima, o que fazia o assoalho tremer. Ela comia rápido e seus olhos inchavam de prazer e por causa das pressões internas. Essa extraordinária senhora tinha dons de vidente e não dormia fazia três anos, pelo menos foi o que me disseram. Ela passava a noite inteira sentada numa cadeira tomando café no escuro.

A sra. Symes me fez uma série de perguntas pessoais. Ela e Melba, ao contrário do doutor, achavam minha missão romântica, e me pressionaram pedindo detalhes. Eu estava tonto e cansado e nem um pouco disposto a encarar uma sessão confessional mas não via meios de sair de fininho abruptamente depois de comer a comida delas. Melba pediu pra ver uma fotografia de Norma. Eu não tinha nenhuma. Que belo detetive! Que belo marido! Elas não souberam me dizer coisa alguma acerca da fazenda do sr. Dupree. Nunca tinham ouvido falar desse nome. A igreja delas se devotava inteiramente às crianças negras, elas disseram, e deduzi que pouco se davam com as outras pessoas brancas do país. Mas conheciam alguns fazendeiros menonitas, de quem compravam leite, e pareciam ter uma turbulenta relação profissional com um missionário episcopal a quem chamavam de "padre Jackie". A sra. Symes ficou desconfiada com a chegada repentina do doutor.

Ela disse, "O senhor sabe qual é o propósito dessa visita?".

"Ele disse que estava preocupado com a saúde da senhora."

"O que mais ele disse?"

"Disse que a senhora tinha uma igreja aqui."

"O que mais?"

"Só isso."

"Como o senhor caracterizaria o estado de espírito dele? Falando em linhas gerais."

"Eu diria que o humor dele variava de acordo com as circunstâncias. Ele não tinha um único estado de espírito o tempo todo."

"Estou me referindo ao sentimento dele com relação a vir pra cá. Era de apreensão? Resignação?"

"Não sei dizer se era uma coisa ou outra. Na verdade não o conheço tão bem a ponto de poder responder à sua pergunta, sra. Symes. Dizer se o estado de espírito dele estava de alguma maneira fora do normal."

"Aquele automóvel lá fora é dele?"

"Não, senhora. Ele tem um ônibus que quebrou na mão dele lá no México."

"Um ônibus?"

"É um ônibus escolar antigo. Adaptado pra que a pessoa possa dormir e cozinhar dentro dele."

"Ouviu isso, Melba? O Reo está morando num ônibus escolar."

"Um ônibus escolar?"

"É o que o sr. Midge aqui está dizendo."

"Não sei como alguém consegue fazer isso."

"Nem eu. Eu me pergunto como é que ele faz pra receber a correspondência."

"Ele não mora no ônibus o tempo todo", eu disse. "É o tipo de coisa em que as pessoas fazem viagens, como um trailer."

"Aposto que o Reo veio falando pelos cotovelos."

"Bom, hoje ele não falou tanto. Passou mal."

"Até os seis anos de idade ele não abria a boca. Era uma criança estranha. O Otho achava que ele era retardado. O que ele disse ao senhor sobre a Jean's Island?"

"Ele disse que tinha planos de desenvolver a ilha."

"Ele disse que era o dono?"

"Não, ele não disse isso. Disse que a senhora era a dona."

"Aquela ilha foi cedida pra ser um santuário de pássaros anos atrás."

"Entendo."

"Como alguém pode *desenvolver* um lugar, como o senhor diz, se ele já foi cedido?

"Bem, eu não sei. Acho que não se pode."

"Se eu entregasse a ilha na mão do Reo, amanhã de manhã as escavadeiras já estariam lá. Seria a maior bagunça que alguém já viu na vida. Algumas pessoas simplesmente adoram cortar árvores e os brancos pobres são os piores nesse quesito. Não sei de quem o Reo puxou esse traço. O homem é a criatura mais destrutiva que existe, sr. Midge."

Melba disse, "Exceto pelos bodes. Olha só a Grécia".

"Eu não me importaria de deixar o lugar pro Reo se ele vivesse lá e cultivasse a terra e se comportasse, mas ele não vai fazer isso. Eu o conheço muito bem. Num piscar de olhos a Marvel Clark ou alguma outra piranha colocaria as mãos na ilha. Eu conheço a Marvel Clark muito bem e ela já se apoderou de muita coisa minha. Mas ela nunca vai colocar as mãos naquela terra enquanto eu tiver forças."

Eu disse, "A senhora acha que devo descer e dar uma olhada nele?".

"Ele vai ficar bem. Aquele veneno tem de ser eliminado pela respiração. O que ele disse sobre a clínica de artrite dele em Ferriday?"

"Creio que ele não mencionou nada a respeito."

"Ele contou ao senhor sobre os Presentes de Formatura dele?"

"Presentes de Forma Pura?"

"Presentes de *Formatura*. Era uma falcatrua por reembolso postal. Ele estava publicando anúncios de relógios de pulso caros a preço de banana em todo tipo de revista chinfrim. As pessoas enviavam o dinheiro mas ele não enviava a elas nenhum relógio. Um inspetor postal veio lá de Washington, D.C., à procura dele. Disse que o Reo estava percorrendo o país fazendo vendas fraudulentas e usando os nomes Ralph Moore e Newton Wilcox."

"O dr. Symes não me falou nada a respeito dos Presentes de Formatura."

"Aquela tal mulher Sybil ainda está enrabichada com ele?"

"Não sei coisa alguma sobre isso. Ele estava sozinho quando o conheci no México."

"Ela já foi tarde, então. Da última vez ele trouxe com ele uma lambisgoia chamada Sybil. Ela tinha sobrancelhas grossas e peludas de homem. Ela e o Reo estavam tentando abrir um restaurante em algum lugar da Califórnia e queriam que eu arrumasse o dinheiro pro negócio. Como se eu tivesse algum dinheiro. O Reo diz pra todo mundo que eu tenho dinheiro."

Melba disse, "Não, era uma escola de canto. O Reo queria abrir uma escola de canto".

"A escola de canto era uma coisa totalmente diferente, Melba. Isso aqui era um restaurante do qual eles estavam falando. Um Pedacinho da Austrália. A Sybil ia cantar algum tipo de canção estrangeira pros fregueses enquanto eles comiam. Ela dizia que era cantora de boate. Dançarina também. O plano dela era dançar entre as mesas enquanto as pessoas tentavam comer. Eu achava que essas boates tinham moças jovens e bonitas pra fazer esse tipo de coisa mas a Sybil era quase tão velha quanto o Reo."

"Mais velha", disse Melba. "Lembra dos braços dela?"

"Eles partiram no meio da noite. Eu me lembro disso. Pegaram as coisas e foram embora sem dizer uma palavra."

"A Sybil não sabia onde acabava um teclado e começava o outro."

"Ela usava botas brancas reluzentes e vestidos de frente única."

"Mas não usava cinta."

"Ela não usava quase roupa nenhuma quando tomava sol lá no quintal."

"As partes pudendas ela cobria."

"Isso nem precisa dizer, Melba. Não era necessário você dizer isso e fazer a gente pensar no assunto."

"O dr. Symes não me disse uma palavra sequer sobre a Sybil."

"Não, presumo que não. E ele contou ao senhor sobre as fraudes dos aparelhos auditivos em 1949?"

"Não, senhora."

"Não, creio que ele não contou. A vergonha e o escândalo mataram o Otho, tão certo como dois e dois são quatro. O Reo perdeu sua licença médica e desde então vem sendo um trapaceiro e um vagabundo. Meu próprio filho, que fez um juramento de nunca causar dano ou mal a alguém."

Eu não sabia quem era Otho, mas era difícil acreditar que alguma pessoa na Louisiana tenha batido as botas por conta do choque com alguma fraude. Tentei pensar nessa cena dramática e então Melba aproximou o rosto do meu e começou a falar comigo. As duas velhinhas estavam falando comigo ao mesmo tempo.

Melba disse que seu primeiro marido a abandonara em Ferriday e que seu segundo marido, um barbeiro bonitão que não acreditava em seguro de vida, tinha caído morto em Nova Orleans aos quarenta e quatro anos de idade. Depois disso, ela seguiu o próprio caminho, e se virou dando aulas de piano e vendendo cintas modeladoras. Agora ela recebia um minguado cheque verde da Previdência Social e a isso se resumia toda a sua renda. Cinco dólares iam todo mês pra filial de uma associação de professoras de música. Ela não se lembrava muito bem do primeiro marido mas pensava sempre no barbeiro teimoso, à toa em sua barbearia na sossegada luz do sol de Nova Orleans em 1940, de olho na porta à espera de fregueses e folheando vezes sem conta o *Times-Picayune* em busca de pedacinhos ainda não lidos.

A sra. Symes levantou a voz. "Eu gostaria que você calasse a boca por um minuto, Melba. Já ouvi toda essa lenga-lenga mil vezes. Estou tentando fazer uma pergunta. Parece que tenho o direito de fazer uma pergunta na minha própria casa."

Melba não parou de falar, mas virei minha cabeça de leve na direção da sra. Symes.

Ela disse, "O que eu estou tentando descobrir é o seguinte. Quando está na sua casa no Arkansas, sr. Midge, o senhor recebe muita correspondência?".

"Não entendi."

"Cartas, cartões. Coisas de primeira classe."

"Não muita, senhora."

"Aqui é a mesma coisa. Não estou contando todas aquelas cartas absurdas do Reo. O senhor é um cristão praticante?"

"Vou à igreja quando posso."

"O senhor reza de noite por todos os bebezinhos em Little Rock?"

"Não, senhora, não rezo."

"Que tipo de cristão o senhor se considera?"

"Vou à igreja quando posso."

"Cartas na mesa, sr. Midge."

"Bem, creio que tenho uma índole religiosa. Às vezes acho difícil determinar a vontade de Deus."

"Inconveniente, o senhor quer dizer."

"Isso também, sim."

"Que tipo de coisa impede o senhor de ir à igreja?"

"Eu vou quando posso."

"Uma garoinha?"

"Eu vou quando posso."

"Essa história de 'índole religiosa' me lembra do Reo, o seu homem de ciência. Ele vai tentar te convencer de que Deus está lá nas árvores e na grama em algum lugar. Uma espécie de *força*. Esse argumento é uma coisa muito inconsistente, se quer saber. E o padre Jackie não é muito melhor. Ele diz que Deus é uma esfera perfeita. Uma bola, por assim dizer."

"Há muitas opiniões diferentes sobre o tema."

"O senhor presumiu que eu não sabia disso?"

"Não, senhora."

"O que me diz do Céu e do Inferno? O senhor acredita que esses lugares existem?"

"Essa é difícil."

"Não pra mim. O que você acha, Melba?"

"Eu diria que essa é moleza."

"Bom, eu não sei. De qualquer forma eu não ficaria surpreso. Tento não pensar nisso. É que é muito estranho pensar que as pessoas estão perambulando pelo Céu e pelo Inferno."

"Sim, mas é estranho que a gente esteja perambulando por aqui também, não é?"

"Isso é verdade, sra. Symes."

"Todas as crianças me chamam de Vó. Por que o senhor não faz como elas e me chama de Vó?"

"Tudo bem. Combinado."

"O senhor leu a Bíblia?"

"Li um pouco."

"O senhor vasculha a sua Bíblia procurando discrepâncias?"

"Não, senhora."

"Essa não é a maneira de ler. Tenho um pequeno teste que gosto de propor às pessoas que alegam ser estudiosos conhecedores da Bíblia. O senhor se importa de fazer um pequeno teste pra mim?"

"É um teste escrito?"

"Não, é apenas uma pergunta."

"Eu não me importo de fazer o teste, Vó, mas acho que há um mal-entendido aqui. A senhora me perguntou se eu li a Bíblia e eu disse que só li um pouco. Eu não diria que sou um estudioso conhecedor da Bíblia."

"Logo vamos saber, de um jeito ou de outro. Tudo bem, a festa de casamento em Caná. João 2. Jesus transformou seis potes de água em seis potes de um suposto vinho. Seu primeiro milagre. A mãe dele estava lá. Muito bem, o senhor acredita que naqueles potes havia vinho alcoólico ou suco de uva não fermentado?"

"O que diz a Bíblia?"

Melba disse, "A Bíblia diz apenas vinho. E diz vinho dos bons".

"Então é isso que eu digo. Que era vinho."

A sra. Symes disse, "Então na sua opinião Jesus era um contrabandista de bebida?".

"Não, não."

"De contrabandista ele não tinha nada. Aquele suposto vinho não passava de suco de uva fresco e integral. A palavra foi traduzida errado."

"Eu não sabia disso."

"O senhor tem a pretensão de saber o significado de todas as palavras da língua grega?"

"Não, não tenho. Eu não conheço uma palavra sequer da língua grega."

"Então por que a sua opinião teria algum valor numa questão como essa? O padre Jackie já é uma lástima e o senhor nem ao menos sabe tanto quanto ele."

Melba disse, "Vamos ver o que ele sabe sobre Swedenborg".

"Ele não vai saber patavina sobre Swedenborg."

"Tirar a prova não vai fazer mal, certo?"

"Vá em frente e pergunte, então."

"O que o senhor sabe sobre um homem chamado Emanuel Swedenborg, sr. Midge?"

"Não sei coisa alguma sobre ele."

"Ele *visitou* pessoalmente o Céu e o Inferno e voltou pra escrever um livro maravilhoso sobre as experiências dele. O que o senhor pensa disso?"

"Não sei o que pensar."

A sra. Symes disse, "O senhor leu os livros da sra. Eddy?".

"Não, senhora."

"Qual é o seu trabalho neste mundo?"

"Isso eu não sei ainda. Voltei a estudar agora."

"Está ficando um bocado tarde pra que o senhor tenha tão poucos interesses e convicções. Qual é a sua idade, sr. Midge?"

"Tenho vinte e seis anos."

"Mais tarde do que eu pensava. Pense nisso. Todos os animaizinhos da sua juventude já morreram faz tempo."

Melba disse, "Exceto as tartarugas".

Algo pequeno e duro, possivelmente uma noz, caiu no telhado de zinco e nós esperamos em silêncio por outro baque mas ele não veio. Perguntei onde ficava o Hotel Jogo Limpo e a Vó, como agora eu me dirigia a ela, me disse que eu ficaria mais confortável no Fort George ou no Bellevue. Concordei com simpatia e não insisti no assunto, mas o homem da fronteira me entregara um cartão do Jogo Limpo e era lá que eu tinha a intenção me hospedar. As luzes acenderam de novo e em questão de minutos a cafeteira elétrica de Melba começou a borbulhar e a produzir sons respiratórios como alguma infernal máquina de hospital. A sra. Symes me examinou atentamente sob a luz.

"Sei que o senhor vai perdoar uma referência pessoal, sr. Midge. O senhor é deficiente?"

"Perdão?"

Ela ergueu três centímetros uma perna das minhas calças com a ponta de sua bengala de alumínio. "Os seus pés, quero dizer. Ficam bizarros da maneira como o senhor os vira pra fora. Parecem pés artificiais."

"Meus pés são perfeitos. Estes são sapatos novos. Talvez isso explique o volume estranho dos pés."

"Não, não é isso. É a maneira como o senhor os vira pra fora. Faça assim, agora está melhor. O senhor me lembra um bocado o Otho. Ele nunca pegava o jeito das coisas."

"Ouvi a senhora mencionar Otho duas ou três vezes mas não sei de quem se trata."

"Otho Symes, é claro. Ele era meu marido. Ele nunca conseguia pegar o jeito das coisas mas era bonzinho e tinha um coração de ouro."

Melba disse, "Ele era um homenzinho nervoso. Eu tinha medo de fazer 'bu' perto dele".

"Ele não era nervoso até passar pela operação."

"Ele era nervoso antes da operação e depois da operação também."

"Ele não era nervoso até colocarem aquela coisa no pescoço dele, Melba. Eu devia saber."

"Devia mas não sabe. Esse menino não quer mais ouvir sobre o Otho e eu também não. Eu quero descobrir alguma coisa sobre a esposa dele e por que ela o abandonou. Isso ele ainda não contou pra gente."

"Eu não sei por que ela foi embora."

"O senhor deve ter alguma ideia."

"Não. Eu fiquei muito surpreso."

A sra. Symes disse, "O senhor está tentando nos dizer que o senhor e a sua esposa viviam em harmonia?".

"A gente se dava bem, sim."

"Nunca uma palavra áspera?"

"Ela me chamava de 'mala sem alça' de vez em quando."

"Mala sem alça, é?"

"Essas eram palavras que a mãe dela usava mas que a Norma acabou adotando."

"As duas chamavam o senhor de mala sem alça na sua cara?"

"Sim. Mas não dia e noite, sabem?"

"Ela abria e lia a sua correspondência?"

"Não, senhora. Quer dizer, não acho que ela fazia isso."

Melba colou de novo o rosto coberto de ruge no meu e disse, "Um momento, sr. Midge. O senhor nos disse agora há pouco que não recebia correspondência alguma. Agora está falando de pessoas que interceptavam a sua correspondência. Decida-se. O senhor recebia correspondência ou não?".

"Eu disse que não recebia muita correspondência. Mas recebo um pouco."

A sra. Symes disse, "Aposto que a cozinha da mocinha vivia simplesmente imunda o tempo todo".

"Não, não vivia."

"Ela sabe cozinhar alguma coisa que seja adequada pra comer?"

"Ela cozinha muito bem."

"Ela sabe coser as próprias saias e macacões?"

"Acho que não. Nunca a vi com linha e agulha na mão."

"E o que me diz de passas? Ela gosta de passas?"

"Nunca a vi comendo passas."

"Aposto que ela gosta de bolo amarelo com calda quente de limão por cima."

"Acredito que goste, sim. Eu também gosto."

"E bolo de chocolate?"

"Ela gosta de todo tipo de bolo."

"Tudo bem, então me diga uma coisa. Quando ela come bolo de chocolate tarde da noite, ela também bebe leite açucarado direto de uma garrafa de um litro até escorrer pelos cantos da boca?"

"Nunca a vi fazer isso."

"Essa é a imagem que eu faço da gula."

"Eu não sei de onde a senhora tirou a ideia de que a Norma é uma glutona, Vó. O fato é que ela come muito pouco. Ela é muito cuidadosa com o que ela come e a maneira como ela come."

"Uma comensal limpa, de acordo com o senhor."

"Muito limpa."

"A Melba costumava fazer exatamente isso tarde da noite. Esse negócio de comer bolo com leite."

"Não, eu não fazia isso."

"Fazia, sim."

"Nunca ouvi uma mentira mais deslavada. Não sei por que você insiste em dizer isso pras pessoas."

"Eu sei o que sei, Melba."

As luzes se apagaram de novo. Agradeci as velhinhas pelo jantar e a hospitalidade e me levantei pra ir embora. Melba me pediu que esperasse um minuto. Ela estava com o lampião aceso na mão e moveu um pouco pra cima o pavio a fim de obter uma luz mais intensa. Depois foi pra um canto escuro e fez uma pose segurando o lampião acima da cabeça. Ela disse, "Agora eu quero saber se os dois conseguem adivinhar quem eu sou".

A sra. Symes disse, "Eu sei. A Estátua da Liberdade. Essa é fácil".

"Não."

"Florence Nightingale, então."

"Não."

"Você fica mudando a cada palpite que eu dou."

"Eu sou a Luz do Mundo."

"Não, não é, você é só uma bobona. Você é tão boba, Melba, é lamentável. É absolutamente constrangedor quando temos visitas."

Dessa vez fui mesmo embora, mas antes de chegar ao pé da escada a sra. Symes me chamou. Ela perguntou se eu achava que havia alguma chance de Reo estar andando por aí fazendo coisas boas em segredo. Não teria me doído nada responder que sim, que havia excelentes chances disso, mas eu simplesmente disse que não sabia. Ela perguntou se no carro eu tinha alguma mistura de sopa seca da Lipton, ou algum catálogo de outono e inverno da Sears. É claro que não e me senti mal por não ter coisas do tipo para dar a elas, embora as duas tenham jogado duro comigo com aquelas perguntas complicadas.

# Sete

Deixei o dr. Symes fumegando na capela às escuras e fiz o caminho de volta até a ponte arqueada sobre o riozinho que atravessava Belize. Eu tinha deduzido, corretamente, que essa ponte era o centro da cidade. Dois ou três quarteirões rio acima e encontrei o Hotel Jogo Limpo, que era uma casa de madeira branca como o tabernáculo. Estacionei o carro em frente e mais uma vez me submeti à desagradável tarefa de acordar as pessoas.

Uma mulher negra e magra era a gerente do lugar. Ela me atendeu de mau humor, como qualquer pessoa teria feito nas circunstâncias, mas senti também uma antipatia geral por mim e minha laia. Ela acordou um menino negro chamado Webster Spooner, que estava dormindo dentro de uma caixa no foyer. Era uma caixa de madeira muito boa forrada com roupa de cama. Descobri o nome do menino porque ele o tinha escrito num pedaço de papel e colara com fita adesiva à caixa. No pé dessa cama improvisada havia um pé de tomate crescendo num velho latão de graxa da Texaco.

Escrevi e endereçei uma breve mensagem ao meu pai pedindo que me transferisse 250 dólares. A mulher disse que mandaria Webster cuidar disso assim que o posto do telégrafo abrisse pela manhã. Dei a ela uma cédula de cinco dólares e algumas notas de pesos — todo o dinheiro que eu tinha no bolso — que ela prendeu com um alfinete à mensagem e guardou numa caixa de sapato.

Era seguro deixar meu carro na rua? Talvez sim, talvez não, ela disse, mas em todo caso o hotel não tinha estacionamento anexo. Pensei em remover o cabo da bobina pro distribuidor de modo a despistar os ladrões, mas estava cansado demais pra mexer de novo naquele carro. A mulher, cujo nome era Ruth, voltou pra cama. Webster Spooner carregou minha mala escada acima e me levou até o quarto. Ele disse que ficaria de olho no carro. Não sei como ele faria isso deitado na caixa dele. Eu sabia que ele tinha o sono pesado. A tal Ruth quase teve de matá-lo pra conseguir acordá-lo.

Meu quarto tinha vista pra água escura do riacho ou córrego. Abri uma janela e senti o cheiro. Uma gota daquela água fétida seria morte instantânea! Toda vez que chego a um destino qualquer os meus primeiros pensamentos são sobre ir logo embora e como isso seria fácil de providenciar, mas ali não foi o caso. Exaustão, talvez. Eu me instalei. Fui pra cama e lá fiquei por dois dias.

Duas vezes por dia Webster Spooner aparecia e anotava meu pedido de uma tigela de bananas fatiadas e uma latinha de leite Pet. Em todas as ocasiões pedi sempre a mesma coisa e em todas ele anotou tudo esmeradamente em sua caderneta.

Webster disse que tinha outros empregos. Ele lavava os carros da polícia e vendia jornais e cartões comemorativos. O pé de tomate era um de seus projetos. Ele às vezes se referia à tal mulher Ruth como sua "tzia", o que queria dizer sua tia, mas fiquei com a impressão de que na verdade não tinham parentesco. Ele disse que ela ficava com metade do dinheiro que ele ganhava.

Ele sempre tinha uma pergunta nova na ponta da língua quando me encontrava acordado. Um Dodge Coronet tinha condições de correr mais que um Mercury Montego? Como se marcava o placar do boliche? Pouquíssimos americanos se hospedavam no Jogo Limpo, ele disse, e os raros que apareciam dirigiam carros lastimáveis como o meu ou eram hippies de pés sujos sem carro nenhum. Ruth não gostava dos americanos mas ele, Webster, gostava muito, embora eles o obrigassem a trabalhar feito doido com seus incessantes pedidos de gelo e lâmpadas e repelentes. Até mesmo os hippies pés-rapados exigiam serviço rápido. Estava no sangue.

Descobri mais tarde que Ruth me chamava de "Turco" e "o Turco" por causa dos meus dentes pequenos e pontudos e meu nariz adunco de coruja e meus olhos estreitos e cinzentos, duas meras fendas mas prodígios de captura de luz e poder de resolução. O que enfiou na cabeça dela que esses traços eram característicos dos turcos, eu não tenho meios de saber, e tampouco saberia dizer por que ela tinha alguma rusga com os turcos, mas era assim que as coisas se davam. "Vá lá ver o que o Turco quer", ela dizia a Webster, e "O turco ainda está na cama?".

Pedi a ele que me arranjasse alguns envelopes e um sortimento de selos coloridos e enderecei alguns com temas das Honduras Britânicas a mim mesmo em Little Rock. Eu dormia de maneira intermitente e tinha um sonho recorrente. Lia o livro de Dix, ou tentava ler. Minha mente vagueava, mesmo nos trechos fortes que o doutor tinha sublinhado. Li um guia de viagem. O autor disse que as pessoas desse país eram "orgulhosas", o que em geral quer dizer "quase humanas" no jargão especial dessas coisas. Mas Ruth não era orgulhosa? A palavra exata pra ela. Calculei os custos da viagem. No banheiro do final do corredor encontrei um livro, uma brochura sem capas que levei pra cama comigo. Li quase duas páginas antes de me dar conta de que era ficção, e pior, uma história ambientada no futuro. Algum sujeito chamando um "helitáxi". Deixei o livro cair no chão, o que quer dizer que não o arremessei pelo quarto, embora pudesse ver que ele já tinha sido arremessado muitas vezes. Eu ouvia o rádio que tocava dia e noite no quarto ao lado. Quer dizer, eu ouvia os programas em inglês. Havia horários alternados de transmissão em inglês e espanhol.

Prestei atenção especial a um evangelizador da Califórnia que entrava no ar toda manhã às nove em ponto. Eu aguardava ansiosamente esse programa. O homem era uma fraude? Ele era persuasivo mas ainda assim havia um matiz satânico em sua inteligência. Eu não consegui decifrá-lo.

A cabeceira da cama estava revestida por algum material sintético branco e barato — nessa terra de mogno — onde o nome KARL estava entalhado em letras de forma. Toda vez que eu acordava, ficava confuso e então via aquele KARL e voltava a encontrar meu rumo. Eu pensava em Karl durante alguns minutos. Ele tinha achado uma boa ideia deixar seu nome ali, mas, sempre cauteloso, não o nome completo. Eu me perguntei se ele não estaria no quarto contíguo. Com sua faca e o rádio ele poderia viver em constante movimento, como J. S. Dix.

O sonho recorrente me fazia suar e me revirar nos lençóis úmidos da cama. Eu não conseguia relacionar sua origem a nenhum evento da minha vida em vigília, por assim dizer. Relato esse sonho, sabendo que é rude fazê-lo, por conta de seu caráter anômalo. Em sua maioria meus sonhos eram coisas torpes, apáticas. Tinham a ver com figuras geométricas ou levitação. Meu corpo parecia flutuar sobre a cama, mas não muito longe, trinta centímetros no máximo. Não se tratava de voar. Nesse sonho de Belize havia outras pessoas. Eu estava sentado a uma mesinha de centro baixa de frente pra uma mulher inteligente e bem-vestida que queria "colocar as coisas em pratos limpos". Ela tinha um filho gorducho de uns sete anos chamado Travis. Esse menino era incentivado pela mãe a dar opiniões e fazer comentários atrevidos. Nós três estávamos o tempo todo sentados ao redor da mesinha de centro da mobília pneumática da mulher estilosa. Ela enfatizava pontos importantes acerca de alguma incompreensível discussão enquanto o menino Travis estridulava gracejos do show business.

"Fique à vontade!", ele esganiçava, e "Caramba, essa é a história da minha vida!", e "Sim, mas o que você faz no bis!", e "Não despreze antes de experimentar!", e "Que tal isso pra começo de conversa?", e "Você está se gabando ou reclamando!", e "Bem-vindo ao clube, Ray! Rá rá rá rá rá rá rá rá". Eu tinha de ficar lá sentado tomando porrada da mulher e de Travis.

No terceiro dia Ruth mandou me acordarem logo cedo. Tomei banho e fiz a barba e vesti roupas limpas. Minhas pernas estavam trêmulas quando desci as escadas. Ruth queria seu dinheiro pelo quarto e pelo leite Pet. Eu não havia recebido notícias de Little Rock. Norma tinha me abandonado, e agora, ao que tudo indica, meu pai também. Tentei calcular o número de dias em que eu estava na estrada. Era possível que ele ainda não tivesse retornado do torneio de pesca de perca no Alabama. Arremessando suas minhocas de plástico lago afora! Seu 13 da Sorte! Seus anzóis compridos! Ele fisgava peixes que pesavam pouco mais de um quilo e falava que eles "lutavam". Percas assassinas! Era possível também que ele estivesse cansado de perder tempo comigo, como com o sr. Dupree e Guy. Desmamado aos vinte e seis anos! Lugares como Idaho tinham governadores da minha idade. Na minha idade o grande Humboldt estava explorando o Orinoco em vez de choramingar por conta de uma transferência postal de dinheiro.

Foi duro negociar com Ruth. Seu dialeto crioulo era difícil de entender. Ela não olhava pra mim quando eu falava com ela e não respondia às minhas perguntas, tampouco dava o menor sinal de ter me entendido. Eu era obrigado a me repetir e então ela dizia, "Eu ouvi você da primeira vez". Mas se eu não me repetisse ficaríamos os dois lá parados num silencioso e apreensivo impasse.

Propus que ela ficasse com alguns dos títulos até que o meu dinheiro chegasse. Ela queria dinheiro vivo e queria naquele instante. Eu não sabia o que dizer a ela, como continuar falando da maneira assertiva de Dix. Ela ficou carrancuda e me fuzilou com o olhar. Um maluco como Karl podia pintar e bordar naquele lugar mas os meus títulos de poupança da série E de nada valiam. Era essa a ideia que ela tinha de jogo limpo. Webster Spooner estava escutando tudo. Deitado dentro da caixa, enquanto ouvia ele ia rabiscando em sua caderneta.

"Ele ter dinheiro naquela carteira grande", ele disse. "Muito dinheiro."

Era verdade. Eu ainda estava com a carteira do doutor e tinha me esquecido por completo dela. Voltei ao quarto e a tirei da mala. Paguei a Ruth vinte dólares americanos e achei que isso melhoraria minha situação com ela, mas aparentemente serviu apenas pra deixá-la ainda mais intragável. Perguntei onde ficava a Secretaria de Agricultura e ela me ignorou. Perguntei onde ficava a delegacia e ela me deu as costas e atravessou a cortina rumo aos seus aposentos. Toquei a campainha mas ela não voltou.

Eu estava irritado com Webster por fuçar meu quarto enquanto eu dormia mas não mencionei o fato. Perguntei se ele poderia se incumbir de fazer uma coisa pra mim. Ele não respondeu e continuou rabiscando na caderneta. Ele e Ruth tinham decidido que eu era o tipo de pessoa a quem eles não tinham de dar ouvidos. Havia certas pessoas brancas que eles talvez escutassem mas eu não estava incluído entre elas. Falei com ele de novo.

"Estou ocupado", ele disse.

"O que você está fazendo?"

"Desenhando o carro do futuro."

"Sim, agora eu vejo. Ele parece veloz. É um belo trabalho. Tudo vai ter de esperar até você terminar."

Saí na agradável manhã dos trópicos. Galos cantavam por todo Belize. Meu torpor de dois dias tinha se dissipado e eu estava pronto pra agir. Webster colocara seu pé de tomate na calçada pra pegar sol. Nele havia dois tomates verdes.

O pequeno Buick estava imundo mas parecia intacto. Sob o limpador do para-brisa havia um folheto. As letras na parte de cima do impresso eram tão grandes e marchavam sobre o papel de tal maneira que tive de afastar a cabeça um pouco além do que seria uma distância de leitura normal de modo a conseguir compreender as palavras.

### LEET QUER ESTE CARRO

Olá, meu nome é Leet e pago dinheiro vivo por carros seletos como o seu. Pago na hora em Dólares (US$) Americanos. Pago também a taxa de transferência de modo a poupá-lo de se aborrecer com esse Encargo. Por favor venha me ver o quanto antes na Franklin Road logo depois da fábrica de tinta abandonada e receba uma imediata cotação de preço. Antes de fechar negócio com outra pessoa faça a si mesmo as seguintes importantes perguntas. Quem é esse Homem? Onde ele estava ontem e onde estará amanhã? Leet atua no ramo no mesmo endereço há Seis Anos e não vai a lugar nenhum. Estou na esperança de que possamos nos conhecer em breve. Sou um Homem Branco de Great Yarmouth, Inglaterra, com serviços prestados junto à Marinha Real. Com os melhores votos, atenciosamente, almejando a Mútua Satisfação,

> Wm. Leet
> Concessionária Rancho do Leet
> Franklin Road,
> Belize, H. B.

Joguei o papel fora e tirei meu mapa Esso do porta-luvas e peguei a lanterna do doutor que estava debaixo do banco.

Onde estavam os prédios do governo? Rumei na direção da ponte arqueada a fim de encontrá-los. Não havia vivalma nas ruas. Parei pra ler placas e cartazes. Uma banda chamada Blues Busters estava tocando numa danceteria aberta a noite toda. O cinema exibia a filmagem de uma luta de Muhammad Ali. Planejei meu café da manhã. Eu pararia no segundo restaurante que aparecesse à minha esquerda.

Era um estabelecimento chinês e não um restaurante propriamente dito, mas sim uma mercearia com uma máquina de café e uma máquina de sorvete e algumas mesas. Um velho chinês estava limpando a máquina de sorvete de aço inoxidável. Manutenção! Os bombeiros de Belize estavam reunidos nas duas mesas tomando café e comendo pãezinhos. Que golpe de sorte, pensei, escolher justo o lugar de que os bombeiros gostavam. Eles me olharam e abaixaram o tom de voz. Eu não queria me intrometer no bate-papo matinal deles e por isso comprei um sorvete e saí.

Ao longo do caminho na margem do rio havia um mercado público, um comprido galpão aberto com teto baixo de zinco, onde bananas e porcos e melões eram vendidos, embora não naquela hora da manhã. Do lado de fora do galpão na doca havia três homens tirando a pele de uma gigantesca cobra marrom pendurada em um gancho. Ali, eu disse a mim mesmo, está algo a que vale a pena assistir. Cheguei mais perto e me postei numa boa posição de observação e chupei meu sorvete. O trabalho foi logo concluído, mas não com muita habilidade. O corte de comprido no ventre saiu denteado e irregular. Devia ter sido a primeira cobra do trio. Eles guardaram a pele com seu desenho reticulado e jogaram a carcaça pesada no rio onde ela pairou por um momento logo abaixo da superfície, branca e sinuosa, e depois afundou.

Enquanto eu pensava no que tinha visto, bastante intrigado com o fato de que a gravidade específica da carne da cobra podia ser maior do que a da água, alguém se aproximou por trás e beliscou meu braço e me deu um sobressalto, como antes em Chetumal. Acabei ficando com medo dessa saudação. Era Webster Spooner dessa vez. Ele estava com seus jornais e cartões comemorativos. Parecia constrangido.

"O sinhor tá irritado comigo, por mexer nas suas coisas?"

"Um pouco, sim."

"Eu tava procurando um dólar do presidente Kennedy."

"Eu não tenho."

"Sei que não."

"Você perdeu a cobra gigante. Tinha uma cobra monstruosa pendurada ali um minuto atrás. Uma espécie de jiboia-constritora."

"Eu vi ela ontem à noite."

"Você gostaria de se enroscar com aquela menina?"

Webster se contorceu e arfou como se a cobra estivesse enrolada ao redor do seu corpo. "Ela ser pior que qualquer tubarão."

"Vi os seus tomates. Estavam bem bonitos."

"Um inseto comeu um."

Um inseto! Um tomate inteiro! Perguntei de novo sobre os prédios do governo e dessa vez ele foi solícito e simpático. Mas era domingo, fiquei surpreso de saber, e os prédios não estariam abertos. Desdobrei o mapa azul e o estiquei em cima de uma das mesas do mercado.

"Tudo bem, Webster, olha só. Você vai reconhecer que este é um mapa do seu país. Um americano chamado Dupree tem uma fazenda aqui em algum lugar. Preciso encontrar essa fazenda. Quero que você vá falar com seus contatos na polícia e peça que eles marquem no mapa a localização exata dessa fazenda. Vou te dar cinco dólares agora e esse dinheiro é pro policial. Quando você me trouxer o mapa de volta, vou dar cinco dólares pra você. Que tal?"

Ele fez força pra escrever Dupree da maneira correta na caderneta e não reclamou nem listou dificuldades, o que talvez fosse de se esperar do corrupto Travis. Descrevi meu Torino e pedi que ele ficasse de olho. Ele me perguntou se eu poderia lhe arranjar um dólar Kennedy. Ele estava com essa moeda na cabeça. Toda vez que conseguia pôr as mãos em uma, ele disse, Ruth a tomava dele.

"Vou ver se consigo arranjar uma pra você", eu disse. "É uma moeda de meio dólar e devo dizer que provavelmente não é de prata. Agora todas as nossas moedas são de cuproníquel sem valor de verdade. Quero essa informação sobre Dupree o quanto antes. Vou dar uma volta a pé pela cidade e depois estarei no Tabernáculo da Unidade. Espero você lá. Conhece essa igreja?"

Webster não apenas conhecia como era uma espécie de membro prescrito. O pé de tomate no latão da Texaco tinha começado como um projeto da igreja. Agora ele não ia tanto, ele disse, porque já tinha visto todos os filmes. Gostava de cantar e do programa de Natal e da caça ao ovo de Páscoa e não se importava de assistir aos desenhos dos corvos Faísca e Fumaça vezes sem conta. Mas o resto era difícil demais. E a sra. Symes, que de boba não tinha nada, tinha rearranjado a programação pra que o questionário da Bíblia fosse realizado *antes* dos filmes — e nenhum atrasadinho tinha permissão para entrar.

Ele me mostrou sua seleção de cartões comemorativos. Comprei um, e um jornal também, o primeiro que eu via na vida que de fato se chamava *Clarim Diário*. Era composto inteiramente de diatribes políticas, parágrafos curtos e maledicentes, e o joguei fora.

Ao longo das duas horas seguintes percorri traçando circuitos em forma de oito todos os quarteirões do centro da cidade. Vi muitos Ford Galaxies, o grande favorito de lá, mas nenhum modelo do elegante Torino. Algumas residências tinham aconchegantes nomes ingleses... Rose Lodge (Casa da Rosa), The Haven (Refúgio). Parei no Fort George pra tomar café. Lá vi alguns soldados britânicos, ainda um pouco bêbados da dança dos Blues Busters, que estavam conversando com uma americana sentada na mesa ao lado com um menininho. Eles perguntaram a ela por que quando queriam dizer "manteiga" e "água" os americanos diziam "báder" e "uáder" em vez de "butter" e "water" e ela disse que não sabia. Perguntei qual era seu regimento e eles disseram que eram da Coldstream Guards, a tropa de infantaria de elite do Exército Britânico. Estavam mentindo? Eu não saberia dizer. Os Coldstream Guards! O recepcionista do hotel era uma mulher e ela disse que se lembrava vagamente de um sr. Dupree, lembrava-se de que ele tinha alugado um carro, e ela achava que a fazenda dele ficava em algum lugar ao sul da cidade mas não tinha certeza.

A porta do Tabernáculo da Unidade estava trancada contra os fujões do questionário bíblico. Bati e esmurrei até que minha entrada foi autorizada por um monitor, um menino usando um colete refletivo. A capela estava às escuras. A sra. Symes estava mostrando um filme de George Sanders pra cerca de uma dúzia de crianças negras que se engalfinhavam nos bancos. Ela própria estava operando o projetor e me pus ao lado dela e assisti a alguns minutos do filme. Era um filme do detetive Falcon. Um homem de olhos desvairados e um bigodinho minúsculo tenta desesperadamente comprar uma passagem numa enorme estação ferroviária de mármore. A sra. Symes disse pra mim, "Ele não vai a lugar algum. Falcon está armando uma arapuca pra esse malandro". Depois me entregou um cartão de compromisso, um cartão em que a pessoa poderia se comprometer a fazer uma doação anual de US$5 ( ), US$10 ( ) ou US$25 ( ) em prol da missão da Unidade. Preenchi o cartão sob a quente luz interna do projetor. Os espaços do nome e do endereço eram curtos demais, a menos que você escrevesse numa caligrafia muito fina ou a menos que o seu nome fosse Ed Poe e você morasse na Elm St., e tive de colocar essas informações no verso. Prometi dez dólares. Era apenas uma promessa e eu não tive de dar o dinheiro naquele momento.

O doutor tinha sido transferido para uma cama no andar de cima. Eu o encontrei acordado mas ele ainda estava com o rosto acinzentado e o olho parecia em péssima situação. Ele estava sentado, disforme feito um peixe-boi numa camisola cor-de-rosa. Fuçava dentro de uma caixa de papelão abarrotada de cartas e fotografias e outras bugigangas. Seu cabelo tinha sido cortado, o penacho de gaio tinha sumido. Ele precisava se barbear. Melba me serviu um pouco de café e um pedaço de torrada com canela. Ela disse que nós três formávamos um interessante quadro vivo, com uma pessoa na cama, uma sentada numa cadeira e uma de pé. O dr. Symes ficou irritado. Ele não abriu a boca enquanto Melba não nos deixou a sós.

"O que aconteceu com o cabelo do senhor?", eu disse.

"A Mamãe cortou com uma tesoura de podar grama."

"O senhor está precisando de alguma coisa?"

"Sim, estou. Elas não me deixam tomar remédio nenhum, Speed. Esconderam a minha maleta. Não me deixam usar nem um termômetro. Perdi meu dinheiro e perdi meu livro. Não consigo encontrar meus artigos de toucador. Algum mexicano pegou a minha lanterna."

Devolvi a carteira e a lanterna e disse que o livro de Dix estava são e salvo no meu quarto. Isso o revigorou um pouco. Ele passou os dedos pelo dinheiro mas não o contou.

"Eu fico agradecido, Speed. Você podia ter me ferrado mas não fez isso."

"Eu já esqueci tudo."

"Por onde você andou?"

"Dormi."

"Aquela asma está te dando trabalho?"

"Não."

"Onde você está hospedado?"

"Num hotel lá no riacho."

"Lugar bom?"

"Razoável."

"Eles têm dança no jardim do terraço e uma boa orquestra?"

"Não é esse tipo de hotel. Como está a sua diarreia?"

"Virei essa senhora do avesso e inverti completamente o jogo. Agora estou excretando pedras, isso quando dou conta de fazer o trabalho. Você já recuperou sua amada?"

"Não estou tentando recuperar minha mulher. Estou tentando reaver meu carro."

"Bem, e conseguiu?"

"Ainda não. Estou trabalhando nisso."

"Ficar deitado na cama não vai resolver nada. Você precisa correr atrás."

"Eu sei disso."

"Você precisa ler o Dix. Você precisa ler o que o Dix escreveu sobre como concluir."

"Não fui muito longe naquele livro."

"Ele ensina como fechar uma venda. É claro que isso tem uma aplicação mais ampla. A arte do encerramento, da consumação. Domine isso e você terá nas mãos a chave pra porta dourada do sucesso. Você precisa deixar o Dix te conduzir pela mão."

"Eu li a parte sobre não se impor sobre as pessoas, mas em todo caso eu nunca fiz isso."

"Você leu errado. É *necessário* se impor. De que outro jeito você pode ajudar um palerma? Leu o capítulo sobre gerar entusiasmo?"

"Li uma parte."

"Leia inteiro. Depois leia de novo. É nitroglicerina pura. Os Três T's. As Cinco Coisas que não se Deve Fazer. Os Sete Elementos. Atiçando as fornalhas do navio *Realidade*. Entrando pra Turma da Motivação e permanecendo nela."

"Li a parte sobre um sujeito chamado Floyd que não trabalhava."

"Era Marvin, não Floyd. Onde foi que você arrumou Floyd? Não tem Floyd nenhum nos livros que o Dix escreveu. Não, era Marvin. É uma história bonita e muito realista também. O coitado do Marvin! Amuado no seu quarto de hotel e ouvindo música dançante no rádio e fumando um cigarro atrás do outro e lendo revistas de detetive e a programação dos páreos. Sentado na cama tentando bolar suas combinações de seis dólares. Aquele sujeito! Tramando apostas bestas pra arriscar no duplo diário! Dix conhecia o Marvin muito bem. Você lembra de como ele o resumiu — 'Caçando feito um falcão e cuspindo, nós dissipamos nossas forças'. Uma vez eu também fui um Marvin, se é que você acredita nisso. Eu estava tão pra baixo que fiquei paralisado. Aí eu li o Dix e levantei a bunda da cadeira."

"Meu dinheiro ainda não chegou de Little Rock."

"Por que a demora?"

"Eu não sei."

"E como você espera seguir em frente?"

"Deve chegar hoje. Estou esperando que chegue hoje. Em todo caso, o senhor ainda está com os meus títulos."

"Não quero mais saber dos seus títulos. Já estou por aqui com títulos."

"O dinheiro deve chegar hoje. Pelos meus cálculos devo ao senhor uns trinta dólares."

"Como você calculou isso?"

"São uns dois mil duzentos e cinquenta quilômetros desde San Miguel. Na minha conta são sessenta dólares pelo combustível e óleo e outras coisas."

"Quanto saiu aquela carona na canoa motorizada?"

"O senhor acha que vou pagar a metade daquilo?"

"As pessoas são desleixadas quando o assunto é gastar o dinheiro dos outros. Dinheiro é uma coisa difícil de arranjar."

"Não era uma canoa. Era um barco."

"Eu tenho de trabalhar pra ganhar o meu dinheiro. Não sou como você."

Ele tinha separado a memorabilia da caixa em três pilhas sobre a cama e pegou de uma das pilhas um envelope marrom e comprido e brandiu-o na minha direção. "Vem cá um minuto, Speed. Quero te mostrar uma coisa."

Era um novo plano pra Jean's Island. No verso do envelope ele havia esboçado um contorno da ilha, que tinha o formato de um girino. Na extremidade em forma de bulbo ele desenhou uma doca e alguns retângulos que representavam alojamentos. Seria uma clínica e casa de repouso para idosos chamada A Cidade da Vida. Ele e a mãe dele viveriam na ilha numa grande casa amarela, ele numa ponta e ela na outra, a banheira dela equipada com uma barra de garra. Juntos eles administrariam o complexo. Ele supervisionaria o atendimento médico e ela ministraria as necessidades espirituais. Ele já previa um problema na obtenção da licença por causa de seus antecedentes mas achava que isso poderia ser contornado registrando a coisa no nome da mãe. E na Louisiana sempre havia um funcionário público cujas mãos você podia molhar pra acelerar as coisas. Ele também tinha desenhado um campo de golfe de nove buracos. Eu não conseguia ver a conexão entre o asilo e o golfe e perguntei, mas acho que ele não ouviu.

"Um punhado de urinóis e encheção de saco, dá pra imaginar, mas estou falando de um lucro líquido de dezessete por cento", ele disse. "Eu não ligo de enganar essas pessoas. Nunca liguei. Coloque meio grão de fenobarbital na sopa delas toda noite e elas não vão te dar muito trabalho. Hoje em dia toda essa gente tem muito dinheiro. Eles recebem cheques regulares do governo."

"O senhor desenhou uma porção de edifícios aí. E o dinheiro pra construção?"

"Isso não é problema nenhum. Enrolar o governo federal pra pedir algum financimento do programa Hill-Burton.* Talvez emitir títulos de crédito industrial da Lei 9. Que

---

\* Em 1946, o Hospital Survey and Construction Act (Lei de Construção e Supervisão de Hospitais), ou programa Hill-Burton, passou a financiar a construção de hospitais comunitários, com o apoio da Associação Americana de Hospitais e da Associaçao Americana de Medicina; o programa tinha uma cláusula específica proibindo o envolvimento federal com a definição de políticas hospitalares. (N.T.)

se dane, eu hipoteco a ilha. Eu calculo uns oitocentos metros quadrados cobertos pra casa grande, e quinhentos e sessenta metros quadrados com aquecimento e ventilação. O resto em depósitos e passagens cobertas entre um prédio e outro. Coloque sua torre de refrigeração nesta ponta, com cerca de quarenta e cinco toneladas de ar-condicionado. Não digo que é um negócio garantido. Se fosse uma coisa líquida e certa, todo mundo embarcaria nessa. Mas você tem de arriscar e aproveitar a chance, e de cara tem nas mãos duas cartas altas, eu e minha mãe."

"A mãe do senhor disse que a ilha foi cedida pra ser um refúgio da vida selvagem."

"Você andou discutindo meus negócios com ela?"

"Foi ela quem trouxe o assunto à baila."

"A Jean's Island jamais foi doada no sentido legal."

"Estou só repetindo o que ela disse."

"Ela disse que colocou umas placas de aviso, só isso. Nada de caçadores e nada de intrusos. Ela não sabe a diferença. Por que ela continua pagando impostos se a terra foi doada?"

"Eu não sei."

"Você está absolutamente certo, você não sabe. Você teve a impressão de que ela estaria disposta a chegar a um acordo comigo com relação à ilha?"

"Não tive essa impressão."

"Então ela não está propensa a me favorecer."

"Ela tem medo de que alguma mulher acabe pondo as mãos na propriedade."

"Alguma mulher?"

"Ela falou de uma mulher chamada Sybil."

"O que a Sybil tem a ver com isso?"

"Eu não sei."

"A Sybil é gente boa."

"Sua mãe não a aprova."

"A Sybil é legal mas ela veio aqui e mostrou a bunda, foi isso que ela fez. Ela falava pelos cotovelos o tempo todo. Eu fiquei decepcionado. Foi confiança despropositada da minha parte. Eu nunca deveria ter trazido a Sybil aqui, mas era o carro dela, sabe?"

"Havia outra mulher. Sua mãe mencionou outra mulher chamada Marvel Clark."

"A Marvel!"

"Marvel Clark. O senhor a conhece?"

"Se eu conheço a Marvel. Minha antiga namoradinha. A Mamãe deve estar ficando doida. O que a Marvel tem a ver com a história?"

"Ela é um dos seus amores?"

"Ela é uma cascavel. No começo eu não vi isso. A Mamãe me disse pra não me casar com ela. Ela conhecia aquela laia dos Clark. Eu não percebi e só depois de me casar com ela é que vi com grande clareza. Mesmo assim, sinto falta dela. Qualquer coisinha me faz lembrar dela. Consegue imaginar isso? Ter saudade de uma jararaca?"

"Eu não sabia que o senhor tinha uma esposa."

"Eu não tenho esposa. A Marvel me deu o pé na bunda trinta e cinco anos atrás, Speed. Ela disse que preferia raspar a cabeça e virar uma freira católica a se casar de novo. Ela me rapou até o último centavo. Ficou com a minha casa e um punhado de móveis da minha mãe e até o meu equipamento médico foi junto."

"Bem, então é isso. A mãe do senhor tem medo de que ela acabe ficando com a ilha também."

"Ficar com a ilha como? Não por mim."

Ele vasculhou a caixa e achou uma velha fotografia mostrando uma garota magra usando um vestido de bolinhas. Estava sentada num balanço de playground e segurava nos joelhos uma criança com os olhos semicerrados. Era a ex-esposa do doutor, Marvel Clark Symes, e o filhinho do casal, Ivo. O dr. Symes com uma esposa! Eu mal podia acreditar! Ela era uma garota bonita também, e não uma piranha. E o pequeno Ivo! É claro que agora o menino era um homem-feito; aquela foto devia ter quarenta anos.

Ivo era empreiteiro de telhados em Alexandria, Louisiana, o doutor me disse, onde Marvel Clark agora residia também. Ele disse que havia ficado mais de vinte anos sem ter qualquer contato com ela. Deduzi que também era distante e desafeiçoado do filho, chamando-o de "brutamontes consertador de telhados" e dizendo que tinha a esperança de que Deus o deixasse viver tempo suficiente pra ver o filho Ivo na penitenciária em Angola.

"Não sei o que a Mamãe pode estar pensando", ele disse. "Não existe a menor possibilidade da Marvel ficar com as terras por meu intermédio. O direito legal que ela tem sobre meus bens é o mesmo de qualquer mulher desconhecida passando pela rua."

"Estou apenas repetindo o que ela disse."

"O divórcio foi definitivo. Aquele laço foi cortado e reduzido a zero pra sempre. Essas são as palavras exatas do decreto. Não dá pra ser mais definitivo do que isso. O que mais você quer?"

"Não sei de nada sobre isso."

"Você está absolutamente certo, você não sabe. Vá consultar o tribunal em Vidalia e aí pode ser que você aprenda alguma coisa a respeito."

Fui até a janela e olhei pra rua lá embaixo à procura de Webster Spooner. Olhei os telhados de zinco enferrujados de Belize. Não conseguia ver o oceano mas sabia que ele estava lá onde terminavam os telhados. O dr. Symes me perguntou se eu poderia arranjar-lhe alguns remédios e equipamentos de barbear. Eu disse que faria isso e ele começou a escrever receitas em pedaços de papel. No andar de baixo ouvi um animado flautear de um clarinete de 1937.

"O que é isso?"

"O quê?"

"Essa música."

"Isso é o Gato Félix. A Mamãe adora um filme. Eu trouxe pra ela alguns desenhos e curtas quando vim aqui com a Sybil. O Gato Félix e Edgar Kennedy e Ted Fiorito com sua banda. Pra Melba eu trouxe um quebra-cabeça de mil peças. Não conheço ninguém que goste mais de filmes do que a Mamãe, exceto Leon Vurro. Escute isso, Speed. Olha só o tipo de coisa que eu tinha de aturar em Houston. Eu ficava naquela cabana abafada no sul de Houston tentando endireitar aquelas fotos com lascas de tijolo enquanto o Leon estava no centro da cidade dentro de algum cinema com ar-condicionado assistindo *Honky-Tonk Women* ou *Almas Prisioneiras*. Um adulto. Dá pra acreditar? Nunca perdi meu tempo com filmes. Você não sabe que eles já sacam essas histórias antes mesmo de você entrar no cinema? O Leon ficava lá sentado no escuro feito uma besta por duas ou três horas assistindo aquelas histórias e depois saía na rua descontrolado feito um rato, piscando e procurando mulheres pra dar uns amassos. Não a Bella, mas mulheres desconhecidas. Ah, sim, eu também costumava fazer isso. Há poucas loucuras que eu não tenha feito na vida. Nunca perdi meu tempo com cinema, mas sempre fui mais tarado por mulher do que o Leon. Estou falando de prisioneiros do amor. Estou falando de um macho pegador. Teve uma época em que eu saía quase toda noite pra pegar mulheres mas parei com essa doideira anos atrás. Uma grande perda de tempo e dinheiro se você quer saber a minha opinião, sem falar no preço que isso cobra da saúde da pessoa."

Melba estava sentada em sua cadeira no quarto ao lado, o quarto central, e quando o desenho animado terminou ela desceu pra tocar piano. As crianças cantaram e a devoção delas subiu pelo quarto e atravessou o telhado de zinco rumo aos céus. O sr. Symes cantarolou junto com elas e cantou pedacinhos do hino.

"Isso não é um programa praticável", ele disse, indicando o que acontecia no primeiro andar. "Adoro a Mamãe, mas isso aqui não é sensato. Perder tempo com um punhado de crianças. Não precisa acreditar só porque eu estou falando. Consulte seus melhores educadores e pergunte pros melhores comunicadores. O que você quer é uma base ampla. Isso aqui é uma base estreita. O que você quer é um serviço de atendimento médico sob uma tenda, e quando as coisas sossegam você pode desmontar e dobrar o troço e vai embora. Ou um ministério via rádio. Um ministério por telefone seria melhor que isto aqui. Você nunca vai prosperar num negócio como esse. Não faz sentido algum. Isso aqui é como o velho Becker em Ferriday. Vou dizer o que ele fazia. Ele ficava nos fundos de sua loja de ferragens pesando sementes de nabo a oito centavos o pacotinho de meio quilo, trabalhando feito uma mula com aquela conchinha de metal, suando em bicas, enquanto os fregueses faziam fila na frente da loja tentando comprar tratores de cinco mil dólares."

Ele me deu algum dinheiro e saí pra comprar os remédios. Havia depósitos de muco cor de âmbar nas duas receitas. O velho deixava um rastro de ranho feito um caramujo. Comprei uma gilete na mercearia do sr. Wu mas não encontrei farmácia aberta e por isso atravessei a cidade a pé pra ir até o hospital, outro prédio branco. A enfermeira encarregada do dispensatório era inglesa. Ela não acreditou nem um pouco naquelas receitas mas mesmo assim me vendeu os medicamentos, um remédio pro coração chamado Lanoxin, um pouco de Demerol, que eu sabia ser um narcótico, e algumas outras coisas em frasquinhos diabólicos que eu suspeitava que fossem entorpecentes. Tudo isso era pra um certo "sr. Ralph Moore" e o doutor tinha assinado seu próprio nome como o do médico responsável por prescrever as receitas. Expliquei que se tratava do filho da sra. Symes da igreja da Unidade. Ele também me pediu pra levar uma dúzia de seringas mas a mulher não quis me vender nenhuma. Não insisti. Havia recém-nascidos chorando e eu queria sair logo daquele lugar.

Perto do hospital havia um parque municipal, um extenso campo verde com uma estátua em uma das extremidades que parecia nova em folha e não muito importante. Havia um mastro de aço sem bandeira. Os suportes giratórios de latão na corda retiniam contra o mastro. Sentada na grama de pernas cruzadas vi uma mulher segurando um bloco de desenho. Eu a reconheci como a garota americana que estava no salão de jantar do Fort George. O menino estava dormindo sobre uma toalha de praia ao lado dela. Acenei. Ela não quis levantar a mão ocupada com o bloco mas meneou a cabeça.

O culto tinha terminado quando voltei ao tabernáculo. A sra. Symes e Melba e uma negra gordinha de vestido verde estavam no quarto do doutor bebendo chá gelado. A menina estava ajudando a sra. Symes a colar estrelinhas de papel num livro de presença. Em cima da cama havia um tabuleiro de Palavras Cruzadas e o doutor e Melba estavam disputando uma partida desse jogo de palavras. Ele disse, "Os milionários de Palm Beach, Flórida, não se divertem mais do que nós, Melba". Entreguei a ele o saco de medicamentos e equipamentos de barbear e ele foi imediatamente pro banheiro. A sra. Symes me perguntou em que igreja eu tinha ido.

"Na verdade eu ainda não fui."

"O senhor dormiu até tarde?"

"Estive muito ocupado."

"Nossa aula aqui hoje foi sobre o chamado efetivo."

"Sei."

"Sabe mesmo? O senhor ao menos sabe o que é chamado efetivo?"

"Não posso dizer que sei, senhora. Suponho que deve ser algum tipo de termo religioso especial. Não estou familiarizado com ele."

"Elizabeth, você pode explicar ao sr. Midge o que é o chamado efetivo?"

A menina gorducha disse, "Chamado efetivo. Chamado efetivo é a obra do espírito de Deus, por meio da qual, convencendo-nos de nosso pecado e sofrimento, iluminando nossa mente no conhecimento de Deus e renovando nossa vontade, Ele nos persuade e nos habilita a aceitar Jesus Cristo que nos é oferecido de bom grado no evangelho".

"Muito bem, mas e os benefícios? É isso que nós queremos saber. De que benefícios usufruem nesta vida os que são efetivamente chamados?"

A menina tinha uma resposta na ponta da língua pra essa também. "Os que são efetivamente chamados", ela disse, "compartilham nesta vida da absolvição, adoção, santificação, e os diversos benefícios que, nesta vida, os acompanham ou deles emanam. Ganhamos a certeza do amor de Deus, paz de consciência, alegria no Espírito Santo, aumento da graça e perseverança até o fim".

"Muito bem, Elizabeth. Não existem vinte e cinco americanos que sejam capazes de responder a essa pergunta, e nós nos consideramos um povo cristão. Não concorda, sr. Midge?"

"Foi uma pergunta difícil."

"O sr. Midge aqui está na faculdade e tem uma boa opinião de si mesmo, mas talvez não seja tão inteligente quanto imagina. Pode até ser, Elizabeth, que possamos ensinar a ele uma ou duas coisas."

A menina estava contente com o próprio desempenho. Ela tinha terminado seu chá e agora estava numa pose afetada com as mãos pousadas sobre os joelhos, suas unhas cor-de-rosa brilhando em contraste com o verde do vestido.

Nem sinal de Webster Spooner. A sra. Symes não o tinha visto. Ela disse que Webster era um bom leitor e escrevia bem e cantava bem, mas não parava quieto no lugar. A menina Elizabeth disse que ele era um menino malcriado que sempre respondia "*Yo*" em vez de "Presente" na hora da chamada.

"Não creio que a gente possa dizer que o Webster é um menino malcriado. Ele não é como o Dwight."

A menina disse, "Não, mas é que o Dwight é muito malcriado".

A sra. Symes me perguntou sobre que assunto o doutor tinha falado comigo e eu muito honestamente disse que tínhamos discutido o trabalho missionário dela. Eu me senti um espião e um leva e traz fofocando com um e outro essas conversas. Ela disse que sabia o que Reo pensava acerca do programa dela, mas o que eu pensava? Eu disse que achava um bom programa.

Ela disse que ninguém podia julgar essas coisas pelos padrões convencionais do sucesso mundano. Noé pregou por seiscentos anos e não converteu ninguém fora de seu círculo familiar. E Jeremias, o profeta chorão, ele também foi considerado em larga medida um retumbante fracasso. Tudo o que você podia fazer era dar o melhor de si, de acordo com sua própria crença e consciência. Ela me disse que não havia ninguém chamado Raymond na Bíblia e que a bebedeira era o maior problema social do país.

Depois ela falou longamente comigo sobre o padre Jackie, o missionário episcopal. Ele era dono do único filme de Tarzã no país, ela disse, e por fim tinha concordado em emprestá-lo para uma exibição. O padre Jackie tinha uma natureza galhofeira que era bastante cansativa e as negociações acerca do empréstimo do filme haviam sido enlouquecedoras e exaustivas — mas valiam o esforço. A notícia sobre Tarzã se espalharia rápido! Nesses dias o padre Jackie andava ocupado escrevendo um novo catecismo para o mundo moderno e compondo novos cânticos natalinos também, e por isso tinha decidido reduzir suas exibições de filmes e suas pregações e suas aulas a fim de concluir essas tarefas. Ele era um homem esquisito, ela disse, mas tinha bom coração. Agora a mãe dele o estava visitando em Belize.

Melba disse, "A mãe dele? Eu não sabia. A mãe dele está aqui?".

"Eu te disse isso lá no mercadinho de trocas."

"Não, você não me disse."

"Eu disse, sim."

"Você não me contou nada disso."

"Você nunca me escuta quando tenho uma notícia dessas."

"Como ela é?"

"Sei lá como ela é, Melba. Ela é parecida com qualquer uma de nós."

"O motivo pelo qual estou perguntando isso é que tive uma visão de uma mulher mais velha com uma sombrinha branca. Ela estava com a sombrinha apoiada no ombro e comprando alguma coisa no mercado. Ovos, eu acho. Eu vi ela com a mesma clareza com que estou te vendo agora."

"Essa mulher não tinha sombrinha. Nem chapéu ela estava usando."

"Ela era uma espécie de mulher amarela?"

"Ela *era amarela*, sim."

"Olhos amarelos?"

"Não reparei tanto nos olhos, mas o rosto dela com certeza era amarelo."

"Um rosto amarelo."

"Foi o que eu disse."

"Foi o que eu disse também."

"Você disse olhos amarelos."

"No começo eu disse apenas amarelo."

E isso pôs um ponto final na conversa. Joguei Palavras Cruzadas com Melba. A sra. Symes abraçou e beijou a menina Elizabeth, chamando-a de "bebê", ou melhor, "bebé", e a menina foi embora. Pude ouvir o dr. Symes no banheiro cantando uma canção chamada "My Carolina Sunshine Girl". Ele estava se barbeando também, entre outras coisas, e parecia muito melhor quando voltou. Parou ao lado da mãe e pousou o braço sobre o ombro dela.

"Como a senhora está se sentindo nessa manhã, Mamãe?"

"Nunca me senti melhor em minha vida, Reo. Pare de me perguntar isso."

Um pequeno quadro emoldurado na parede chamou a atenção dele e ele se aproximou para examiná-lo. Era a imagem de alguma coisa marrom.

"O que é isto?", ele disse. "É o Monte das Oliveiras?"

"Não sei o que é", ela disse. "Já faz anos que está aí. Nunca mais usamos este quarto desde que a Melba começou a ficar na cadeira dela."

"Quem pintou este quadro? Onde o arranjou, Mamãe? Eu gostaria de saber como conseguir uma cópia."

"Pode ficar com esse aí se quiser."

Ele se arrastou de volta pra cama e retomou a partida de Palavras Cruzadas. "Cadê o seu quebra-cabeça, Melba?", ele disse. "Aquele quebra-cabeça gigante que eu te trouxe da última vez? Você já terminou de montar?"

"Não, eu nunca nem comecei, Reo. Parecia muito difícil. Dei pra uma das crianças."

"Era uma imagem engraçada de cachorros usando terno."

"Sim, cachorros de raças diferentes fumando cachimbo e jogando baralho."

"Mamãe, por que não mostra ao Speed aqui o seu poema do furacão? Ele é professor de faculdade e entende tudo de poesia."

"Não, eu não quero desencavar aquelas coisas agora. Guardei tudo a sete chaves."

"E as suas histórias, Melba? Por que não mostra ao Speed algumas das suas histórias?"

"Ele não quer ver aquelas coisas."

"Sim, ele quer, sim. Não quer, Speed?"

Expliquei que estava muito longe de ser um professor universitário e que nunca lia poemas nem histórias ficcionais e não entendia nada sobre isso. Mas o doutor insistiu e Melba me trouxe seus contos. Estavam escritos em impressos de aerograma, numa letra redonda dos dois lados do papel fino.

Uma das histórias era sobre uma beldade ruiva de Nova Orleans que vai pra Nova York e arranja emprego como secretária no segundo andar do edifício Empire State. Misteriosos roubos ocorriam no escritório e a ruiva soluciona o mistério graças aos seus poderes mediúnicos. Acontece que o ladrão era seu próprio patrão e a moça é demitida e volta pra Nova Orleans onde arranja outro emprego do qual ela gostava mais, mas cujo salário não era tão bom.

Melba tinha arrebentado o problema da transição iniciando quase todos os parágrafos com "Além disso". Ela usava com desembaraço "o primeiro" e "este último", e toda vez que eu me deparava com um deles tinha de voltar no texto pra ver de quem ela estava falando. Ela também adorava "porquanto" e "macambúzio".

Li outro conto, uma história sensacionalista e inacabada sobre uma dupla de pai e filho estupradores que espreitavam suas vítimas nas lavanderias automáticas de Nova Orleans. A protagonista era uma viúva, uma senhora ruiva cuja pele era muito delicada. Ela tinha visões dos becos e partes da cidade onde os estupros iam ocorrer mas os detetives da polícia não lhe davam ouvidos. "Besteira!", eles diziam. Ela se referia a eles como "os gendarmes locais", e eles por sua vez chamavam todas as garotas de "tomates".

Uma história danada de boa, pensei, e disse a Melba que eu gostaria de ver a viúva vidente desmascarar os detetives e fazer com que eles fossem demitidos ou pelo menos tivessem a patente rebaixada. O doutor ia e voltava do banheiro, tomando narcótico, eu sabia, e falando sem parar. Ele não lia as histórias mas queria discuti-las conosco. Aconselhou Melba a registrar os direitos autorais imediatamente.

"E se algum atoleimado entrar aqui e surrupiar uma das suas histórias, Melba, e aí ele coloca o próprio nome nela e depois vende pra alguma revista por dez mil dólares? Como é que você vai ficar?"

Melba ficou preocupada. Ela me perguntou como é que funcionava esse negócio de direitos autorais e não pude responder porque eu não sabia. O dr. Symes disse que o mais sensato seria guardar as histórias trancadas a chave na gaveta em vez de mostrá-las pra todo e qualquer desconhecido que entrava pela porta. Ele não estava nem aí pra aflição que tinha causado na velha senhora e mudou de assunto, contando das muitas pessoas ruivas que havia conhecido na vida. A sra. Symes também tinha conhecido sua cota de ruivos e discorreu sobre o temperamento irascível e a pele sensível dessa gente de cabelo avermelhado, mas o doutor não estava interessado nas experiências dela.

"Você nunca vai encontrar um ruivo num hospício", ele me disse. "Você sabia disso?"

"Nunca ouvi falar disso."

"Vá pro maior manicômio que você quiser e se você conseguir encontrar um único ruivo eu te dou cinquenta dólares. Wooten me disse isso anos atrás e ele estava certo. Wooten era um médico de médicos. Ele foi de longe o diagnostiscador mais brilhante do nosso tempo, sem concorrente. Cirurgias eram apenas um passatempo pra ele. Diagnósticos, essa é a arte maior da medicina. É uma coisa genética, sabe, no caso desses ruivos. Eles nunca enlouquecem. Eu e você podemos ficar doidos amanhã, Speed, mas a Melba aqui nunca vai perder o juízo."

Melba tinha passado os últimos quatro minutos mexendo violentamente seu chá gelado com a colher. Ela enfiou o rosto na frente do meu e piscou e disse, "Aposto que eu sei do que você gosta". A julgar pelo olhar malicioso dela achei que ia dizer, "Trepar", mas em vez disso ela disse, "Aposto que você gosta de filmes de caubói".

A manhã transcorreu devagar e Webster não deu sinal de vida. Pensei em ligar pro hotel e pro posto do telégrafo mas a sra. Symes não tinha telefone. Fiquei ali matando o tempo, convencido de que com certeza ela me convidaria a ficar pro almoço. Eu estava fraco por conta da minha dieta de laticínios. O doutor disse que estava com vontade de comer gelatina e fiquei intrigado com o desejo dele por comidas gelatinosas. A sra. Symes disse que gelatina era uma boa ideia. Senti o cheiro do mar e o que eu queria era um prato de camarão frito e batatas fritas.

Mas foi gelatina mesmo e a essa altura o doutor estava tão dopado e tão atordoado de calor que tive de ajudá-lo a chegar até a mesa. Suas pálpebras subiam e desciam independentemente uma da outra e seu olho vermelho brilhava e pulsava. Ele falou da Louisiana, de certas cenas da infância, e de como ansiava voltar. Ele disse, "Mamãe, a senhora vai se apaixonar de novo por Ferriday". A sra. Symes não discutiu com ele, esse retorno à terra natal estava claramente fora de cogitação.

Depois ele quis levar a mesa de jantar pra junto da janela onde havia mais luz. Ela disse, "Esta mesa está exatamente no lugar onde eu quero que esteja, Reo".

Melba e eu nos empanturramos de gelatina de limão — transparente, sem nacos de fruta em suspensão — e biscoitos de pasta de amendoim com corrugações em cima, onde um garfo tinha sido levemente pressionado sobre eles. Esse foi o nosso almoço. O doutor não parava de falar. Ele segurava uma colherada de gelatina acima de sua tigela mas os pensamentos continuavam passando em disparada por sua cabeça e ele jamais conseguia fazer a colher chegar à boca.

"Speed, quero que você me faça um favor."

"Tudo bem."

"Quero que você conte do meu ônibus pra Mamãe e pra Melba. Elas vão adorar. Você pode descrevê-lo pra elas?"

"É um velho ônibus escolar Ford pintado de branco."

"Inteiro branco?"

"Totalmente branco."

"Você tem certeza disso?"

"Tudo foi pintado de branco. As janelas e os para-choques e as rodas. A grade e todos os acabamentos cromados também. O cilindro de propano. Parecia tinta de parede e foi pintado com pincel e não com pistola."

"Não havia alguma coisa pintada de preto nas laterais?"

"Esqueci disso. 'O Cão do Sul.'"

"O Cão do Sul? O senhor está dizendo que esse era o nome do ônibus?"

"Sim."

"Tudo bem, senhoras, é isso aí. Muito adequado, não acham? Não, retiro o que eu disse. Um cão, qualquer cão com um dono responsável, está muito bem de vida comparado a mim."

Melba disse, "Você não devia chamar a si mesmo de cachorro, Reo".

"É hora de falar sem rodeios, Melba. Vamos encarar os fatos, eu sou um mendigo. Estou velho e doente. Não tenho amigos, nenhum sequer. O Rod Garza foi o último amigo que eu tive nesta vida. Não tenho lar. Não tenho bens de verdade em meu nome. Esse ônibus cuja descrição as senhoras acabaram de ouvir é todo o meu patrimônio. Faz quatro anos que não sou processado — podem investigar: Cidade de Los Angeles contra Symes ainda está aguardando solução, até onde eu sei —, mas se alguém for besta o suficiente pra me processar hoje, aquele ônibus velho seria a única coisa que poderiam tomar de mim."

A sra. Symes disse, "De quem é a culpa, Reo? Me responda isso".

"É toda minha, Mamãe. E ninguém sabe disso melhor do que eu. Escute, se eu tivesse uma casa e se nessa casa um dos cômodos fosse reservado pra ser uma sala de troféus — escute isso —, as paredes desse quarto seriam completamente despidas de citações e prêmios e diplomas e placas de homenagem e títulos de cidadania. A senhora pode imaginar isso? Pode imaginar a terrível reprovação dessas paredes vazias pra um homem profissional como eu? Ninguém poderia me culpar se eu mantivesse esse quarto fechado e trancafiado. É isso que ganhei depois de uma vida inteira pegando atalhos e fazendo as coisas do jeito mais fácil."

"Você tinha alguns bons amigos em Ferriday", disse a sra. Symes. "Não venha me dizer que não tinha."

"Não amigos de verdade."

"Você ia a churrascos na casa deles o tempo todo."

"O tipo de pessoa que eu conheço agora não faz churrascos, Mamãe. É gente que passa a noite sozinha em quartos acanhados comendo salsichas frias. Meus supostos amigos são vagabundos. Muitos não passam de ratos. Espalham tuberculose e usam linguagem chula. Alguns deles até conseguem mexer as orelhas. São espancadores de esposas, espreitadores de janelas e vermes da noite e viciados. Eles têm feridas nas costas das mãos das quais escorrem pus e que nunca cicatrizam. Perscrutam das frestas do chão com seus olhinhos vermelhos à espera de chances."

Melba disse, "Esse foi o caminho que você escolheu pra sua vida, Reo. Foi você quem procurou essas companhias degeneradas".

"Você está absolutamente certa, Melba. Acertou em cheio mais uma vez. Você pôs o dedo na ferida. Minha predileção pelas más companhias. Eu não nasci rato nem fui criado como um rato. Não tenho sequer essa desculpa. Não fui criado como um bruto. A minha mãe e o meu pai me deram um lar amoroso. Eles me propiciaram uma boa educação médica no Instituto Wooten. Eu vestia roupas de qualidade, roupas limpas, ternos da Benny's. Eu tinha uma tremenda de uma cabeça de executivo e uma personalidade de um milhão de dólares. Eu era alerta. A Mamãe pode dizer o quanto eu era cheio de energia."

Ela disse, "Sempre tive medo de que você pegasse fogo em algum incêndio de boate, meu querido".

O doutor se virou pra mim. "Escute aqui, Speed. Um rapaz deve começar na vida tentando fazer a coisa certa. É o melhor pra sua saúde. É melhor em todos os sentidos. Mais tarde vai haver bastante tempo pra pegar esses atalhos, e ocasiões melhores. Eu gostaria de ter tido um homem mais velho pra agarrar meu ombro e falar comigo sem papas na língua quando eu tinha a sua idade. Eu precisava de uma boa chacoalhada quando meus pés escorregaram daquela primeira vez, mas não tive. Oh, sim. Meu rosto agora está virado na direção do outro mundo, mas já é tarde demais."

A sra. Symes disse, "Você tinha um bom amigo em Natchez chamado Eddie Carlotti. Ele era tão educado. Nunca esquecia as boas maneiras na presença de damas, como muitos de seus amigos faziam. Dirigia um automóvel Packard. Era um carro conversível".

"Um rato humano", disse o doutor. "O maior roedor do mundo. Ele é quatro vezes maior do que aquele rato que o Leon costumava exibir. Aquele carcamano provavelmente é da Sociedade da Mão Negra agora, extorquindo mercearias. Eu poderia dizer algumas coisas sobre o sr. Eddie Carlotti, mas não vou. Faria seu estômago revirar."

"E aquele menino Estes que era tão engraçado? Ele sempre tinha uma piada nova ou uma história cômica pra contar."

"História química?", disse Melba.

"História *cômica*! Houve uma época em que ele e Reo eram companheiros inseparáveis."

"Outro rato", disse o doutor. "E agora não estou falando do *Norvegicus* marrom, o rato comum. Estou falando do *Rattus rattus* propriamente dito, todo preto e salivando sem parar. Walker Estes faria um cego tropeçar. A última vez que o vi, ele estava roubando presentes de Natal dos carros e caminhonetes das pessoas. De gente trabalhadora também. Eu posso dizer quem não o achava engraçado. A filhinha do meeiro que chorou na manhã de Natal porque não ganhou boneca nem doces nem velinhas que soltam faísca."

Melba disse, "É inacreditável o que as pessoas fazem".

"Escute, Melba. Escute esta. Eu gostaria de compartilhar com você. Havia um cantor de rádio maravilhoso chamado T. Texas Tyler. Você já ouviu?"

"Quando era o programa de rádio dele?"

"Ele entrava no ar tarde da noite e era um bom sujeito, um tremendo artista. Tinha um jeito maravilhoso de tratar uma canção. Cantava umas lindas baladas do oeste. Eles sempre o apresentavam como 'T. Texas Tyler, o homem com um milhão de amigos'. Eu costumava sentir inveja daquele homem, e não apenas por causa de sua voz encantadora. Eu pensava, Bom, mas como é que eles me apresentariam se eu cantasse no meu próprio programa de rádio? Não poderiam dizer 'O doutor cantor', porque eu já não era mais um médico licenciado. Não iam querer dizer 'O homem com alguns amigos ratos', e mesmo assim qualquer outra coisa teria sido uma mentira. Eles não saberiam o que fazer. Teriam simplesmente de apontar pra mim e essa seria a minha deixa pra começar a cantar quando a luz vermelha acendesse. Não me pergunte o que aconteceu com Tyler, porque eu não sei. Não tenho essa informação. Talvez ele esteja morando num trailer em algum lugar, um velho esquecido. Cadê aquele milhão de amigos agora? É uma vergonha a maneira como a gente negligencia os nossos poetas. É a vergonha da nossa nação. Tyler cantava feito um sabiá e você vê o que isso rendeu pra ele no final das contas. John Selmer Dix morreu sem vintém num hotelzinho de beira de estrada de ferro em Tulsa. E tampouco foi o colchão dele que pegou fogo. Não sei quem começou a espalhar esse boato. O Dix tinha os inimigos dele como qualquer um. As mentiras que contaram sobre aquele homem! Diziam que ele tinha os olhos muito juntos. Uma mulher em Fort Worth alega que o viu jogando cinzas de cigarro num recém-nascido adormecido dentro de um carrinho de bebê. E o Dix nem fumava! Ele publicou dois livros magros em quarenta anos e o rotulam como um tagarela. Ele tinha um coração de leão e tem gente que acredita, até hoje, que ele foi encontrado escondido num banheiro morrendo de medo naquele baita quebra-pau que aconteceu no Natal na cabana do Legion em Del

Rio. Qualquer coisa pra manchar a memória dele! Bem, isso não importa. A obra dele está feita. Os ratos saltitantes de Nova York já começaram a adulterá-la."

A sra. Symes disse, "Reo, você estava falando de ratos e isso me fez pensar no rato de rio chamado Cornell alguma coisa que costumava levar você pra caçar patos. Um famoso chamador de patos. Cornell sei-lá-das-quantas. O sobrenome dele me foge agora".

"Cornell Tubb, mas não tem motivo pra falar disso, Mamãe."

"Eu me lembrei do nome completo dele agora. Era Cornell Tubb. Estou errada, Melba, em pensar que você tem algum parentesco com Tubb?"

"Minha mãe era da família Tubb."

"Não tem motivo pra falar disso, Mamãe. Estou dizendo que não tenho amigo nenhum. O Cornell Tubb nunca foi meu amigo, nem a pau. O último amigo que eu tive neste planeta foi o Rod Garza, e ele foi completamente mutilado no Pontiac dele. Puseram um vagabundo no carro dele e o mandaram pelos ares."

"Você não está comendo. Você pediu a gelatina e agora está só brincando com ela."

"Eu queria saber se a senhora pode me fazer um favor, Mamãe."

"Se eu puder eu faço, Reo."

"Eu quero que a senhora conte pro Speed aqui o nome do meu hino favorito. Ele jamais adivinharia nem em um milhão de anos."

"Eu não lembro qual era."

"Sim, a senhora lembra, sim."

"Não, eu não lembro."

"'Just as I am, without one plea', 'Tal qual eu sou, sem nada a apelar'. Como eu adoro essa velha canção. E vou contar um segredo. Ela significa muito pra mim, mais agora do que nunca. O tema desse hino, Speed, é a redenção. 'Tal qual eu sou, embora assolado e aturdido por miríades de dúvidas e conflitos.' Você consegue entender o apelo que isso tem pra mim? Consegue ver por que eu sempre peço pra ouvi-lo, não importa onde eu esteja em minhas andanças? Eu nunca vou a essas igrejas em que todos os hinos foram escritos em 1956, onde eles escrevem as próprias canções, sabe? Não me procurem lá. Tampouco estou interessado em ouvir pregadores de nove anos de idade."

A sra. Symes disse, "Vou dizer do que eu lembro, Reo. Eu me lembro de você lá de pé no coro em Ferriday vestindo seu hábito, esganiçando, 'Eu prefiro ter Jesus do que prata ou ouro!', e o tempo todo você se aproveitava da surdez do povo da paróquia de Concordia. Você estava pegando o dinheiro deles e colocando nas orelhas deles aqueles enormes aparelhos auditivos filipinos que zumbiam e guinchavam, isso quando funcionavam, e em alguns casos, eu acredito, causavam doloridos choques elétricos".

Melba disse, "É inacreditável o que as pessoas fazem. Veja o caso dos antigos egípcios. Eram as pessoas mais inteligentes que o mundo já conheceu — até hoje ainda não conhecemos todos os segredos deles — e mesmo assim idolatravam um escaravelho".

O doutor ainda estava segurando no ar a colher com a gelatina, que tremelicava e nunca chegava à boca. Isso aborreceu a sra. Symes e ela tomou a colher da mão dele e começou a lhe dar de comer, o que fez com que ele se calasse.

Ela e Melba deliberaram sobre seus planos para a exibição do filme do Tarzã. Teriam de pedir emprestadas cadeiras dobráveis pra acomodar a multidão. Talvez o padre Jackie emprestasse seu novo projetor automático, que era silencioso e ainda assim potente, e nesse caso elas precisariam de fusíveis reservas.

Fiz perguntas sobre o tal padre Jackie e fiquei sabendo que ele era um sacerdote de pensamento independente em Nova Orleans. Lá ele tinha ministrado pra vagabundos que se reuniam nas imediações da praça Jackson. Certa noite esses jovens vadios rodearam o pequeno carro japonês dele, chacoalharam um pouco o automóvel e depois o viraram. Arrastaram o homem pro meio da rua e o espancaram e o deixaram sangrando e inconsciente. Quando ele se recuperou do ataque, o bispo refletiu sobre o problema e decidiu que Belize seria um bom lugar pro padre Jackie. A sra. Symes desaprovava os modos joviais dele e suas doutrinas absurdas e seus trajes teatrais, mas, no fundo, ela dizia, ele era um cristão genuíno. Ela ainda estava contente com o acordo sobre o filme do Tarzã.

Eu disse, "Espere aí um minuto. Ouvi falar desse sujeito. Eu já revisei notícias sobre esse homem. Ele é o famoso 'Vigário da Basin Street'".

"Não, não", ela disse. "Esse é outro. O padre Jackie tem uma placa de aço na cabeça. Ele toca corneta. É mágico amador. Afirma não ter medo do Juízo Final. Não sei nada sobre esse outro sujeito."

Um calor denso estava se avolumando na casa. Ajudei o doutor a voltar pra cama. A sra. Symes foi pro quarto dela a fim de tirar um cochilo. Havia um ventilador quadrado no quarto central, onde tínhamos comido, e eu me deitei no chão na frente dele pra descansar por um ou dois minutos. Eu estava pesado e encharcado de gelatina.

Cuidado com o cháu! Quando acordei eram quase três e meia da tarde. Que vagabundo! Melba estava na cadeira olhando pra mim. Nada de sono pra Melba. Isto é, achei que ela estava olhando pra mim mas, quando me levantei, seu olhar etéreo não se moveu do ponto no vazio onde estava fixado. A temperatura naquele quarto era de uns trinta e seis graus e ela ainda estava usando seu suéter vermelho. Não cabia a mim instruir Melba a respeito de suas obrigações cristãs mas com certeza ela estava errada em negociar com aqueles espíritos.

# Oito

A agência do correio propriamente dita não estava aberta mas havia um homem no posto do telégrafo. Ele folheou as mensagens recém-recebidas mas não encontrou nada pra mim. Voltei a pé pro hotel. Os rapazes de Belize fingiam que lutavam boxe nas ruas e trocavam socos de mentirinha. Webster Spooner estava na frente do hotel dançando em volta do pé de tomate e socando o ar com seus punhos magros. Ele também tinha ido à matinê em que se exibiu a luta de Muhammad Ali.

"Eu sou um negão fodão", ele me disse.

"Não, você não é."

"Eu sou um negão fodão."

"Não, você não é."

Ele estava rindo e distribuindo socos a esmo. Biff Spooner! Scipio Africanus! Eu tive de esperar até que seu frenesi cômico se dissipasse. Ele tinha dado conta de sua incumbência do mapa muito bem, mas em vez de me trazer de volta o mapa havia ficado de bobeira zanzando pela cidade a manhã inteira e depois foi pro cinema.

Vi que podia contar com Webster pra fazer uma coisa mas não duas coisas em imediata sucessão. Por outro lado eu não tinha os cinco dólares pra dar a ele e tampouco sua moeda Kennedy. Eu tinha algum dinheiro que havia surrupiado do maço do doutor e desviado pro meu próprio bolso, mas não chegava a cinco dólares. Webster deu de ombros e não se aborreceu, estando acostumado a pequenas traições diárias.

Na margem em branco na parte superior do mapa o policial tinha escrito "Dupree & Co. Ltd. Bishop Lane, quilômetro 26,3". Essa alameda Bishop Lane não estava impressa no mapa e o policial a havia desenhado, traçando uma linha que corria a oeste e ligeiramente ao sul de Belize. Ele tinha marcado a fazenda de Dupree com um quadrado. Nas redondezas havia uma ruína maia, conforme pude ver pelo símbolo em forma de pirâmide. Ele tinha marcado outro lugar no sul — "Gado Dupere" —, mas a grafia era diferente e isso tinha sido claramente um adendo. Na margem inferior ele assinou o próprio nome: sgt. Melchoir Wattli.

Então finalmente eu tinha encontrado os dois e agora estava pronto para agir. Leet tinha deixado outro folheto no para-brisa do Buick e eu o joguei fora. Inspecionei o capô em busca de pegadas de gato e dei uma olhada debaixo do carro. Depois me lembrei do rolo de moedas de vinte e cinco centavos e o peguei no porta-luvas e entreguei a Webster, mostrando a ele como escondê-lo no punho fechado. Uma das extremidades do rolo ficou visível e fez os dedos dele incharem denunciando inteiramente o truque.

A moeda de vinte e cinco centavos não era muito interessante, eu admiti, e disse que era verdade que George Washington, cujo perfil severo estava estampado nela, tinha uma feição gélida, e não era uma pessoa glamorosa. Mas, segui em frente, entusiasmando-me pelo tema, ele era um homem muito mais grandioso que Kennedy. ¡*Gravitas!* Os pomposos e arrogantes, os malas sem alça — esses tipos de pessoas nem sempre tinham sido considerados figuras cômicas. Eu tinha enorme respeito pelo general Washington, e quem não tem?, mas eu também gostava do homem, por acreditar que compartilhávamos de muitas qualidades em comum. Talvez eu devesse dizer "algumas qualidades em comum", porque em muitos aspectos não éramos nem um pouco parecidos. Ele, afinal, tinha lido apenas dois livros sobre campanhas bélicas, os *Exercícios* de Bland e o *Guia Militar* de Sim, ao passo que eu tinha lido mil. E é claro que ele era um homenzarrão enquanto eu sou de compleição compacta.

Webster observou que o sargento Wattli tinha usado um lápis em vez de uma caneta de modo a não desfigurar de maneira permanente o belo mapa azul. Decidi que daria o mapa de presente ao policial assim que terminasse de usá-lo, embora na ocasião eu tenha optado por não dizer coisa alguma a Webster. Esse era o meu jeito. Essa gente vaidosa que se exibe arrancando do pescoço uma gravata novinha em folha pra dá-la de presente no ato a alguém que acabou de elogiá-la — esse nunca foi o meu estilo.

O Buick imundo pegou de primeira. Ferro de Detroit! Imbatível! A Bishop Lane começava como uma rua urbana e depois no limite da cidade mudava abruptamente pra duas trilhas arenosas, que absorviam muito bem o baque dos pneus. Não havia subúrbios, nem mesmo uma fieira de choupanas. Dirigi em meio a planícies de pinheiros e fiquei muito surpreso de encontrar essas coníferas nos trópicos. Eu tinha ouvido ou lido em algum lugar que a distância que a raiz mestra de um pinheiro afunda na terra é igual à altura da árvore crescida, e não via como isso era possível. Pensei na vida feliz e decente de um patrulheiro florestal. Um uniforme marrom-claro limpinho toda manhã e um desjejum substancioso e um beijinho de despedida de Norma na porta do nosso chalé marrom na floresta. Era um campo de atuação que valia a pena cogitar.

A areia deu lugar à terra preta e à lama. Atravessei com o carro regatos rasos e a água chapinhava meus pés. Eu estava entrando num tipo diferente de floresta, mata escura que se comprimia e formava um túnel frondoso na estrada. Havia arbustos mirrados e árvores gigantescas, e nada entre umas e outras. As árvores grandes tinham troncos lisos e acinzentados e poucos galhos exceto no topo, onde se espalhavam em dosséis. Na base as raízes se alargavam pra fazer as vezes de pilastras de sustentação. Procurei papagaios e não vi nenhum.

Não topei com tráfego nem com gente até chegar à ruína maia. Dois índios estavam trabalhando com facões. Eles estavam desbastando arbustos e esmagando mosquitos com pancadas violentas. Aqui e ali tinham distribuído pelo terreno latões com cascas de árvore e mato seco que desprendiam fumaça branca — bombas caseiras contra mosquitos.

Não era uma ruína espetacular, nada pra ficar embasbacado, apenas uma clareira e dois montículos cobertos de grama que eram os restos erodidos de pirâmides. Tinham cerca de seis metros de altura. Num deles havia ficado exposta uma escadaria de pedra, que levava a um pequeno templo quadrangular no topo. Mais ao longe na mata avistei outro montículo, este mais alto, do qual ainda brotavam árvores. Parei pra perguntar sobre a fazenda de Dupree.

Os índios não falavam inglês e aparentemente também não entendiam meus parcos rudimentos de espanhol mas ficaram encantados de me ver. Eles saudaram de bom grado a pausa em sua tarefa ingrata. Pareciam pensar que eu estava ali como turista pra visitar a ruína e por isso eu os segui pra lá e pra cá. Tentei ficar parado no meio da fumaça branca mas o fumacê insistia em mudar de direção, pra longe de mim. Os índios riram dessa perversa piada da natureza, que acontecia tantas vezes com eles, mas da qual o alvo agora era eu. Olhamos dentro de uma câmara de pedra às escuras. Havia cristais brilhantes nas paredes onde a água vinha pingando fazia séculos. A câmara contígua tinha uma cortina de lona no vão da porta e do lado de dentro havia colchonetes e um rádio. Aqueles dois caras viviam ali.

Subimos os degraus de pedra e olhamos dentro do templo. Passei a mão pelos entalhes. A pedra era áspera e granulosa e terrivelmente gasta pela ação das intempéries e não consegui decifrar o desenho, mas sabia que devia ser uma representação de algum demônio dentuço ou algum abominável deus-lagarto. Eu tinha lido sobre os maias e seus glifos impenetráveis e seus arcos guarnecidos de modilhões e o furor demente com que calculavam a passagem do tempo. Mas nada de roda! Não vou discutir o calendário de permutações dos maias, embora eu pudesse. Dei aos índios um dólar cada um. Eles me pediram cigarros e eu não tinha nenhum. Mas tudo bem também. Eu ainda era um bom camarada. Eles gargalharam e gargalharam de sua própria má sorte.

Fui embora de lá sem informações sobre a fazenda de Dupree. Mais ou menos três quilômetros à frente cheguei a uma pista de pouso gramada com uma biruta flácida, e depois uma casa, uma estrutura sem pintura feita de tábuas largas e avermelhadas. Ficava bem acima do terreno úmido, de modo que Webster ou Travis teriam conseguido caminhar eretos abaixo dela. Eu teria sido obrigado a engatinhar. Em volta da casa havia uma cerca em estado deplorável, um punhado de arame farpado em vias de desmoronar, e uma placa, "ENTRADA PROIBIDA ISSO SIGNIFICA VOCÊ" no portão improvisado. Havia uma varanda com uma rede de corda pendurada numa das pontas. Num barracão ao lado da casa havia um trator verde.

Estacionei num retorno defronte à casa, do outro lado da estrada. Era um lugar pra manobrar o carro e um depósito de lixo também, com garrafas e latas e cascas de ovo e revistas intumescidas espalhadas por toda parte. Eu não tinha como medir 26,3 quilômetros, mas achei que devia estar chegando perto. O pessoal dali certamente saberia alguma coisa sobre a fazenda do Dupree, a menos que o sargento Wattli tivesse me colocado na direção completamente errada. Pairava no ar um fedor terrível e no começo pensei que vinha do lixo. Então vi duas vacas mortas e inchadas com as patas esticadas e rijas.

Desci do carro e atravessei a estrada e então parei quando um cachorro vermelho saiu de trás da casa. Era o cão chow-chow do Dupree? Ele bocejou e esticou uma das patas dianteiras e depois a outra. Parecia deformado com o pelo tosado, a cabeça grande e quadrada desproporcional com seu corpo diminuto. Cada uma de suas patas estava envolvida por um saquinho plástico transparente.

Ele andou até o portão e olhou pra mim sem me reconhecer. Depois de algum tempo me registrou em seu cérebro canino como uma presença desprezível e então se sentou apoiado sobre as patas traseiras e tentou abocanhar mosquitos. Eu não podia acreditar que aquele era o mesmo cachorro que eu tinha conhecido em Little Rock, a mesma besta-fera vermelha que eu vira dando pulos repentinos pra mordiscar os tornozelos de motociclistas e mandar crianças pequenas aos berros em fuga desabalada calçada afora. Ele tinha sido emasculado talvez por causa da longa viagem e da tosa e dos saquinhos plásticos nas patas.

A porta de tela se abriu e Dupree apareceu na varanda. Estava sem camisa, sua pele reluzindo de óleo, e usava um chapéu alto e cinza de caubói. Tinha deixado a barba crescer. Suas botas de caubói tinham biqueiras pontudas que se enrolavam pra trás feito sapatos de elfo. Era um novo Dupree, do oeste. Tinha também um novo jeito de andar, um gingado de sujeito durão. Ele não estava de óculos e olhou pra mim espremendo um dos olhos. O outro estava roxo e quase fechado. Seus lábios estavam rachados e inchados. Alguém já tinha chegado antes de mim e usado os punhos nele. A justiça do povo! Ele estava segurando minha espingarda .410 pelo cano na posição que nos manuais de treinamento é chamada de "arma suspensa".

"Popo?", ele disse.

O macaco cegueta não conseguia nem reconhecer que era eu. Não reconhecia sequer seu próprio carro.

Eu disse, "Ora, Dupree, estou vendo que você colocou umas botinhas no cachorro".

"Ele não gosta de molhar os pés. É você, Waymon?"

Ele às vezes me chamava por essa versão acaipirada de "Raymond", não de um jeito afetuoso, mas com malícia.

"Você tem uma porção de respostas pra me dar, Dupree."

"Você vai ter o seu dinheiro de volta. Não se preocupe. Quem está com você?"

"Ninguém."

"Quem te disse que eu estava aqui?"

"Diga pra Norma sair da casa."

"Ela não está aqui."

"Onde ela está, então?"

"Ela se foi. Doente. Como você chegou aqui, afinal?"

"Não estou vendo o meu Torino."

"Vendi."

"Onde?"

"Todo mundo vai receber o dinheiro assim que eu colher minha lavoura. Não force a barra. A melhor coisa que você pode fazer é me deixar em paz."

"Vou entrar na sua casa."

"Não, é melhor você segurar sua onda e ficar aí onde está." Ele ergueu a espingarda. Não achei que ele fosse atirar, mas nunca se sabe. Ali estava uma pessoa instável que tinha ameaçado o presidente. Era um rifle de repetição, um velho Modelo 42, e eu não tinha certeza nem se ele sabia como a arma funcionava mas certamente não queria ser assassinado por uma .410.

"Este lugar aqui não é grande coisa", eu disse. "Eu estava esperando uma grande plantação. Cadê as pessoas que fazem o trabalho?"

"Foram embora também. O capataz, aquele palhaço incompetente, deu no pé e os outros todos foram com ele. Antes disso destruíram o gerador e a bomba-d'água. Atiraram em algumas vacas e enxotaram as outras. Mais ou menos o que era de se esperar. Estou de saco cheio desses vermes."

"Diga pra Norma sair aqui na varanda um minuto."

"Ela não está aqui."

"Ela está com medo de me encarar?"

"Ela foi embora, na surdina."

"Acho que ela está em algum lugar aí dentro de olho em mim."

"Não tem ninguém aqui além de mim."

"Seu pai sabe que você está aqui?"

"Já estou de saco cheio dele. Ele já era. Estou de saco cheio de você também. Você não tem a menor ideia do que está acontecendo. Nunca teve. Está dirigindo o meu Buick Special?"

"Estou."

"Como ele andou?"

"Andou bem, mas não estou aqui pra conversar sobre isso."

"Eu achava que paspalhões como você estavam sempre a fim de conversar sobre carros."

"Não dessa vez."

Ele foi até a rede e se sentou com a arma sobre os joelhos. Fiquei parado na estrada tentando pensar no que fazer e no que dizer. Eu tinha começado com uma excelente vantagem moral mas a coisa parecia estar saindo do meu controle. Norma estava naquela casa? Eu não sabia. Dupree era um mentiroso, mas não dava pra confiar nele nem pra mentir.

Eu disse, "E aquela mulher que mora atrás da Game and Fish Building?".

"O que tem ela?"

"Por que você não trouxe ela com você?"

"Porque eu não quis."

"A Norma passou esse óleo em você?"

"São meus óleos corporais naturais. Estamos sem água. Agora me deixe em paz. Todo mundo vai receber o dinheiro que lhe for devido."

"Eu não vou embora enquanto não falar com a Norma."

"Ela não quer falar com você. Ela disse que estava cansada de viver com um velhinho."

"Ela nunca disse isso."

"Ela disse que estava cansada de olhar pros seus ombros sardentos e seu cabelo morto."

"A Norma nunca disse isso pra você. Ela não fala desse jeito."

"Ela também não gosta do seu nome."

Eu sabia que isso também era uma mentira. De Edge pra Midge era no pior dos casos uma manobra lateral — nenhum vigor híbrido a se esperar da nossa união —, e Norma nunca foi de fazer comentários odiosos. Deixá-lo em paz! Depois de mim, ele era o homem menos importunado em Little Rock — as pessoas fugiam do recinto ao som de sua voz — e ficava repetindo pra deixá-lo em paz. Dei dois passos na direção do portão. Ele ergueu a espingarda.

"Melhor ficar paradinho aí."

"Por que eu não posso entrar se a Norma não está aí?"

"Porque todos os meus papéis e meus gráficos estão em cima da mesa. Isso responde à sua pergunta?"

"Que tipo de papéis? Eu não sabia que você tinha papel nenhum."

"Tem muita coisa de que você não sabe."

"Onde você vendeu meu carro? Quanto recebeu por ele?"

"Todo mundo vai ser pago no devido tempo. Isto é, se pararem de me encher o saco."

"Você achou que eu viria de tão longe até aqui só pra ouvir duas ou três de suas lorotas e depois voltar pra casa?"

"Você vai receber seu dinheiro. E aí vai ficar feliz. Gente como você não precisa de muita coisa."

"O que você vai fazer, me mandar o dinheiro pelo correio? Devo voltar pra casa e esperar o carteiro?"

"Você vai receber."

"Quando?"

"Assim que eu colher a minha lavoura."

"Colher uma lavoura. Essa eu gostaria de ver. Que tipo de lavoura? Você não entende bulhufas de agricultura, Dupree. Você não sabe fazer nada. Olha só aquela cerca."

"Você não precisa saber muita coisa. O que você tem que saber é como colocar os pretos pra trabalhar. Essa é a parte difícil."

"Você diz isso aí da sua rede. Conhece Webster Spooner?"

"Não."

"Ele é o mensageiro do meu hotel. Ele tem três empregos, se não quatro. Aposto que você não fez um amigo sequer neste país."

"Você é um pateta."

"Abaixe essa arma, seu covarde, e vem aqui falar cara a cara comigo na estrada como um homem e aí a gente vai ver quem é o pateta."

Em vez de fazer o sangue dele ferver, meu desafio sem rodeios serviu apenas pra fazê-lo balançar a cabeça.

"Vou entrar na sua casa, Dupree."

"É melhor não tentar."

"Então eu vou ter de voltar outra hora."

"Melhor não vir à noite."

"Eu tenho uma magnum .44 no porta-luvas. É grande feito uma pistola de sinalização. Você só consegue disparar quatro vezes e no dia seguinte o arco da sua mão vai estar tão esfolado que você não vai conseguir nem segurar uma moeda. Isso talvez te dê uma ideia do poder de fogo e do alcance dela. Eu preferia não ter de usá-la."

"Que bela merda."

"Estou indo embora agora mas vou voltar. Diga pra Norma que estou hospedado no Hotel Jogo Limpo em Belize."

"Ela não está interessada nas suas acomodações. E eu já estou farto de passar adiante informações de vermes da classe média baixa como você. Nunca gostei de fazer isso. A sua hora está chegando, meu chapa, em breve. É melhor você me deixar em paz. Se a gente da sua laia me deixasse em paz, talvez eu conseguisse trabalhar um pouco no meu livro."

"Seu livro?"

"Meu livro sobre controle das hordas."

"Eu não sabia disso."

"Desenvolver os nativos. Fazer com que eles se organizem. Vou falar sobre direitos e reivindicações em que eles nem pensaram ainda na cidade de Nova York. É um avanço revolucionário. Ninguém nunca foi capaz de atrair a atenção deles e mantê-la por um período de tempo considerável. Descobri uma maneira de fazer isso com luzes estroboscópicas de baixa voltagem e certas técnicas audiovisuais sobre as quais não vou entrar em detalhes agora. Creio que você não entenderia. Meu rascunho já está quase pronto, mas agora perdi outro dia de trabalho, graças a você."

Cartas não eram suficientes pra ele. Aquele macaco estava escrevendo um livro. Eu disse, "Somos mais fracos que os nossos pais, Dupree".

"O que você disse?"

"Nós não somos nem mesmo parecidos com eles. Aqui estamos nós, quase trinta anos de idade, e nenhum de nós sequer tem um emprego. Somos piores que hippies."

"Vou deixar pra você essas altas filosofias todas. Você me encontra aqui encurralado nesta terra de pretos com sua esposa esbanjadora de água e vem me dizer que somos mais fracos que os nossos pais. É exatamente esse o tipo de merda que eu estou de saco cheio de passar adiante."

"Eu vou voltar, Dupree."

"Por que você fica me chamando pelo meu nome?"

"Como devo me dirigir a vossa excelência agora?"

"Você está repetindo demais o meu nome."

"Eu vou voltar."

"Melhor não vir à noite."

"Vou deixar este frasco aqui na estrada. É o remédio pra dor lombar da Norma. Dê um jeito de entregar pra ela antes que algum carro passe por cima."

Ele entrou na casa. Um momento depois vi o brilho fraco de uma vela ou um lampião a óleo num dos cômodos. Berrei o nome de Norma. Não obtive resposta. Eu sabia que era minha obrigação entrar naquele quintal e subir aqueles degraus e irromper casa adentro mas tive medo de fazer isso. Pensei em abalroar as duas pilastras da frente da casa com o Buick, fazendo o prédio desabar e cuspir Dupree por uma porta ou janela. Nada melhor pra desconcertar um homem orgulhoso do que um tombo súbito de dentro de sua própria casa. Mas Norma também se machucaria, quem sabe arremessada da banheira? A rede ainda estava balançando e fiquei lá parado e contei as oscilações que foram diminuindo até a coisa parar no centro fixo. Eu deitaria o corpo de Dupree naquela rede quando o matasse. Pegaria um porrete e abriria os dentes dele — que ficariam contraídos em um ricto — e colocaria a vela entre eles. Eu o deixaria deitado na rede com a vela acesa na boca e deixaria que os detetives de Belize interpretassem como bem quisessem. Com preguiça usei o pé pra revolver aqui e ali o depósito de lixo e não encontrei nada de real interesse exceto um pote tamanho família de picles. Coloquei-o dentro do carro e fui embora.

Quando passei pela ruína maia, os dois índios cortadores de mato estavam fazendo outra pausa pra descansar e dessa vez tinham cigarros. Estavam conversando com um terceiro homem escarranchado sobre um triciclo com uma caixa no bagageiro. Por toda a caixa de madeira havia pequenas cruzes pintadas e o nome "Popo" estava escrito em refletores de plástico na parte de trás. Dentro da caixa havia sacolas de papelão marrons. Acenei. Eles vieram falar comigo. Aquelas eram provavelmente as provisões de Dupree.

Os índios acharam que eu queria passear de novo pela ruína e foi o que fiz. Popo juntou-se a nós. Ele era espanhol. Olhamos mais uma vez dentro das câmaras de pedra. Mosquitos enxameavam no nosso rosto. Popo sentou-se num bloco de pedra oca que devia ter sido uma espécie de altar. Abriu um risinho malicioso e cruzou os braços e as pernas e me pediu pra tirar uma fotografia dele. Eu não achava certo que ele se comportasse daquela maneira em um altar alheio mas os próprios índios acharam engraçadas as palhaçadas dele, e em todo caso eu não tinha câmera. Belo gringo. Sem cigarros e sem câmera e sem dinheiro!

Popo arranhava um pouco de inglês. Ele disse que não tinha visto mulher nenhuma na fazenda do Dupree, nem vivalma desde que os trabalhadores tinham ido embora, mas fizera apenas uma única entrega antes e não tinha entrado na casa. Dupree não o deixava passar do portão. Dei uma olhada nas sacolas de papelão. Não encontrei cigarros Pall Mall, a marca de Norma, nem de nenhuma outra marca, item algum que pudesse ser de uso exclusivo dela, a não ser talvez um frasco de creme pras mãos. Mas podia ser que Dupree agora tivesse começado a usar a loção Jergen's. Era difícil dizer o que ele estava ou não fazendo dentro daquela casa, em sua nova e estranha vida.

Pus nas mãos de Popo um dos títulos de poupança e lhe disse que Dupree pegaria um avião de volta pros Estados Unidos dali a algumas horas. Uma emergência em casa. Ele não precisaria mais de seus serviços de entregador. Popo podia ficar com a comida e a cerveja e o querosene e o troco também, se houvesse algum. Dupree queria que Popo e sua família ficassem com todas aquelas compras.

Popo ficou perplexo. E quanto aos óculos dele? E os *remedios*, as *drogas*? Ele me mostrou os óculos de Dupree, embrulhados numa ordem de serviço, e um enorme frasco de aspirinas St. Joseph e um frasco menor de comprimidos amarelos de Valium. Eu não fazia ideia de que além de tudo Dupree era um viciado em pílulas mas não posso dizer que fiquei surpreso.

Eu disse que sim, Dupree queria os óculos e os remédios e eu me encarregaria de entregar tudo isso a ele. Popo relutou em aceitar essa história e lhe dei outro título da série E. Os dois índios me cercaram pedindo cigarros de novo e entreguei a ambos um título também. Perguntei a Popo sobre aqueles sujeitos esquisitos. Ele disse que eram irmãos. Trabalhavam pro governo e estavam ali fazia anos lutando contra o matagal. Não conseguiam aumentar o tamanho da clareira porque a vegetação crescia rápido demais atrás deles. Havia um terceiro irmão em algum lugar nas imediações, Popo me disse, mas ele estava sempre escondido atrás da mata e quase nunca era visto por forasteiros.

Certifiquei-me de que Popo me seguisse de volta até a cidade e fui dirigindo devagar pela parte arenosa de modo a não cobri-lo de poeira.

# Nove

A loja do chinês ainda estava aberta, e comprei biscoitos água e sal e uma grossa lata oval de sardinhas mexicanas e levei pro meu quarto. O rádio de Karl estava ligado em volume moderado. Acho que eu nem tinha prestado muita atenção até que ouvi o locutor dizer, "Ligações encerradas, por favor. Temos um vencedor". Depois Karl desligou o rádio pela primeira vez desde a minha chegada.

Ou talvez tenha sido um colapso do tubo ou falta de energia ou um golpe político na estação. Em lugares como esse eles sempre invadem as estações de rádio. Fiquei imaginando se ali já tinha havido um massacre de estudantes daqueles realmente de primeira classe. Era melhor eu ficar esperto. Era melhor o falastrão do Dupree tomar cuidado também. Coloque no seu gato ou seu cachorro o nome do primeiro-ministro num lugar como esse e na mesma hora você acaba na cadeia.

E ali não haveria nenhum panaca pra pagar a fiança dele, se é que ali aceitavam fiança. Os papéis dele! O livro dele! O programa social dele! Era alguma espécie indecente de conversa oca comunista, sem dúvida, com gente que era muito parecida com o Dupree ocupando a chefia. Ele nos diria o que fazer e quando fazer. O presidente! Ele nos premiaria e nos puniria. Que destino! Prefiro mil vezes o sr. Dupree a qualquer hora do dia ou da noite. O livro jamais seria concluído, é claro. O grande panorama da história! Sua apresentação de eslaides! Suas hordas de tribos! Se beliscasse os braços dos nativos talvez ele conseguisse atrair a atenção deles. Mas Norma estava naquela casa ou não? Isso era o mais importante.

Comi meu jantar de sardinhas e tomei banho. Lavei o potão de picles, junto com a tampa, e o coloquei no peitoril da janela pra secar. Depois berrei escada abaixo chamando Webster Spooner. Ele apareceu com sua caderneta, pronto pra qualquer tarefa. Mostrei-lhe o pote.

"Uma surpresinha pra você, Webster."

"Sinhor?"

"Achei que você talvez pudesse encontrar algum uso pra ele. Está limpo. Você pode guardar moedas aqui dentro. Ou ter um peixinho de estimação. Você vai ter de trocar a água. Caso se decida pelo peixe."

Ele examinou o pote mas pude ver que não estava interessado e sugeri que o desse a Ruth, quem sabe ela achasse alguma utilidade doméstica pro dito-cujo. Ele levou o pote e minutos depois ouvi Ruth arremessá-lo contra alguma coisa e espatifá-lo.

Fui pra cama e repassei os eventos do dia, um exercício deprimente. Eu não tinha me saído tão mal, pensei, e mesmo assim nada de resultados. Preciso fazer melhor. Amanhã vou entrar na casa do Dupree, custe o que custar. Vou ficar de olho em alguma brecha e atravessar correndo a estrada. Eu precisava mesmo era de um cronograma das coisas a fazer. Uma programação metódica. Eu me sentei direito na cama e tracei linhas horizontais numa folha de papel, linhas espaçadas de maneira uniforme e números correspondentes até dezesseis. Um trabalho danado de bem-feito, o formulário em si.

Mas de repente desanimei de tentar pensar em tantas coisas a fazer e colocá-las na ordem adequada. Eu não queria deixar nenhum espaço em branco e também não queria encher linguiça com enrolações e itens desonestos como "amarrar os sapatos". O que havia de errado comigo? Outrora eu tinha sido muito bom nesse tipo de coisa. Amassei o papel e joguei no chão.

O fedor da sardinha encheu o quarto e sobrepujou o cheiro repugnante do rio. Ouvi lá fora na rua o lento e rangente gemido de um motor de arranque Mopar — um Plymouth ou um Dodge ou um Chrysler. O motor deu partida e ficou na maciota em ponto morto e depois de um ou dois minutos o carro saiu.

Jack Wilkie, talvez, em seu Imperial. Ele finalmente tinha chegado. Estava lá fora vigiando a minha janela. Mas não. Jack jamais ficaria de tocaia. Ele era capaz de entrar com tudo pondo a porta abaixo mas não ficaria na espreita. Esse era mais o meu estilo. Senti náuseas. Tomei dois comprimidos alaranjados. Não posso dizer que eu estava realmente doente, a menos que você conte narcolepsia e uma leve xenofobia, mas estava me sentindo nauseado. Se lá fora houvesse um bando de repórteres clamando pra saber meu estado, Webster teria sido obrigado a anunciar que o meu quadro era satisfatório.

Dormi e sonhei de maneira espasmódica. Em um dos sonhos eu estava folheando um catálogo da Sears e dei de cara com a sra. Symes e Melba e o doutor posando pra fotos de mobília de jardim. Eles estavam usando suas roupas normais, ao contrário dos outros modelos, que vestiam coloridos trajes de verão. O outro sonho era ambientado em um bar às escuras. O menino Travis estava sentado com as pernas penduradas num banco sem encosto. Quer dizer, ele era parecido com o Travis, só que agora o nome dele aparentemente era Chet. Ele estava bebendo de um copo alto e geladíssimo e esperava que o relógio marcasse cinco em ponto e aguardava vítimas com quem tagarelar. Eu me sentei do outro lado do bar. Fazia um bom tempo que ele não me via e então quando me viu ele se virou de lado e disse, "Como vai, Ray? Você não tem dado as caras por aqui". Eu disse que estava bem e perguntei da mãe dele. Chet disse que ela estava ótima. Ele se ofereceu pra me pagar um drinque e eu disse que tinha de ir pra Texarkana.

Acordei cedo e vi que tinha babado no travesseiro. O pelo na orelha não podia estar longe agora. Me lavei e me vesti e comi o resto das sardinhas e voltei de carro pra fazenda do Dupree.

O macaco peludo tinha acordado cedo também. Tão logo estacionei no retorno ele surgiu na porta com a .410. Ele não disse uma palavra. Abri todas as portas do carro pra pegar qualquer brisa disponível e me sentei no banco do motorista com os meus pés pra fora no lixo. Dupree voltou pra dentro da casa. O frasco de remédios repleto de cápsulas de quatro dólares cada uma ainda estava na estrada onde eu o tinha deixado.

De tempos em tempos eu saía do carro como se fosse atravessar a estrada e no mesmo instante ele aparecia na porta. Ele devia estar sentado logo atrás da porta na sombra. Berrei chamando Norma. Disse a ela que estava com os medicamentos e o faqueiro de prata dela e que se ela viesse até a cerca por apenas um minuto eu lhe entregaria tudo. Não obtive resposta.

Depois que o motor esfriou eu me sentei no capô com as minhas botas enganchadas no para-choque. Ao final de cada hora, assim que o ponteiro dos segundos chegava ao doze, eu chamava o nome dela. No final da manhã Dupree saiu e se sentou na rede com a arma no colo. Leu uma revista, que ele segurava a cerca de treze centímetros dos olhos.

Ele não me respondia quando eu lhe dirigia a palavra. Seu plano, dava pra ver, era manter-se em silêncio e não tomar ciência da minha presença, exceto pelas manobras de defesa e contra-ataque com a espingarda. Quando ele olhava ao redor, fingia não me ver, imitando um ator de cinema cujos olhos ficam profissionalmente inexpressivos quando seguem o rastro do olhar fixo da câmera. O cão seguia o exemplo do dono e me ignorava também. Dupree ficou lá sentado com sua revista, simulando solidão e paz. Afagava a barriga e o peito com a ponta dos dedos como fazem algumas pessoas quando estão de calções de banho. Peguei no porta-malas uma das latas enferrujadas de cerveja e me exibi abrindo-a e bebendo-a com afetação.

Por volta do meio-dia ele se levantou e se espreguiçou. Caminhou pelo quintal e perscrutou a estrada com seus olhos aquosos. Era o movimento que eu estava esperando.

"O Popo não vem hoje", eu disse. "E amanhã não vem também." Ergui os óculos dele mas ele não olhou na minha direção. "Eu estou com os seus óculos aqui, Dupree. Estão bem aqui. Estou com as suas aspirinas e os seus narcóticos também. Olha só o que eu penso das suas drogas." Despejei os comprimidos amarelos e com meu pé os esmaguei no lixo. Ele não conseguia enxergar o que eu estava fazendo e assim minha manobra não surtiu efeito.

Ele não respondeu e caminhou até o trator verde e subiu nele e tentou dar partida. O trator era a diesel e por natureza difícil de pegar. Dupree não tinha paciência. Seu desprezo pelas máquinas era desagradável de assistir. Ele distribuía pancadas e violentos puxões. Um toque mais sensível e quem sabe uma dose de éter no tubo de sucção e isso provavelmente teria colocado o motor em funcionamento na mesma hora, mas Dupree, o filho de fazendeiro, pouco sabia dessas questões. Na época em que teria podido aprender a ligar um trator, ele estava longe em várias escolas, protestando nas ruas e adquirindo seus costumes bizarros e suas ideias bizarras. O príncipe estudante! Ele tinha inclusive um lugar pra onde fugir na hora do aperto.

Ele voltou à varanda e se sentou na rede. Bebi outra lata de cerveja morna. De repente ele decidiu falar e disse, "Presumo que você já contou pra todo mundo onde eu estou, Burke".

"Não, ainda não."

Ele estava me chamando de Burke! Seguiu-se um intervalo de silêncio de cerca de uma hora antes que ele falasse de novo. Ele disse, "Aquelas aspirinas eram pro meu cachorro". Eu estava pensando serenamente naquela história do Burke e agora tinha de pensar nas aspirinas e no cachorro. Eu deveria explicar que o Burke trabalhava no copidesque com a gente. Verdade que o Burke e eu mal éramos percebidos pelo mundo e que um recém-conhecido poderia facilmente nos confundir, talvez cumprimentasse o Burke na rua como "Midge", ou quem sabe teria me apresentado a alguma outra pessoa como "Burke", mas o Dupree nos conhecia bem e de longa data, sabia as milhares de diferenças entre nós, e só pude concluir que agora ele estava tão avançado em seu pensamento político, tão superior, que já não era mais capaz de diferenciar uma pessoa da outra. Eu deveria dizer também que o Burke era de longe o melhor revisor da redação. Até mesmo o Dupree fazia o trabalho melhor que eu, que jamais tive um domínio lá muito firme da gramática da língua inglesa, como se pode ver. O fluxo de eventos cívicos que compunha as notícias do nosso jornal também era incompreensível pra mim, mas o Burke brilhava nessas duas áreas. Vivia sempre irritado com os usos impróprios da escrita, aflito com as pessoas que diziam "esperançosamente" e "finalizado", e discorria com conhecimento de causa sobre os acontecimentos do mundo todo. Chega de falar do Burke.

Tirei do bolso o frasco de St. Joseph e o joguei na varanda. Dupree pegou o frasco e voltou com ele pra rede e mastigou quatro ou cinco aspirinas, exibindo-se e dando mostras de que estava se regalando, como eu tinha feito com a cerveja. Ele disse, "O meu cachorro nunca tomou uma aspirina na vida". Não dava pra acreditar numa palavra do que ele dizia.

Naquela tarde Dupree tentou dar partida no trator de novo. Conseguiu fazer com que do escape saísse um som de explosão algumas vezes mas tomou um susto com a fumaça preta e o barulho do solavanco do motor frio no ponto morto e desligou imediatamente. Fiquei lá o dia inteiro. Era um bloqueio. Eu estava pronto pra interceptar qualquer entrega ou visitante, mas ninguém apareceu. Não havia coisa alguma, ao que parecia, depois daquele lugar. Fiquei de olho nas cortinas, atento pra avistar Norma, ou sombras passando. Sempre fui bom pra perceber pelo canto do olho o movimento de baratas ou o movimento de camundongos. Pequeno ou grande, qualquer objeto na minha presença tinha apenas de mudar de leve sua posição, não mais que um centímetro, e a minha cabeça girava ao redor e a coisa era instantaneamente encurralada pelo meu olhar. Mas não vi sinal de vida naquela casa. Todo esse tempo, é claro, eu também estava alerta e à espera da oportunidade de me lançar pro outro lado da estrada. As circunstâncias nunca eram as ideais, e, pra falar com franqueza e bem claro, eu me acovardei de novo.

Ainda era dia quando voltei de carro pra Belize e dirigi a esmo pela cidade. O suor ferroava meus olhos. O calor era tão intenso que eu não dava conta de fazer a minha mente se concentrar. O doutor e Webster Spooner e eu tínhamos todos dado um jeito de nos deixar subjugar pelo poder das mulheres e eu não via uma saída clara pra nenhum de nós. Era difícil ordenar meus pensamentos.

Parei no Hotel Fort George pra beber alguma coisa. O bar ficava no segundo andar com vista pra uma espécie de estuário. A água era parada e marrom e nem um pouco convidativa. Lá em algum lugar, eu sabia, havia um coral de recifes com água cristalina e peixes de estranhos formatos e cores deslumbrantes. O bar em si era bastante agradável. Eu estava a fim de colocar em prática o meu velho truque de me hospedar num lugar mais barato e beber num lugar melhor. Vi a mulher americana e o menino sentados num sofá junto às janelas.

Aos trambolhões, nuvens baixas se aproximavam do Caribe. Bebi uma garrafa de cerveja Falcon. Tinha um rótulo banal. Não havia bazófias sobre lúpulos selecionados e a coisa não tinha recebido nenhuma medalha em festivais internacionais mas estava gelada e tinha o mesmo gosto de qualquer outra cerveja. Exercício, era disso que eu precisava. Isso sempre aclarava o cérebro. Eu poderia atravessar a cidade inteira correndo e procurar meu carro ao mesmo tempo. Mas as crianças não zombariam de mim ao longo de tal percurso? Arremessando em mim, talvez, nacos de imundície. E quanto aos cães da cidade, todos no meu encalço? Seria muito mais sensato instalar aparelhos de musculação na privacidade do meu quarto. Uma bicicleta estacionária. Mas Webster sofreria poucas e boas carregando esse trambolho escada acima. Não, uma boa nadada, isso sim daria conta do recado. Uma praia isolada e algumas braçadas na água salgada e espumosa.

As nuvens foram chegando mais perto e rajadas de vento encresparam a superfície da água marrom. Gotas de chuva tamborilaram as janelas. Saí do meu banquinho e andei pelo salão pra ver melhor as coisas, ocupando uma mesa ao lado da mulher americana. Quatro pelicanos numa coluna planavam sobre a água, quase tocando-a. Atrás deles vinham outros dois. Estes dois estavam agitando as asas pesadas e subindo rumo às bordas indistintas da nuvem. Um relâmpago atingiu a segunda ave e ela se contraiu numa bola e desabou feito uma pedra. A outra não tomou conhecimento e continuou adejando sem perder o embalo.

Fiquei embasbacado. Eu sabia que contaria essa história do pelicano vezes sem conta e que o meu relato seria recebido com descrença geral mas achei melhor começar logo de uma vez e me virei pra mulher e o menino e lhes narrei o que eu tinha visto. Apontei pra protuberância marrom boiando na água.

Ela disse, "Parece um pedaço de madeira".

"Aquilo é um pelicano morto."

"Ouvi o trovão mas não vi nada."

"Eu vi a coisa toda."

"Eu adoro tempestades."

"Acho que é só um pé-d'água convectivo. O calor da tarde."

Essa mulher ou garota tinha por volta de trinta anos e estava usando jeans e uma daquelas camisas de saco do México com uma estampa desbotada. Seus óculos escuros estavam aboletados no alto na cabeça. Perguntei se eu podia me sentar com eles. Ela demonstrou indiferença. Tinha uma voz rouca e tanto ela como o menino estavam com o rosto queimado de sol. O nome dela, fiquei sabendo, era Christine Walls. Ela era uma artista do Arizona. Tinha uma batelada de arte do Arizona na perua e ela e o menino estavam perambulando pelo México e pela América Central. Ela estendeu um dedo indicador sobre a mesa, pra que eu o chacoalhasse, por fim entendi, e eu o segurei e dei uma chacoalhada hesitante.

Contei a ela que recentemente eu tinha sonhado com um quadro vivo igual àquele — uma mulher e um menino pequeno e eu sentados em uma mesa baixa. Ela não sabia o que pensar de mim. Primeiro o pelicano e agora isso. Os detalhes, devo dizer, não correspondiam de maneira exata. Christine não estava usando roupas elegantes como a mulher do sonho e Victor não parecia ser um sabichão como Travis, embora estivesse batendo os calcanhares na cadeira de um jeito rítmico que achei irritante. Ainda assim, o cenário geral era muito parecido. Parecido demais!

Ela perguntou minha data de nascimento. Trocamos impressões sobre o calor. Fiz comentários sobre os muitos anéis cintilantes dela e disse que a minha mulher Norma também adorava prata e turquesa. Ela me perguntou quais eram as cores predominantes em Little Rock e eu não consegui lembrar, eu que sou tão bom com cores. Ela disse que o ex-marido dela era um filhinho de mamãe. O nome dele era Dean Walls e ele não dava um passo sem primeiro consultar a mãe. Ele era uma aranha nojenta, ela disse, que consertava relógios num cubículo bem iluminado no primeiro andar de uma enorme loja de departamentos. Conversamos sobre as muitas diferentes vocações na vida e tive de confessar que eu não tinha nenhuma. O menino Victor estava sendo escanteado da nossa conversa e por isso perguntei a ele se estava gostando das suas viagens. Ele não respondeu. Perguntei quantos estados ele já tinha visitado e ele disse, "Mais que você". Christine disse que um dia planejava voltar pra faculdade a fim de estudar psicologia, e que no fim das contas fixaria residência no Colorado ou em San Francisco ou talvez Vermont. O plano anterior de se casar de novo tinha desmoronado quando seu noivo morreu num acidente de moto. O nome dele era Don e ele dava aulas de métodos orientais de autodefesa numa academia de artes marciais.

"Disseram que foi um acidente", ela disse, "mas acho que o governo mandou matá-lo porque ela sabia coisas demais a respeito de discos voadores".

"O que ele sabia?"

"Muita coisa. Ele já tinha visto muitas aterrissagens. Ele era testemunha ocular daqueles pousos nos arredores de Flagstaff quando estavam abduzindo cachorros."

"Que tipo de cachorro?"

"Que tipo de cachorro era, Victor?"

"Collies e outras raças de trabalho. Primeiro os alienígenas atordoavam eles com bastões elétricos."

"Sim, e o Don tinha visto tudo isso e o governo teve de dar um jeito de calar a boca dele."

Perguntei se ela e o menino gostariam de me acompanhar num mergulho antes de escurecer.

"Na piscina?"

"Não, eu não sou hóspede aqui. Eu estava pensando na praia."

"Adoro caminhar pela praia mas não sei nadar."

"Como é que pode isso de você não saber nadar, Christine?"

"Sei lá. Faz tempo que você chegou aqui?"

"Alguns dias."

"Como foi a sua viagem pra cá?"

"Foi um pesadelo."

"Um pesadelo. Adorei. Você teve muitos problemas com o dinheiro?"

"Não, não troquei nenhum ainda."

O menino deu um tapa na própria testa e recostou-se na cadeira e disse, "Ai, meu Deus, ele vai ver o que é bom pra tosse!".

Christine disse, "Ele não está falando só por falar, meu camarada. Esse dinheiro daqui é realmente uma coisa fora do comum. Eles chamam de dólar mas não tem o mesmo valor do nosso. Vale uma fração bizarra tipo sessenta e oito centavos. Nem mesmo o Victor consegue entender direito. Ei, Ray, quero te fazer uma pergunta antes que eu me esqueça. Por que tem tantas dessas malditas lojas de ferragens em Belize?".

"Tem muitas? Não reparei nisso."

"Já vi duas." Ela tocou meu braço e abaixou a voz. "Não encare mas espere um segundo e depois olhe pra aquela garota fantástica."

"Onde?"

"Aquela garçonete negra. O jeito que ela sustenta a cabeça. Seu porte régio."

Na minha opinião duas lojas de ferragens não pareciam muita coisa. Isso era papo de Staci. Gás dos nervos. Eu teria de pisar com muito cuidado pra acompanhar essa conversa. De repente ela começou a se contorcer tentando coçar um ponto nas costas que era difícil de alcançar. Ela gargalhou e se retorceu e disse, "Preciso mesmo é de um coçador de costas".

Achei que ela estava falando literalmente disso, uma comprida varinha de bronze com garrinhas na ponta, e talvez estivesse, mas então percebi a boa chance que eu tinha perdido pra uma intimidade inicial, sempre tão embaraçosa. O momento havia passado, nem é preciso dizer, a coceira abrandou, quando me dei conta da coisa toda.

Christine também não era hóspede no Fort George. Ela estava procurando um lugar pra tomar banho. Tinha tentado alugar um quarto com banheira por cerca de uma hora em vez de pagar uma diária completa mas o Fort George não oferecia esse plano e tampouco aceitava obras de arte como pagamento. Ofereci a ela o uso do banheiro coletivo no Jogo Limpo. Ela rapidamente aceitou e começou a juntar suas coisas.

Depois pensei em tentar dar um jeito de passar com ela pela Ruth sem pagar. Eu não estava disposto a encarar nenhum tipo de comédia de hotel. Falei cedo demais. No Jogo Limpo as toalhas nunca estavam realmente secas. O banheiro era uma imundície também, e a porta não trancava, as maçanetas e o mecanismo de latão tinham sumido por completo, a madeira estava toda lascada em volta do buraco, onde algum hóspede enfurecido tinha forçado uma entrada ou uma saída. Eu sabia o que ia acontecer. O menino Vic ia dizer, "Que fedor, Mamãe!" e assim eu faria papel de idiota. Então resolvi levá-los pro Tabernáculo da Unidade. Eles me seguiram na perua. Era uma Volkswagen e fazia um microestrépito de quatro cilindros. Havia decalques de peixinhos verdes saltitantes e de cervos marrons rampantes dos dois lados do veículo, um toque esportivo que eu não teria associado a Christine e Victor — nem a Dean, aliás.

# Dez

A sra. Symes estava na frente da igreja. Usava um chapéu masculino de feltro e conversava com um grupo de meninos que zanzavam de um lado pro outro, esperando pra assistir ao Tarzã. Ela estava furiosa porque o padre Jackie ainda não tinha mandado o filme pra grande sessão de cinema.

Essa distração com Christine deixou-a ainda mais furiosa mas ela me disse pra entrar com a garota e mostrar-lhe o banheiro onde poderia tomar seu banho. Eu não esperava outra coisa embora soubesse que o confuso credo da sra. Symes devia ser baseado mais ou menos na fé e não nas obras. O próprio doutor me dissera que durante a Depressão ela havia alimentado mais mendigos do que qualquer outra pessoa da Louisiana.

Christine decidiu lavar suas roupas também, e eu a ajudei a carregar tudo escada acima, sacos de roupa suja. Nesse negócio de pegar mulher sempre há mais coisas do que os olhos podem ver. Ela conseguiu inflamar o lugar. Primeiro esfregou Victor e depois lavou suas roupas do Arizona na banheira e as pendurou dentro do quarto em cima das mesas e dos abajures e outros móveis.

Melba não gostou dessa intromissão. Ela ficou sentada na cadeira dela, emburrada e mascando alguma coisa, ou melhor, mastigando ruidosamente. O dr. Symes, ouvindo a agitação, espiou de seu quarto. Ele me viu e brandiu uma folha de papel e veio juntar-se a mim no sofá.

"Boas novas, Speed", ele disse. "Segure seu chapéu! A Mamãe concordou em escrever uma carta pra mim."

"Que tipo de carta ela concordou em escrever?"

"Uma maravilhosa carta de autorização. É um novo dia."

Ela ainda se recusava a arrendar a ilha mas ele a convencera a deixá-lo fazer uso da ilha de alguma maneira ainda indefinida. Ou pelo menos foi o que ele me disse. A bem da verdade, a sra. Symes não tinha escrito coisa alguma. Num dos amarfanhados impressos de aerograma da Melba o próprio doutor escrevera uma declaração que mais parecia um arremedo de documento legal e que lhe concedia o direito de "abrir buracos e erguer cercas e implementar outras melhorias afins na Jean's Island da maneira que ele considerasse necessária ou desejável". Restava apenas, disse ele, obter a assinatura da velha senhora, e um tabelião público pra testemunhar e selar o papel com sua chancela mecânica parecida com um alicate.

Reconhecida no cartório ou não, a carta não era tão impressionante. "E quanto ao financiamento?", eu disse. "Os bancos vão querer mais do que isto aqui."

"O que você entende disso?"

"Meu pai atua no ramo da construção."

Ele passou os olhos pela declaração. "Pra mim isto aqui é suficiente. O que mais eles podem querer?"

"Eles querem ver um contrato de arrendamento ou de venda. Querem alguma coisa que seja concreta. A sua carta sequer descreve a propriedade."

"Aqui está dizendo com todas as letras que é a Jean's Island."

"Talvez exista outra Jean's Island. Eles querem limites divisórios e fronteiras."

"Eu acho que você não sabe do que está falando."

"Talvez não."

"Eu nunca acreditei que você soubesse. Pra mim você não sabe nem a diferença entre a bunda e o cotovelo. Quando você nasceu eu já fechava negócios. A Mamãe continua sendo a dona irrestrita da terra e faz de mim o braço forte dela. Esta carta faz de mim o agente dela. Você vai ficar sentado aí e me dizer que a lei pela qual uma pessoa representa a outra foi revogada?"

O que ele estava tentando descrever, julguei, era uma carta que lhe desse poder de procuração mas eu não quis prolongar o assunto e contrariá-lo ainda mais. Com relação ao meu pomposo discurso sobre o financiamento, eu é que estava precisando de um empréstimo, e rápido. O doutor foi ao quarto dele e voltou trazendo consigo a sua grande caixa de papelão. Fuçou furioso as tralhas dentro da caixa. "Eu vou te dar limites divisórios e fronteiras", ele disse. "Eu vou te dar zona, jurisdição e divisão administrativa."

O plano que eu tinha arquitetado enquanto me reclinava no sofá era levar Christine ao Fort George pra um jantar de frutos do mar, deixando Victor ali pra ver o filme. Era um negócio meio que inapropriado pra um homem casado que ainda não estava legalmente separado mas a ideia não me saía da cabeça. Um plano alternativo era jantar ali mesmo na igreja e depois levar Christine apenas para uns drinques, o que seria muito mais barato a menos que ela fosse ávida por drinques novidadeiros e caros. Pelo andar da carruagem eu não sabia dizer se eles já tinham jantado ali ou não.

Perguntei ao doutor se ele podia me emprestar mais vinte dólares.

Em vez de responder à minha pergunta, ele me mostrou uma foto de seu pai, o melindroso Otho. Era uma cópia marrom sobre uma cartolina em frangalhos. Depois ele me mostrou o retrato de um robusto caipira com uma cabeleira repartida no meio. O rapaz estava usando um jaleco branco de médico e sentado atrás de um microscópio, uma das mãos segurava uma lâmina de vidro e a outra suspensa no ar pra fazer um ajuste do foco. Era o dr. Symes nos tempos de aluno do Instituto Wooten. O jovem caçador de micróbios! O microscópio não tinha a aparência sólida de aço usinado de precisão, não tinha peso, e meu palpite era que não passava de um objeto de cena, um acessório do fotógrafo.

Havia mais fotos, de Marvel Clark com e sem Ivo, de um Ivo adulto de pé ao lado de sua caminhonete de empreiteiro de telhados e de sua máquina de piche, fotos de casas, carros, peixes, de pessoas em varandas, de uniforme, de uma clínica construída de troncos de madeira e aparência sinistra, de pessoas sentadas a uma mesa de restaurante, os olhos ofuscados pela lâmpada do flash feito estrelas do cinema flagradas em pleno horário de lazer. Ele me mostrou uma foto dos Panteras de Wooten, um mal-ajambrado time de futebol americano de seis jogadores. Uma faculdade de medicina com um time de futebol americano! Contra quem eles jogavam? O técnico era o próprio Wooten, e o dr. Symes, com seu corpanzil, atuava no centro do campo. Mas aparentemente não havia fotos da ilha, a única coisa pela qual eu tinha curiosidade.

De repente o doutor deu um pulo de susto e soltou um gritinho de quem encontra alguma coisa. "Outro! Deixei passar este desgraçado!" Era um envelope com janela transparente que ainda não tinha sido aberto. Sem perder tempo ele rasgou a ponta e chacoalhou e de dentro saiu um cheque. Era um pagamento mensal da seguradora no valor de 215 dólares em nome da sra. Symes. Tinha chegado havia quase um ano. "Alguns são de oito e nove anos atrás", ele disse, dobrando o cheque e enfiando-o no bolso da camisa. "Já achei uns trinta e poucos até agora."

"Por que ela não desconta os cheques?"

"Alguns ela desconta, outros ela esquece. Pessoas como a Mamãe, elas não dão a mínima se uma seguradora está com as contas equilibradas ou não. Elas nunca pensam em coisas desse tipo. Pra ela o livro contábil da Aetna vale menos que nada."

"O que o senhor vai fazer com eles?"

"O que você acha?"

"A mãe do senhor vai ter de endossar os cheques."

"Eles serão endossados, não se preocupe. Pouco a pouco o passarinho faz seu ninho. E a Mamãe vai receber tudo de volta, mil vezes mais. Isto aqui é só o capital inicial pro primeiro equipamento de perfuração. É uma ninharia. Eu estou falando de grana preta." Ele olhou ao redor à procura de algum eventual bisbilhoteiro e baixou a voz. "Tem um bilhão de metros cúbicos de gás natural debaixo daquela ilha, Speed. Meu plano é ter dois poços produzindo já no primeiro dia de janeiro. Você acha que é um objetivo impraticável?"

"Eu não sei. E a Cidade da Vida?"

"A o quê?"

"A casa de repouso pra idosos. A casa grande e amarela."

Ondas de confusão passaram por seu rosto. "Casa de repouso para idosos?"

"Na Jean's Island. A Cidade da Vida."

Só então ele lembrou, mas vagamente, e descartou de imediato como se tivesse sido uma ideia minha. Retomou suas buscas na caixa grande e cantarolou a letra de "Mockingbird Hill". E foi passando às minhas mãos um ou outro item que tivesse interesse pra mim. Olhei um velho diário da sra. Symes. Não era lá muito satisfatório, e nele havia apenas uma dúzia de breves anotações cobrindo um período de cinco anos. O último registro tinha sido feito num dia de setembro de 1958. "Verão seco", ela escreveu. "Mangas azedas este ano. O plano de Deus está se revelando muito lentamente." Repeti meu pedido de empréstimo ao doutor mas não obtive resposta.

Ele estava examinando um quebradiço recorte de jornal. "Quero que você dê uma olhada nisto aqui", ele disse. "Não sei por que motivo a Mamãe guarda essas coisas."

Era um cartum editorial mostrando um homem gordo com os botões estourando da camisa. Uma das mãos da figura rechonchuda estava agarrada a uma fatia de torta e com a outra o gorducho segurava um Band-Aid e dizia: "Aqui, use isto!", pra um homem ferido com a língua pendurada pra fora e marcas de pneus na cabeça e dois X no lugar dos olhos. Na legenda embaixo lia-se "O nosso doutor Symes".

"Que história é essa da torta?"

"Humor jornalístico. Aqueles meninos adoram criticar os outros, mas você já viu um deles ser capaz de aguentar como homem? Nessa época eu pesava cento e trinta e quatro quilos. Tinha de encomendar ternos sob medida na Benny's em Nova Orleans. Tamanho extralargo, cintura de um metro e trinta e sete. Sou apenas uma sombra daquele homem que eu fui. O *Times* de Shreveport colocou óculos escuros e um barrete turco em mim e me chamou de Farouk. Essa foi a tramoia original. Fui suspenso por seis meses. Eles me acusaram de praticar homeopatia, surpreendentemente. Pode imaginar uma coisa dessas?"

"Já ouvi falar de homeopatia, mas não sei o que é."

"É beber mais uma birita pra curar a ressaca. Tem um pouco de verdade nisso, mas não muito. Tem um pouco de verdade em tudo. Nunca pratiquei homeopatia mas qualquer pedaço de pau servia pra bater num cachorro velho como eu. Você percebe aonde estou querendo chegar?"

"Essa foi a história dos aparelhos auditivos?"

"Não tem nenhuma relação. Isso aí foi com a minha clínica de artrite. O método Brewster. Doses maciças de sais de ouro e sulfato de zinco seguidas de trinta flexões e uma soneca de doze minutos. Nada de tinas térmicas nem dessas besteiras de hidroterapia. Hoje em dia você já quase não ouve falar mas na minha opinião nunca caiu no descrédito. Vi melhoras acentuadas naquelas pessoas que na verdade conseguiam se levantar sozinhas do chão. Os mais velhos achavam doloroso, naturalmente, mas isso era por causa da umidade. Eu levei a culpa pelas condições atmosféricas também, sabe? Admito que a umidade gira em torno de cem por cento em Ferriday, mas não dá pra todo mundo se mudar pra Tucson, dá?

"Eu trabalhava dia e noite tentando ajudar aquelas pessoas, tentando propiciar a elas algum alívio. Nunca ganhei tanto dinheiro na minha vida e a gangue dos médicos não suportou isso. A minha prosperidade simplesmente ficou entalada na garganta deles. 'Peguem o Symes!', eles berravam, e 'Prendam o Symes!' e 'Chutem onde dói!'. Era só nisso que ficaram pensando durante dois anos. Bem, aqui estou eu. Você vai julgar o sucesso deles. Faz anos que eu não sou notícia."

"Não vejo onde a homeopatia entra na história."

"Não entra. O Brewster tinha sido homeopata numa certa época. Só isso. Mais tarde ele tornou-se naturopata. E daí? Ele teve uma ou duas boas ideias. Vou te olhar direto nos olhos, Speed, e te dizer que jamais pratiquei outra coisa que não fosse medicina ortodoxa. Aquilo foi uma armação, pura e simples. Eles estavam à espreita, preparando a emboscada. Não foi a minha medicina que mexeu com os brios daqueles meninos, foram as minhas contas a receber. Você pode escrever o que eu digo, essa é a única razão pra um médico entregar o outro."

Christine passava alvoroçada de um lado pro outro de short branco e uma camisa de trabalho azul-clara amarrada na frente de modo a expor seu abdome vermelho. Pude ver que ela era mais velha que Norma pelo furinho de gordura acumulada na parte de trás das coxas. Era como aqueles desenhos que a gente de vez em quando vê na areia soprada pelo vento. Ela tinha lavado os cabelos e suas orelhas despontavam em meio aos fios castanhos. Eu a achava muito atraente com sua pele tostada de sol e a voz rouca e seu jeito cheio de energia. Ela estava fazendo amizade com Melba, e gostei disso também, uma jovem demonstrando respeito e cedendo seu tempo a uma pessoa mais velha. Ela estava mostrando alguma coisa a Melba, um livro ou uma bolsa ou um álbum de selos. Antes a velhinha estava aborrecida e agora sacudia a perna pra baixo e pra cima, o que fez o chão tremer de novo. Christine estava enfeitiçando Melba!

"Um paciente chamado J. D. Brimlett desenvolveu osteomielite", disse o doutor. "Isso foi o que ele alegou. Estou convencido de que ele já tinha a doença. Ele tinha de tudo. Enfisema, glaucoma, a suprarrenal não funcionava, isto e aquilo. Dois pulmões pequenos e escuros feito um par de ameixas secas dissecadas. O lugar dele era um parque de diversões e não uma clínica de artrite. O homem mais doente do mundo. Nem sinal de pressão arterial pra contar a história e era impossível encontrar uma merda de uma veia. Pra completar, falência renal. Nem os irmãos Mayo teriam conseguido salvar a vida daquele pateta, mas não, foi o meu zinco que matou o sujeito. Um veneno irritante da classe B, eles disseram. Eu deveria ter examinado o paciente. Deveria ter fechado os olhos pro sofrimento dele e o mandado embora. Eu não fiz isso e desde então venho pagando pelo meu erro. Tem sempre um filho da puta como o Brimlett de bobeira por aí fazendo todo tipo de coisa pra chamar a atenção, morrendo inclusive, e arruinando as coisas pra todo mundo. Quer que eu diga em poucas palavras? Eu fui fraco. Fui um bunda-mole."

Ele levantou uma das mãos pra rechaçar gritos de protesto e depois prosseguiu. "Não foi o zinco e eles sabiam disso. Levei um saco de dois quilos e meio da coisa pra minha audiência no tribunal e me ofereci pra comer tudinho lá mesmo com uma colher mas não me deixaram fazer isso. O próprio Brewster admitiu que o zinco dava à pele uma coloração esverdeada. Disso nunca houve segredo. Você ganha um probleminha cosmético trivial em troca de alívio pra uma dor agonizante. Muita gente considerou que era uma pechincha. Talco é muito barato. É verdade, em alguns poucos casos as sobrancelhas caíam mas eu já vi a cortisona fazer coisas bem piores. Você está entendendo agora? Está vendo aonde quero chegar? Foi tudo uma cortina de fumaça. O ponto é o seguinte: você não pode bater de frente com a associação dos médicos. Irrite aqueles meninos e eles te mostram o que é bom pra tosse. Esqueça os méritos do meu caso. Eles meteram o pé na bunda do Pasteur. Do Lister também. E do Smitty Wooten. Eles sabem tudo e o velho Symes aqui não passa de um charlatão que só trata de gonorreia."

Lá fora estava escuro. Pedi licença e desci a escada pra ir até o carro e pegar o baú com o faqueiro de prata. Quando abri a porta da igreja, os meninos ali amontoados recuaram e me olharam em silêncio aterrorizado, temendo que eu fizesse outro anúncio sobre o adiamento da exibição do filme. Abri caminho em meio à multidão e vi que Leet ou um de seus incansáveis mensageiros tinha enfiado outro folheto sob o limpador do para-brisa.

O baú com a prataria tinha sacolejado de um lado pro outro dentro do porta-malas. Estava ensebado e arranhado e o forro imitando couro cru estava se soltando e formando bolhas aqui e ali porque havia perdido a cola. Coloquei o baú debaixo do braço e fechei com força o porta-malas. Julguei ter ouvido alguém chamar meu nome. Não consegui identificar a voz, embora de alguma forma me parecesse familiar.

Eu disse, "O quê?".

"Por aqui."

"Onde?"

"Por aqui, Ray."

"Onde? Quem está querendo me ver?"

Um dos meninos mais velhos com um charuto na boca disse, "Ninguém quer ver você, cara. As pessoa quer ver o Tarzã". Uma boa gargalhada geral à minha custa.

Os garfos e colheres e facas estavam todos bagunçados e misturados dentro do baú e parei na escada pra separá-los e encaixá-los em seus devidos entalhes e ocos antes de fazer minha apresentação ao doutor. Ele não disse uma palavra quando pousei o baú no colo dele e o abri, a reluzente prataria da sra. Edge sob seu olho vemelho. Eu disse que precisava de algum dinheiro imediatamente e que se até o meio-dia do dia seguinte eu não tivesse quitado o valor total da minha dívida ele poderia ficar com o faqueiro. Foi tudo rápido demais pra ele, minha proposta e o baú pesado nos joelhos. Fechei a boca e dei tempo pra que a ficha dele caísse.

Victor tinha se instalado no meu antigo lugar na frente do ventilador. A mãe do menino havia estendido a toalha de praia pra ele. De um lado a toalha era uma bandeira confederada e do outro havia uma vaqueira ajoelhada de biquíni. O corpo dela estava todo riscado e retalhado em partes com legendas do tipo "Traseiro", "Maminha", "Lombo" e assim por diante, como uma daquelas figuras expostas em açougues pra exibir as carnes de gado bovino, e a belezura do oeste estava piscando e dizendo, "Qual é o seu pedaço favorito?". Victor estava deitado de barriga pra baixo sobre a toalha lendo uma revista da Luluzinha. O gibi estava em espanhol, mas mesmo assim ele conseguia dar algumas risadas abafadas. Ele fazia, "Ru" e "Rurru". Talvez houvesse uma pomba dentro do quarto. O dr. Symes olhou ao redor à procura da fonte daqueles murmúrios.

Eu disse, "Isto é prata esterlina. É um conjunto completo. Tudo o que eu quero são cinquenta dólares até amanhã".

"Certamente que não. Por que eu ia querer empatar meu dinheiro em colheres? É melhor você levar isto aqui numa casa de penhor ou numa lanchonete de chili."

"É só até amanhã ao meio-dia."

"Depois eu pago. Essa é a sua resposta pra tudo. Isso não é nada bom, Speed. Você nunca vai chegar a lugar nenhum vivendo de crédito de curto prazo desse jeito. É um jogo péssimo e eu simplesmente não posso continuar te carregando nas costas. Quem é aquele camaradinha no chão?"

"É o filho daquela garota no banheiro."

"A que está lavando todas as roupas?"

"É."

"E quem é ela?"

Tentei contar mas quando ele balançou sua cabeçorra Melba deslizou pro seu campo de visão e ele esqueceu a história da Christine. Ele berrou, "Melba, está me ouvindo?".

"Eu ouvi isso", ela disse. "Eu não estava escutando às escondidas a sua conversa, se é isso que você quer saber."

"Eu quero que você se levante dessa cadeira neste instante."

"Pra quê?"

"Eu quero que você se levante dessa cadeira e comece a caminhar todo dia."

"Não, Reo."

"Ora, mas essa é muito boa. Ela diz 'não' pro médico dela."

Ele fechou o baú e o pôs de lado, longe de mim, como se já fosse o proprietário. Eu não sabia se a gente tinha fechado negócio e sabia que eu não tinha dinheiro nenhum. A sra. Symes acabara de fazer a dolorosa jornada escada acima e estava parada no último degrau, ofegante, tentando lembrar-se de alguma coisa, de qual era o motivo da jornada. Ela desistiu porque sentiu que não valia a pena e desceu de novo.

O doutor me entregou outro envelope tirado da caixa. "Dê uma espiada nesse aqui, sim? Nunca foi aberto. Escrevi essa carta lá de San Diego pra Mamãe quase três anos atrás. Como diabos dá pra fazer negócios com uma pessoa assim?"

"Esta carta tem o carimbo postal do México."

"O velho México? Deixe-me ver. Ah, sim. Tijuana. Eu estava indo e voltando pra pista de corrida de Caliente. Veja como o anexo é grosso. O Rod Garza tinha redigido um prospecto pra mim. Eu queria que a Mamãe desse uma olhada a fim de ver se ela não aceitaria avalizar um título de crédito. Esta carta eu escrevi no próprio escritório de advocacia do Rod."

Argumentei que os meus empréstimos anteriores já estavam garantidos pelos títulos de poupança, que eu havia devolvido a carteira dele quando ele já a dava como perdida, e que o faqueiro de prata valia várias centenas de dólares. Ele pareceu refletir sobre meus argumentos e achei até que podia estar balançando, mas o fato é que seus pensamentos estavam longe, quilômetros de distância a noroeste.

"O Rod foi repreendido duas vezes pela Comissão de Ética da Ordem dos Advogados de Tijuana", ele disse, "mas toda vez que era encostado na parede ele conseguia se safar do apuro. Sempre, exceto naquela última vez. Você não consegue usar a lábia pra escapar de um carro que está explodindo, não dá tempo. E eles sabiam que ele não era de pular fora. Investigaram o Rod direitinho. Sabiam como ele era rápido no gatilho. Agora ele se foi e a cada dia sinto mais a falta dele. Morangos! Dá pra imaginar isso? A gente estava tentando cultivar morangos em terras do governo. O Rod tirou uns caras da cadeia pra fazer o trabalho, se é que se podia chamar aquilo de trabalho. Assim que você conseguia colocar um daqueles batedores de carteiras de pé, o malandro atrás de você já estava se agachando de novo. E o calor? Você acha que isto aqui é calor? Aqueles cafetões suavam em bicas. O Rodrigo estacionava o Pontiac preto dele lá no deserto e aí fechava todos os vidros pra não deixar entrar poeira. Quando voltava, as capas dos bancos tinham derretido. Você abria a porta e a rajada de calor te fazia desmaiar. Um inferno. Dava pra assar um pato no porta-malas. Lembranças preciosas, como elas duram. Ouça o que eu digo, Speed. Se o seu tempo vale mais que vinte centavos a hora, jamais caia na besteira de mexer com morangos. Eu ajudava o Rod de todas as maneiras que eu conhecia. Éramos iguaizinhos a Davi e Jônatas. Quando ele estava tentando obter sua patente, eu o levei pra Long Beach e o apresentei a um bom advogado que atendia pelo nome de Welch. O Rod tinha ações de uma fábrica de dentaduras em Tijuana e vinha tentando obter uma patente pro seu modelo El Tigre. Eram dentes maravilhosos. Essa dentadura tinha dois caninos e dois incisivos extras de aço tungstênio. Quem punha aqueles dentes postiços na boca podia jogar o mingau de aveia pela janela. Com aqueles danados dava pra despedaçar um alce. Eu disse Everett Welch? Eu quis dizer Billy. O Billy é o advogado. Ele é o jovem. Eu tinha conhecido o pai dele, Everett, sabe, lá no Texas quando ele era olheiro dos Cubs ou White Sox, um dos times de Chicago. Era um homenzarrão boa-praça e boa-pinta. Mais tarde ele foi pra Nevada e tornou-se ministro de música na Igreja de Deus de Las Vegas e apresentou a harmonia pros bocós de lá. Ele vendia água pros judeus. Os judeus são espertos mas você pode colocar água numa garrafa que eles compram. Ele tinha uma voz aguda e cristalina e quando cantava 'Tis so sweet to be remembered on a bright or cloudy day', você podia fechar os olhos e juraria que estava ouvindo o próprio Bill Monroe. E veja bem. Ele é o único homem que eu conheci na vida que viu Dix em carne e osso. Ele o encontrou certa vez numa biblioteca pública em Odessa, Texas. Escuta esta. O Dix estava sentado numa mesa lendo um jornal preso a duas hastes de madeira e o Welch o reconheceu de uma foto de revista. Foi logo depois daquele longo artigo sobre o Dix, mais ou menos na mesma época da famosa edição de junho de 1952 da *Motel Life* com o ensaio de fôlego sobre o Dix, fotos do baú dele e dos chinelos dele e da lapiseira dele e de alguns dos seus quartos de hotéis de beira de estrada favoritos. A edição inteira era dedicada ao Dix. Na capa havia uma larga faixa vermelha que dizia, 'John Selmer Dix: Gênio ou Louco?' Eu não tive a sabedoria suficiente de guardar um exemplar daquela revista. Hoje eu poderia pedir o preço que eu quisesse. É o único lugar em que o endereçamento do Dix em Fort Worth chegou a ser publicado na íntegra".

Não era, como a princípio supus, um discurso ou uma proclamação que Dix tinha endereçado a uma plateia em Fort Worth, mas sim um número de caixa postal e um CEP.

O dr. Symes continuou, "Isso foi durante o período, talvez você se lembre, em que o Dix estava de greve. Ele tinha renegado toda a sua própria obra anterior, disse que *Asas* não passava de lixo, e ficou sem escrever uma linha sequer, dizem, por doze anos. Ninguém sabe exatamente por quê. Oh, havia uma porção de teorias — que ele estava bêbado, que estava doido, que estava doente, que emudeceu de susto diante da imensidão de sua tarefa, que simplesmente estava fulo da vida com alguma coisa — mas o fato é que ninguém sabe a verdade. Quer ouvir o que eu penso? Acredito que ele nunca parou de escrever, que passou aquele tempo todo enchendo milhares de folhas de papel com as ideias dele e depois foi escondendo a coisa toda dentro de seu baú. Mas por alguma razão que a gente ainda não consegue entender ele quis manter isso longe do público leitor, podiam chiar e espernear o quanto quisessem. A minha opinião é a seguinte: encontre o baú desaparecido e você encontra a chave desses supostos anos de silêncio dele. Aí você terá achado uma mina de ouro, isso sim.

"De qualquer forma, o Welch tentou falar com ele lá na biblioteca de Odessa, cochichou com ele, sabe, do outro lado da mesa. Mas o Dix não disse uma palavra. Ele sequer admitiu que era o Dix. Queria ler o jornal e toda vez que o Welch fazia uma pergunta ele simplesmente tamborilava com rapidez os pés debaixo da mesa pra mostrar que estava irritado. O Welch lidou mal com a situação e fez tudo errado. Ele ficou louco da vida e agarrou o homem pela garganta e o fez confessar que era John Selmer Dix. Depois o Welch esfriou a cabeça e pediu desculpas e o Dix disse que estava tudo bem mas que ele nunca mais voltasse a perturbá-lo enquanto lia o *Star-Telegram*, que a sua vida privada era somente dele e de mais ninguém e tal. Agora a pergunta é: aquele desconhecido era realmente o Dix? Se *era* o Dix, me responda o seguinte. *Onde estavam todas as chaves dele?* Everett Welch admitiu que não havia chaveiro gigante nenhum no cinto do homem e que ele não ouviu o tilintar de chaves quando chacoalhou o homem. Mesmo assim, o Welch jura que conversou com o

Dix naquele dia. O Welch é um homem honesto mas eu não estava lá e não posso dizer. Eu simplesmente não sei. Talvez o homem fosse um farsante muito esperto. Naquela época havia muitos embusteiros andando por aí, e eles ainda estão por aí. Você provavelmente já ouviu falar do sujeito lá de Barstow que jura de pés juntos até hoje que é o Dix. Nunca acreditei. Ele vive lá no deserto num vagão de trem com a filha e vende pedras. É mole? O Dix no deserto com a pele delicada dele. Vendendo quartzo ornamental num velho vagão da Southern Pacific. Se você acredita nisso, acredita em qualquer coisa. Sabe o que ele diz? Ele diz que o homem que morreu lá em Tulsa era só um velho bestalhão aposentado dos campos de petróleo que estava tirando vantagem do nome parecido. Ele faz questão de citar o caixão fechado e o funeral às pressas em Ardmore. Ele faz questão de falar do baú desaparecido. Bons argumentos, você pode achar, mas eu tenho um ás na manga pra ele. *O Dix nunca teve uma filha!* Há um outro farsante na Flórida, que alega ser meio-irmão do Dix. Vá visitá-lo em Jacksonville e mediante o pagamento de uma taxa ele deixa você ver o baú. Um baú qualquer, isso sim. Ele não ousa abri-lo e até pra dar uma olhada nele você tem de ficar a um metro, um metro e meio de distância atrás de uma corda. Vou poupar você de uma viagem à Flórida, Speed. Já vi fotos desse vigarista. Na *Trailer Review* publicaram uma foto dele e do pequeno museu dele e posso garantir que ele não tem absolutamente nenhuma semelhança com o Dix e nenhum parentesco. Dá pra saber essas coisas só de olhar pras orelhas de um sujeito."

Aqui o doutor fez uma pausa, tendo encontrado a certidão de registro das terras. Folheou rapidamente as páginas até chegar à descrição legal da propriedade da ilha. Ele me mostrou os números imponentes, deleitando-se com as frações e as siglas "SO" e "NE", e depois foi pro quarto dele escrever outra carta.

Eu estava desesperado e perdi a vergonha e perguntei a Melba se ela poderia me emprestar dez dólares. Ela até que se mostrou disposta a fazer isso de bom grado, mas não tinha como me ajudar porque havia trocado um cheque pra Christine e só lhe restavam um ou dois dólares na bolsa. Ela me mostrou o cheque amarelo. Tinha ficado tanto tempo dobrado que os vincos estavam quebradiços e borrados. Era um cheque endossado de um banco de Mesa, Arizona. Não havia mais o que fazer a não ser ir falar com o Leet.

# Onze

Tudo o que restava da velha fábrica de tinta era uma alta chaminé de tijolos, arredondada e afilada, do tipo que muitas vezes marca a posição de uma pequena faculdade ou um hospital do governo. A Concessionária Rancho do Leet, um sonho de segunda classe, era um campo de ervas daninhas adjacente ao terreno da fábrica. Parecia mais um ferro-velho do que uma revenda de carros usados, mais um cemitério que um rancho. Na estradinha de acesso ao lugar erguiam-se duas velhas caldeiras industriais verticais da fábrica de tinta, formando um grandioso portal. Eu digo "da fábrica de tinta" mas é apenas um palpite, porque quase nada sei sobre a fabricação de tinta, se ela é fervida ou submetida a rajadas de vapor em alguma etapa, e as tais caldeiras talvez tivessem uma origem inteiramente diferente.

Passei com o carro entre elas e desci a estradinha e estacionei defronte ao barracão que fazia as vezes de sede da concessionária e também era a residência do Leet. A frente estava iluminada por uma lâmpada amarela. Atrás do barracão havia três colunas de carros arruinados e abandonados, com os capôs e as tampas dos porta-malas erguidos como se estivessem prontos pra uma inspeção militar. Dava pra ouvir o zumbido constante de insetos ou da ferrugem que avançava no campo úmido. O único veículo que se podia usar, o único que ainda tinha rodas, era um Dodge Power Wagon com um guincho hidráulico na traseira.

O Leet estava sentado à luz amarela num banco tirado de um dos carros. Tinha colocado seu livro ilustrado de lado e estava ouvindo música de órgão que vinha de dois alto-falantes tirados de um dos carros. Estavam conectados a um toca-fitas arrancado de um dos carros e que por sua vez estava ligado com dois clipes tipo jacaré a uma bateria de carro também tirada de um dos carros. Ele era rosado em vez de branco e tinha mãos gordas e rosadas de criança, mãozinhas em formato de estrela, extraordinariamente limpas pro ramo em que ele atuava. Elas estavam unidas sobre sua barriga e ele estava todo esticado com os tornozelos cruzados.

Eu sabia que ele tinha acabado de dar cabo de uma enorme tigela de mingau ou pastinacas ou algum outro prato, tendo eu reconhecido na mesma hora que ele era um porquinho caseiro como eu que apreciava seu quarto e suas delícias da cozinha e outros prazeres solitários e domésticos. Ao lado dele em cima de uma caixa de munição de madeira vi uma gigantesca barra de chocolate inglês, de cerca de vinte e cinco centímetros por dez por dois e meio, uma pilha de revistas de carros e um bebedouro refrigerado de onze litros com um copinho de latão preso a ele por uma corrente. Tudo ao fácil alcance das mãos rosadas.

Ele não se levantou pra me receber. Colocou seus óculos redondos e disse, "Tá parecendo um Buick V-6".

"E é isso mesmo."

"Transmissão automática de duas velocidades?"

"Tem refrigeração a ar. Não sei o nome."

"Corrente de distribuição barulhenta?"

"É um bom carro."

"Sem dúvida, mas tem uma transmissão muito estranha. Se quebrar, já era. Não dá pra trocar porque você não encontra as peças."

"Isso devia valorizar ainda mais o carro."

"De que forma?"

"Este carro pode ser uma fonte imediata dessas peças difíceis de encontrar, como você diz."

"Não tem mercado, meu amigo. A demanda é zero. Por favor, me dê um crédito, eu conheço o meu negócio."

"Posso te vender este carro se você pagar o meu preço."

"Pra mim você não vai vender, não."

Rebati mostrando um dos folhetos dele. "Você disse que queria esse carro."

"Não quero, não. Qual é a quilometragem verdadeira dele?"

"Eu não sei. É um bom carro. Cheguei aqui numa boa. Isso é incrível, não é?"

"É, sim, admito."

Ele pegou uma lanterna e abriu o capô. "O que é esse arame todo em volta do coletor?"

"Arame de cabide. Contenção do motor. Suporte do motor quebrado."

"Conserto de beira de estrada?"

"É."

"Isso é interessante." Ele puxou a vareta de medição do nível de óleo do motor e cheirou a ponta. Depois deu partida no motor e ficou ouvindo por meio de uma régua de madeira, a orelha numa extremidade da régua e o bloco do motor na outra. Depois pegou um martelo de borracha e deu a volta no carro dando pancadinhas na lataria. Bebi um copo de água gelada.

"Cuidado com as abelhas", ele disse. "Elas sentem cheiro de medo."

Havia colmeias brancas nas sombras ao lado do galpão. Abelhas listradas que pareciam pesadas voavam pra lá e pra cá cuidando de seus metódicos assuntos. Eu não sabia que elas trabalhavam à noite. Atrás das colmeias vi a carcaça de um Ford. Era um Torino sedã coberto de lama cinza seca. As rodas tinham sumido e ele jazia sobre o chão em meio a flores ásperas.

Leet concluiu a inspeção veicular e voltou pro seu banco, esbofeteando com a régua a palma da mão. "Você tá com uma ferrugem feia, meu amigo. Acontece que eu sei alguma coisa sobre oxidação e o que você tem aqui tá fora de controle."

"Onde você arrumou aquele Torino? É o primeiro que vejo por estas bandas."

"Você não vê muitos. Esses negros gostam dos modelos de grande porte. Galaxies e Impalas."

"Eu tenho um igual, só que o meu é azul."

"Aquele ali é azul. O sujeito fundiu o motor em ponto morto. Reboquei por quinhentos dólares americanos e no mesmo dia vendi o ar-condicionado por duzentos. Descolei mais cem pelo rádio e o toca-fitas. Lucrei oitenta com os pneus e as calotas tipo *baby moon*. Vendi tudo menos o metal da lataria, e rápido. Eu queria ter outro desses."

"Como ele fundiu o motor em ponto morto?"

"Ele estava acelerando em ponto morto a umas cinco mil e duzentas rotações por minuto. Pegou no sono com o pé no acelerador. Bêbado, creio eu, ou um doido varrido. Ficou lá sentado com o motor esgoelando até os pistões derreterem. Um belo motor Windsor 351. Carburador limpo, terminais da bateria limpos. Tampas das válvulas limpas até que a pintura cozinhou. Nada de sujeira nem de vazamento de óleo. Nenhuma corrosão. Era um carro bem cuidado."

"É uma pena."

"Sim, é uma grande lástima. Pra mim foi um golpe de sorte, claro."

Eu já sabia a verdade, mas dei alguns passos pra olhar mais de perto e vi o adesivo da minha vistoria do Arkansas no canto do para-brisa. Aquela carcaça enlameada era o meu Torino. Passei a mão pra tirar um pouco da sujeira.

O Leet disse, "Eu posso te dar duzentos pelo pequeno Buick. Pago a taxa de transferência. Ele é um órfão, como eu digo, você não vai conseguir nada melhor que isso".

"Você já comprou o meu carro, Leet. Este Torino é meu. Tenho os documentos dele."

"Sério?"

"Sério."

"É um pouco tarde demais pra se manifestar a respeito."

"O Dupree não tinha o direito de vender o meu carro."

"O carro tava com ele."

"Você vai deixá-lo bom de novo?"

"Como é que é?"

"Estou perguntando se você vai deixá-lo bom de novo."

"Você tá querendo saber se eu vou reconstruir o seu carro pra você? Nem a pau. Vá sonhando."

"Estou falando de compensação."

"Não vai dar, meu chapa. Comprei o carro de boa-fé."

"Acho que não. Você mesmo disse que foi um golpe de sorte. Você falou que o Dupree é um doido varrido."

Leet flexionou os dedos de camarão dele. "Com certeza eu não voltaria a repetir essas declarações, não é mesmo? Na frente de terceiros."

"O Dupree não tinha documento nenhum. Você comprou o carro sem o certificado de registro."

"Mas que ladainha."

"Vou ter de investigar isso lá na cidade."

"Investigue o quanto quiser. É a sua palavra contra a minha. Não tem nada a ver comigo."

"É mais do que a minha palavra. Eu tenho os documentos."

"Beleza, vamos falar um pouco de lei, meu chapa. O carro foi licenciado no Arkansas e o cara tinha uma carteira de habilitação do Arkansas. Ele estava de posse do carro. Não cabia a mim supor que ele fosse um ladrão. Seria errado fazer isso. Essa é nada mais nada menos que a boa e velha lei inglesa."

"E essa é a equidade inglesa?"

"Como é que é?"

"Equidade. Jogo limpo. Como o hotel."

"Equidade é a vovozinha. Você não pode botar toda a culpa em mim. É sua obrigação cuidar das suas próprias coisas."

"É exatamente o que estou fazendo. Vou ter de investigar isso."

"Eu achei que o carro era dele e que ele podia vender. Comprei. Só isso. É isso aí. Agora você me aparece e diz que o carro é seu. Beleza, pago você também. Aí amanhã chega um terceiro cidadão e diz a mesma coisa. Devo pagar também, e depois o quarto e o quinto? Quanto tempo o meu negócio ia durar se eu ficasse pagando pelo mesmo carro dia após dia? Seis anos é que não."

"O seu terceiro homem não teria os documentos."

"Você e seus malditos documentos."

Como sinal de que nossa conversa estava encerrada ele retomou seu livro, *Bandeiras do mundo*, e continuou a leitura da página onde havia parado, Marrocos e Moçambique, e se pôs a estudar profundamente esses estandartes. Era um livro inglês ou europeu a julgar pela aparência das cores turvas, ou talvez fosse a luz amarelada que lhes dava esse aspecto. Senti por ele uma simpatia de colega porquinho, e tive também a impressão de que ele era o último dos Leet, que a Casa dos Leet estava chegando ao fim naquele ferro-velho tropical.

Eu disse, "Pra falar a verdade, Leet, estou pouco me lixando pro carro. Ele nem é meu. Foi meu pai quem pagou por ele, assim como por todas as outras coisas que eu tenho. Odiei encontrar o carro aqui, mas a minha briga não é com você. Agora eu vejo isso".

Essas palavras amigáveis melhoraram um pouco o clima.

Ele disse, "O rapaz era esquisito e eu desconfiei de alguma coisa. Eu admito".

"Ele tem muitas contas a acertar."

"Eu sabia que era trapaça. Não posso dizer que não sabia. Mas neste lugar a gente convive com muita pilantragem."

"Não tinha nada a ver com o carro. Agora eu vejo isso."

"Eu soube que ele era um lunático quanto pus isto aqui pra tocar. Escute só. Achei debaixo do banco. Você pode achar que é uma gravação de comédia, como eu pensei. Eu não sei o que é, uma leitura dramática ou alguma recitação maluca."

Ele inseriu o cassete no toca-fitas e a voz do dr. Buddy Casey ecoou campo escuro afora.

"'Pode nos ajudar, capitão Donahue?', ele bradou. 'Sim, major', foi a resposta vigorosa, 'meus homens estão descansados e são as pessoas certas pra esse trabalho!'."

Leet gargalhou. Arranquei a fita da máquina. "Isto é meu também, Leet." O ruído repentino tinha feito os insetos interromperem sua algazarra por um momento, mas eles não demoraram a retomá-la.

Fui embora no Buick, sem concordar em vendê-lo, e tirei a coisa toda da cabeça, como se as águas do mar nunca tivessem trazido Leet com os seus dedos gordos a estas praias. Em vez disso pensei na Christine e em seus cabelos molhados. Eu me imaginei dando uns amassos nela, e melhor, casando-me com ela, nossa vida a dois em Vermont. Ela era uma garota muito afável. Engenhosa também. Será que ela tinha de ir amiúde ao médico? Todas elas pareciam desmoronar logo depois de fazer os votos, mesmo as robustas como a Christine. Desordens femininas. Há um ou dois pontos no "encanamento" do corpo das mulheres que eu nunca entendi direito. E ainda assim lá estava a sra. Symes, com ótima disposição e saúde pra idade dela, e o Otho na sepultura havia tantos anos. Mas sobre o que a Christine e eu conversaríamos em nossos longos passeios de carro, ou mesmo nos curtos? E quanto ao Victor? Entregá-lo ao Dean talvez. Colocar numa caixa todas as suas pequenas camisetas e calças e meias — meias de bonequinho! — e despachá-lo pro Dean. Escrever "Phoenix" num papel adesivo e colar na roupa dele e embarcá-lo num ônibus expresso. Depois Christine e eu teríamos o nosso próprio filho, o pequeno Terry, uma criança bem-educada, muito esperta e de pés velozes.

Passei por um desvio arenoso com uma placa que dizia "CAMINHO PARA A PRAIA" ou algo do tipo, e guardei na cabeça a localização. Eu levaria a Christine ali, naquele mesmo lugar, pra nadar à noite. Era o tipo de coisa que atrairia o interesse dela. Nadar ao luar. Talvez a Melba preparasse uns sanduíches pra nós. Iríamos na perua. Se aquela perua falasse! Eu a ensinaria a nadar no mar luminoso. Ela provavelmente achava que morreria se colocasse a cabeça debaixo d'água.

Quando subi a rua da igreja, um jipe estava saindo e a Christine estava dentro dele. Ela gritou alguma coisa pra mim. O motorista era um homem barbudo vestindo um manto de monge e um chapéu de palha de lavrador. Calçava chinelos e um de seus pés estava encaixado na soleira do jipe, no estilo afetado de um soldado. Acenei e os chamei, mas eles não pararam, minha voz nunca tendo sido capaz de deter alguma coisa em movimento.

O filme tinha começado. A igreja estava apinhada de meninos agitados e eu mal consegui entrar. Sempre gostei do Tarzã e tal, mas não entendia por que esse senhor branco da selva era tão querido pelos negros. Nesses filmes o povo deles era mostrado como um bando de tagarelas que reviravam os olhos e largavam o que tivessem nas mãos e saíam correndo ao primeiro sinal de encrenca. Se o assunto é ação de verdade me dê um filme de submarino ou um filme que comece com um DC-3 tendo um problema de motor voando em pleno deserto. Abri caminho até a mesa do projetor onde a sra. Symes estava apoiada em sua bengala de alumínio. O menino Victor estava sentado lá no banquinho dela, encurvado pra frente e parecendo Jack Dempsey. Ele tinha fuçado as estrelinhas adesivas dela e colara uma em cada ponta dos dedos.

O suor escorria pelas bochechas empoadas da pobre velhinha. Ela tremia por causa do calor e da intensidade do salão. Estava usando um longo preto pra ocasião especial e artefatos de pérola nos lóbulos das orelhas. O velho projetor rangia, o padre Jackie não tendo julgado adequado trazer junto sua máquina de luxo. Os movimentos labiais na tela estavam uma ou duas frações de segundo atrasados em relação às vozes.

Eu disse ao Victor que se levantasse e desse o lugar à sra. Symes. Ele se levantou mas ela disse que não, preferia ficar de pé. Havia uma lustrosa mosca verde pousada em sua mão venosa e ela aparentemente não sentia. A mosca estava tão imóvel e era articulada de um modo tão perfeito que não parecia de verdade; parecia algo saído de uma joalheria ou uma loja de mágicas.

"A Christine quer que você tome conta do Victor", ela me disse.

"Tomar conta do Victor?"

"Ela saiu com o padre Jackie."

"Não estou entendendo."

"O padre Jackie queria mostrar pra ela os bonecos de coco no centro de arte folclórica."

"À noite? Quanto tempo eles vão demorar?"

"Ela quer que você cuide do Victor até ela voltar."

"Eu não posso cuidar do Victor."

"Eu estou ocupada, sr. Midge. Está quente demais pra conversar. Estou tentando assistir, se o senhor não se importa."

"E a mãe do padre Jackie? A senhora disse que ela estava aqui. Por que ela não pode tomar conta do menino?"

"Estou tentando assistir."

Era um velho filme do Tarzã que por alguma razão eu tinha perdido na televisão. Ele parecia ser da Guarda Costeira dessa vez, patrulhando as baías pantanosas da Louisiana em seu cúter e estava tendo problemas com Buster Crabbe, que era uma espécie de ladrão ou bandido cajun. Os dois também andavam às turras porque disputavam o coração da mesma mulher, e a garota não sabia o que fazer. Ela tinha a tola noção de que seria capaz de consertar o caráter de Buster Crabbe. Todo mundo se dirigia a Johnny Weissmuller como "Dave" e "Capitão" em vez de Tarzã. Um truque esperto, esse negócio de disfarce, mas nós todos estávamos impacientes pra que ele tirasse logo o uniforme e se ocupassse de alguma ação à la Tarzã com cipós e felinos grandes e crocodilos. Pra mim eles estavam enrolando demais.

Quando a sra. Symes trocou o rolo os meninos já tinham se aquietado. Alguns dormiam a sono solto. Vi Webster Spooner encostado à parede, balançando como um guarda de banco, as mãos atrás das costas. Estava quente naquele salão e eu não tinha onde me sentar. Estava com fome também. Queria escapar dali mas estava preso ao Victor. Tomar conta do Victor! Se o menino quebrasse o braço ou adoecesse ou fosse atropelado por um caminhão, seria tudo minha culpa! Talvez eu convencesse o Webster a fazer o papel de coleguinha do menino e me aliviar um pouco do fardo.

O filme se arrastava e os meninos começaram a se agitar e resmungar. Antes do fim do segundo rolo, um deles se levantou no brilho vital do projetor e disse, "Isso não ser o Tarzã, Vó".

"É também", ela disse. "Senta."

Mas não era. Era só Johnny Weissmuller na Guarda Costeira e nem mesmo em tempos de guerra. A gente podia ficar lá assistindo àquela coisa a noite inteira e ele não ia deixar de ser Dave.* O padre Jackie era cheio de truques!

Os meninos começaram a debandar em duplas e trios e o monitor na porta não fazia esforço algum pra impedi-los. Perguntei ao Victor se ele também não queria ir embora. Parecia estar drogado, entorpecido. Alcancei Webster quando ele já se encaminhava porta afora.

"Como vai, Webster?"

"A Vó tá irritada."

"Eu sei. Olha só, quero que você conheça o Victor Walls. Victor, um minuto da sua atenção. Este aqui é o Webster Spooner, um amigo meu. Ele é o mensageiro do meu hotel. Meninos, tenho um trabalho a fazer e quero que vocês me ajudem."

"Que tipo de trabalho?"

"Um trabalho importante. Vamos dar um passeio de carro."

Ambos foram no banco da frente. Parei no Jogo Limpo e disse pra me esperarem no carro enquanto eu ia ao meu quarto calçar as botas. A Ruth não estava. Fui atrás do balcão e fucei a fim de ver se tinha chegado alguma coisa pra mim. Abri a caixa de sapatos e encontrei a mensagem pro meu pai, com o dinheiro ainda preso com o alfinete. A Ruth jamais tinha ido ao posto do telégrafo. Todas as minhas cartas estavam lá também, os selos das Honduras Britânicas que eu havia endereçado a mim mesmo em Little Rock. Que hotel!

Desprendi o dinheiro do alfinete e o levei comigo escada acima e vasculhei meu quarto à procura das botas. Elas não estavam dentro da mala nem debaixo da cama. Onde poderiam estar? Não havia outro lugar naquele cubículo desguarnecido onde seria plausível esconder um par de botas pretas de engenheiro. Um cachorro, eu disse a mim mesmo. Algum cachorro da cidade tinha usado o focinho pra abrir a

---

\* O filme em questão é *Chamas de ódio* (*Swamp Fire*), de 1946, dirigido por William H. Pine e com Johnny Weissmuller no papel de Johnny Duval, Virginia Grey como Janet Hilton e Buster Crabbe como Mike Kalavich. (N.T.)

porta e carregou minhas botas na boca. Mas duas botas? Um cachorro seria capaz de fazer isso? Duas viagens, talvez. Ou dois cães. Mas na verdade eu já tinha visto algum cachorro no hotel? Não. Sem contar o foyer onde eles às vezes cabriolavam e brigavam em volta da caixa do Webster. Eu jamais tinha visto um cachorro na escada ou no corredor. Então me dei conta, com uma imensa onda de arrebatamento, de que eu não tinha um par de botas pretas de engenheiro, tampouco qualquer outro tipo de botas.

No quarto ao lado ouvi uma pessoa pesada andando pra lá e pra cá nas tábuas do assoalho. Karl, talvez, refletindo sobre o que fazer, afiando sua faca e contando os passos, tentando decidir se compraria um rádio novo ou consertaria o velho, o velho aparelho de tubo que o tinha servido tão bem em tantos quartos diferentes. Senti uma pontada visceral de dor, os pulmões, talvez, e me sentei na cama pra esperar que passasse. A dor estava concentrada num ponto ardente mais ou menos do tamanho de uma moeda de dez centavos. Eu me perguntei se poderia ter sido atingido por uma pequena bala perdida em algum momento durante a tarde. Eu já havia revisado reportagens sobre homens que tinham levado tiros e depois caminharam durante horas, dias, uma vida inteira, sem saber dos ferimentos. Talvez o próprio coração. Tomei os últimos comprimidos alaranjados, primeiro limpando a sujeira do bolso. Lá embaixo os meninos estavam apertando a buzina.

# Doze

Dirigi com cuidado na Bishop Lane. As sombras eram trai-
çoeiras sob os faróis e era difícil distinguir os buracos grandes
dos pequenos. Logo fiquei exausto de tomar tantas decisões,
metade delas equivocada, e por isso desisti de tomá-las, ou
melhor, de agir de acordo com elas, e comecei a passar pelos
buracos do jeito que vinham, sem levar em conta largura e
profundidade.

O ar da noite tinha dissipado o torpor do Victor. A
cada solavanco violento ele berrava, "Boa, Lucille!",* e Webster
gargalhava. Victor fuçava todas as maçanetas também, e queria saber por que as coisas não funcionavam, a luz do painel e
o rádio.

Ele disse, "Ei, até que velocidade esta coisa anda, hein?
Que tipo de carro velho é este, afinal? Eu odeio ele. Você precisa de um Volkswagen, onde a gente fica sentado bem lá no
alto. A minha mãe disse que os Volkswagens são os carros
mais potentes do mundo". Em sua voz havia um tom hostil. O
pequeno ianque jamais tinha sido ensinado a dizer "senhor".

"Ele corre bem", eu disse, e pisei no acelerador e passamos pelos riachos em alta velocidade. A água disparou assoalho adentro e os meninos começaram e gritar e dar pulos.
Agora eu estava dirigindo de maneira temerária.

Um animal parecido com um gato surgiu na estrada
e eu parei. Vi o rosto no clarão e ele pareceu quase humano
naquele breve momento de hesitação. Dedidiu não se arriscar
a fazer a travessia completa e voltou pro seu ponto de partida.

---

* No original, "Good deal, Lucille!", título do sucesso country homôni-
mo de 1954 escrito por Al Terry, J. D. Miller e Charles Theriot. (N.T.)

"Uma raposa!", disse Victor.

"Não", eu disse. "Era um quati, ou um quati-de-cauda-anelada. Ele é parente de um outro animal que a gente conhece bem. Um sujeitinho muito esperto que lava a própria comida. Ele tem anéis na pelagem da cauda e uma máscara preta de ladrão. Alguém sabe me dizer o nome desse animal?"

Eles não estavam me ouvindo. Atravessamos o baixio de um riacho e saímos numa pequena subida e lá no meio da estrada havia uma vaca morta. Guinei o carro pra esquerda, batendo no cadáver inchado com o farol direito. Foi uma batida de leve e eu não parei. O farol e o farol de milha do lado direito quebraram e a direção ficou ainda mais comprometida de modo que agora havia uma folga de quase meia volta no volante. A posição da barra do volante também foi alterada, da horizontal pra vertical, e com esse novo alinhamento era como se eu não conseguisse colocar as mãos no lugar certo.

"Webster?"

"Sinhor?"

"Quem é o responsável pela remoção dos animais mortos das estradas de vocês?"

"Eu não sei."

"Um daqueles ossos das costelas pode acabar entrando direto num pneu do jeito que os carros correm hoje em dia."

Eu não dava conta de manter o carro na estradinha estreita, com o que havia sobrado do volante e os problemas de iluminação. Nós balançávamos de um lado pro outro, nossa trajetória descrevia uma curva senoidal. Os arbustos esbofeteavam o chassi toda vez que saíamos da estrada. Não me ocorreu desacelerar. Numa dessas arremetidas atravessamos como uma flecha a clareira maia onde os irmãos tinham se recolhido pro descanso noturno numa das câmaras de pedra. Isto é, vi o brilho de uma vela atrás da cortina do vão da porta quando passamos a centímetros dela, mas num átimo o lugar ficou pra trás sem que os irmãos pudessem fazer muita coisa a não ser trocar olhares apreensivos.

O fim chegou minutos depois. Webster e Victor estavam se altercando e rastejando pra lá e pra cá no banco e um deles chutou a alavanca do câmbio pra posição de marcha a ré, que, naquele carro singular, ficava na extrema direita do câmbio. A transmissão tremeu e guinchou e parou antes que eu pudesse mover um músculo, minhas mãos estando ocupadas com o volante. O carro avançou em ponto morto até parar num charco.

"Agora vejam só o que vocês fizeram!"

Descemos e ficamos lá parados na lama. Os meninos estavam quietos, pra variar. Eu teria me municiado de um galho pra dar uma surra nos dois, mas a pessoa tem sempre de pesar os prós e contras das coisas e eu não queria ouvir o berreiro deles. Além disso eles poderiam sair correndo, pelo menos o segundo. Ouvi óleo pingando do motor e senti cheiro de açúcar queimado. E havia outro ruído que de imediato não fui capaz de identificar. Algo desagradável estava perturbando o ar. Então me dei conta de que era uma música rock-and-roll e devia estar vindo do rádio transistor dos índios.

Eu disse, "Tudo bem, então. Vamos a pé. Não está longe agora. Vou dizer uma coisa, é melhor ninguém mais fazer gracinhas".

"Aonde a gente vai?"

"Vamos ver o Guy Dupree."

"Você não tem uma lanterna?"

"A gente não precisa de uma. Eu consigo enxergar de noite. Consigo avistar estrelas até a sétima magnitude. Fiquem atrás de mim e pisem onde eu pisar."

Acima das árvores na estreita faixa de estrada havia um deslumbrante grupo de estrelas. Meu olho foi direto pras Nuvens de Magalhães, embora eu jamais as tivesse visto antes. Eu sabia que não conseguiria ver o Cruzeiro do Sul, não naquela época do ano. Eu tinha na mente apenas uma vaga imagem da esfera celeste mas sabia com certeza que o Cruzeiro do Sul ficava muito longe daquelas nuvens, talvez uns 180 graus. Apontei as duas galáxias pro Webster e pro Victor, ou tentei. Eles enxergaram com facilidade a Grande Nuvem mas não fui capaz de fazer com que vissem o desenho, o borrão luminoso da Pequena Nuvem, sul abaixo.

Eu disse, "Alguém sabe me dizer o que é uma galáxia? Um pouco de conhecimento sobre essas coisas pode aumentar consideravelmente o prazer de observá-las".

Não houve resposta, como antes, com a pergunta bem mais fácil sobre o guaxinim. Webster me perguntou sobre uma estrela vermelha, que não era Betelgeuse nem Antares, bem acima da nossa cabeça. Eu não soube identificá-la. "Estes horizontes são pobres", eu disse, "e na verdade não estou familiarizado com estes céus. Mas veja que coisa interessante. O Victor e eu não conseguimos enxergar todas essas estrelas onde a gente mora. Nós vemos estrelas diferentes, sabe, dependendo de onde a gente vive, no sul ou no norte".

Victor levantou a voz, "A minha mãe disse que esta é a era de Aquário".

Iniciei minha caminhada estrada abaixo a passo acelerado. Victor desobedecia constantemente às minhas ordens. Ele saiu correndo na frente e perseguiu um grupo de passarinhos saltitantes, usando as mãos pra afugentá-los.

"Pare de correr atrás desses passarinhos, Victor. Você não pode pegar passarinho nenhum. Quero que vocês dois andem atrás de mim. Eu é que devo ficar na frente o tempo todo."

"Que tipo de pássaros eles são?"

"São apenas passarinhos de estrada."

"Eles sabem falar?"

"Não."

"Eles botam os ovinhos deles na estrada?"

"Eu não sei. Fique atrás de mim e permaneça aí. Não vou mandar de novo."

"Eu odeio essa estrada e odeio todas essas árvores."

"Meninos, vocês devem fazer o que eu disser. Quero que a gente fique junto. Se vocês me obedecerem e não me derem mais trabalho, vou comprar um presente bem legal pra cada um quando a gente voltar pra cidade. Mas vocês têm que fazer exatamente o que eu mandar."

Webster disse, "Eu já sei o que eu quero. Quero um martelinho de bola e um carimbo com o meu nome e um walkie-talkie".

"O martelinho de bola e o carimbo tudo bem, mas o walkie-talkie eu não vou comprar."

Victor disse, "Eu não entendo isso. O que a gente tá fazendo aqui, afinal?".

"Eu já disse que a gente vai ver o Guy Dupree. Ele está com a minha mulher na casa dele e estou decidido a ir atrás dela. Já cansei de ficar de gracinha com ele. É uma longa história e não quero entrar em mais detalhes."

"Qual é mesmo o nome dele?"

"Guy Dupree."

"Você tá dizendo que vai brigar com ele?"

"Estou."

"Cara, essa vai ser boa. Agora eu tô contente de ter vindo."

"Chega de papo."

"Ah, garoto, essa vai ser boa pra valer. O que a gente devia fazer era arrancar a cabeça do Guy Dupree com uma faca e ver como ficam os olhos dele."

"O que eu quero que você faça é calar a boca."

"Se alguém pegasse a minha mãe, eu cortaria a cabeça dele fora e veria se a cabeça falava e depois prestaria atenção nos olhos pra ver se estavam se mexendo."

"O Webster está me obedecendo e você não. Sabe o que isso significa, Victor? Ele vai ganhar um belo presente e você não vai ganhar nada."

Tão logo elogiei Webster por seu silêncio e o destaquei como exemplo ele beliscou meu braço e fez uma pergunta, "O Guy Dupree está nas garras do diabo?".

"O Guy Dupree está arrependido. Vamos deixar assim. Não sou capaz de responder a perguntas sobre o diabo. Isso está fora do meu escopo."

"A Vó diz que o diabo tem um corpo cheio de escamas e uma língua comprida que entra e sai da boca dele como uma cobra."

"Essa é uma representação tradicional, sim. E pés de bode."

"Ela diz que ele tem um relógio de bolso de ouro de um milhão de anos e que nunca para por falta de corda."

"Nunca ouvi falar nada sobre o relógio."

"Ele sempre sabe que horas são."

"A minha mãe diz que o diabo não existe."

"A sua mãe está mal informada acerca de muitas coisas, Victor. Pode ser que ela esteja errada sobre isso também."

"Como é que o diabo faz pra estar em todos os lugares ao mesmo tempo?"

"Eu não sei, Webster. Eu já te disse que não tenho condições de responder a perguntas desse tipo. Você me vê como um sabe-tudo dos Estados Unidos que esbanja confiança, mas eu não tenho todas as respostas. Eu sou branco e não danço mas isso não significa que eu tenho todas as respostas. Agora quero que vocês dois me escutem. Daqui por diante vamos brincar do jogo do silêncio. Não quero ouvir mais um pio de ninguém até eu dar o sinal de liberado, que vai ser a minha mão aberta girando rapidamente acima da minha cabeça, assim."

Victor disse, "De presente eu quero uma espingarda de chumbinho. Quero uma que dispare umas trinta vezes".

"Eu não vou comprar uma espingarda de chumbinho. Esquece. Fora de cogitação."

"Por que a gente não pode ganhar o que a gente quer?"

"Eu não vou comprar essas porcarias caras. A espingarda e o walkie-talkie estão fora de cogitação."

"Eu odeio esses mosquitos."

Com relação aos presentes eu já tinha pensado em iniciar o Webster no negócio da venda de sorvetes. Aparentemente ninguém vendia cones de sorvete naquela terra fumegante. Um carrinho e um raspador de gelo e alguns xaropes aromatizados e copinhos no formato de cones de papel e ele estaria pronto pra pôr a mão na massa. O sr. Wu sabia reconhecer uma coisa boa quando via uma. Ele estava ganhando uma fortuna vendendo sorvete de casquinha e gastando tudo em Deus sabe quais desejos orientais, ou, mais provavelmente, guardando tudo dentro de uma meia chinesa branca com um bolsinho costurado no dedão. O Webster teria a vantagem da mobilidade. Ele poderia levar seus refrescantes sorvetes diretamente às rinhas de galo e aos festivais da colheita. Mil cones de sorvete de uva na festa do milho! Eu ainda não tinha mencionado a ideia porque não queria que ninguém descobrisse. Pro Victor alguma coisinha barata serviria. Eu tinha visto um livrinho intitulado *Diversão com ímãs* na vitrine de uma loja de variedades em Belize. O livro estava sujo e desbotado pela exposição, e eu provavelmente conseguiria comprá-lo por menos de um dólar.

Ele estava caminhando atrás de mim e entoando "Guy Dupree, Guy Dupree, Guy Dupree", e o Webster começou a cantar junto, esse cântico. Eu os fiz parar. O Victor me perguntou se eles poderiam andar de costas.

"Você pode andar do jeito que quiser desde que não fique pra trás e não faça muito barulho."

"A gente pode juntar os joelhos e dar uns passinhos?"

"Não, eu não quero que vocês façam isso."

"Você disse..."

"Eu não quero que vocês andem assim. E se você não ficar quieto eu vou enfiar uma tampa de borracha na sua boca."

"Uma tampa? Não entendi."

"Uma daquelas coisas que os bebezinhos chupam. Com um bico e uma argola na parte de fora. Se você se comporta como um bebê, eu vou ter de te tratar como um bebê."

Ele ficou quieto durante alguns minutos e depois começou a me atormentar com perguntas sobre o Buick. Como é que voltaríamos pra cidade? E se algum bandido roubasse o carro? E se ele estivesse cheio de animais quando a gente voltasse?

"Talvez eu simplesmente deixe o Buick lá. Um homem me disse hoje que não existem peças pro tipo específico de transmissão dele. Eu não estou mais interessado naquele carro e não vou mais responder a perguntas sobre ele. Entendeu?"

"Você não pode deixar o seu carro no mato."

"O assunto está encerrado. Não quero ouvir mais nenhuma palavra. Não comi nada desde manhã cedo e não consigo mais responder pergunta nenhuma."

"Se você deixar ele lá, como vai fazer pra voltar pro Texas?"

"Eu não sou do Texas."

"Na nossa perua não dá pra você ir."

"Em algum momento você me ouviu dizer que eu queria pegar uma carona na sua perua?"

"Temos apenas dois bancos. Um é meu e o outro é da minha mãe."

"Pra sua informação, Victor, eu planejo voltar pra casa de avião com a minha esposa."

"Tá, mas e se o avião entrar em parafuso e você não tiver um paraquedas pra se ejetar?"

"O avião não vai entrar em parafuso pela simples razão de que esses pilotos comerciais sabem o que estão fazendo. Além do mais todos esses aviões recebem manutenção regular. Tantas horas de voo e pronto, eles voltam pra oficina."

Não havia nenhuma luz acesa na casa do Dupree e fiquei imaginando se ele tinha escutado a nossa aproximação. Todo aquele palavrório. O mais provável é que ele estivesse posicionado num dos cômodos às escuras tramando um plano. Eu tinha certeza de que ele não conseguia nos enxergar em detalhe com aqueles olhos debilitados dele. Ele não seria capaz de ver que Victor e Webster eram crianças. Até onde ele sabia, podiam ser capangas de aluguel baixinhos ou dois jovens detetives. Eu tinha o meu próprio plano. Não pretendia expor os meninos a nenhum perigo mas achava que eles poderiam me servir muito bem e em segurança como base de fogo. Eu sabia que a força de ataque deve ser sempre no mínimo três vezes maior que o tamanho da força de defesa.

Marquei um local ao lado do depósito de lixo e, aos sussurros, instruí os meninos a juntarem pedras e amontoá-las numa pilha.

"Que tipo de pedra?"

"Pedras como esta, pra jogar. Nem muito grandes nem muito pequenas."

Em silêncio nós nos lançamos à nossa tarefa. A qualidade das pedras era ruim, em sua maioria finos fragmentos de calcário, e mesmo estas eram difíceis de encontrar. Victor parecia estar fazendo um belo trabalho. Ele corria de um lado pro outro e fazia duas e às vezes três viagens até a pilha pra cada viagem que eu e Webster fazíamos. Depois eu vi que ele estava pegando simplesmente tudo que via à mão, gravetos e latas e torrões de terra, e com essas coisas ele estava deixando a pilha de pedras com um aspecto ridículo. Em pouco tempo ele parou completamente de trabalhar e disse que estava cansado.

"Tudo bem", eu disse. "Vamos descansar um minuto."

Webster disse, "Pra que são estas pedras?".

"Vamos jogá-las naquela casa."

"Na casa do Guy Dupree?"

"É."

"Eu não gosto de fazer isso, sinhor."

"O Dupree está com a minha esposa naquela casa e talvez ela esteja doente. As pessoas ficam doentes aqui."

Webster ficou em silêncio de tanta vergonha.

"O que vocês fariam se uma gangue de invasores fanfarrões viesse lá da Guatemala e roubasse as suas mulheres? Vocês contra-atacariam, não é? E com razão. Com estas pedras a gente vai fazer o Dupree baixar a guarda e aí eu vou atravessar correndo a estrada. Quando ele se der conta eu já vou estar dentro da casa."

Nós três nos posicionamos um ao lado do outro e lançamos uma saraivada do outro lado da estrada. Fiquei decepcionado pelo efeito pífio, pelos baques surdos das pedras atingindo a madeira. Fiz os meninos se deitarem, precavendo-se contra a possibilidade de um disparo de espingarda, mas não houve nenhum tipo de resposta, sequer um latido.

Intensifiquei o ataque. A cada salva de artilharia a nossa mira melhorava e não demorou muito pra que começássemos a estilhaçar janelas. Webster e Victor rapidamente pegaram o espírito da coisa, tanto que tive de refrear o entusiasmo deles. Ainda assim, nem sinal de resposta. Eu embaralhava as coisas pra que Dupree não fosse capaz de identificar um padrão recorrente. Ora uma saraivada era instantaneamente seguida de outra, ora havia um intervalo de alguns minutos.

A certa altura, em vez de lançar a esperada carga de pedras pequenas, arremessei um pedregulho do tamanho de um cantalupo varanda adentro. Cuidado com o cháu! Logo Dupree estaria choramingando por seus comprimidos.

Mas ele era esperto e não demorei a perceber que o plano dele era esperar até o fim do fogo de barragem. Sua intenção era nos desalentar e nos deixar esfalfados. Mas eu também podia jogar esse jogo. Ordenei o cessar-fogo.

"Vamos esperar exatamente uma hora", eu disse. "Se ficarmos em absoluto silêncio, ele vai achar que fomos embora e aí vamos atacar com tudo. É isso que vai acabar com ele."

"Quando vai fazer a sua investida, sinhor?"

"Vou fazer a minha investida quando eu estiver pronto. Escreva aí na sua caderneta."

Os minutos se arrastavam. Previ que seria um problema manter os meninos quietos e desejei ter trazido alguma coisa com a qual eles pudessem passar o tempo, talvez uma bolinha que pudessem jogar um pro outro. Mas os dois estavam exaustos e caíram no sono apesar dos mosquitos.

Eu também me deitei, atrás de um baixo parapeito de rocha. Estava muito quieto pra uma selva, ou, pra ser mais preciso, uma floresta tropical marginal com algumas árvores decíduas. Eu me esforcei pra ver e ouvir as coisas, sempre um erro, dizem os manuais de reconhecimento, levando a pessoa a enxergar arbustos ganhando vida. Em dado momento julguei ver duas figuras pequenas e turvas com aspecto de ratos caminhando eretas, de mãos dadas e pavoneando-se na estrada. Imaginei inclusive ouvir tossidas de rato. Ilusão curiosa. De minuto em minuto eu consultava as horas. O vidro do meu relógio estava embaçado por dentro. Perdi o interesse nas estrelas circundantes. Ocorreu-me que se eu tivesse trazido a lanterna do doutor poderia andar de um lado pro outro emitindo sinais falsos.

Rastejei mais alguns metros e me instalei em um novo posto de observação, lembrando que Pancho Villa tinha sido um formidável deslocador noturno. Suas tropas estavam sentadas em volta da fogueira do acampamento e ele bocejava e dizia, "Bem, meninos, acho que vou puxar um ronco", ou algo parecido em espanhol, e depois se deitava e se enrolava num cobertor, diante dos olhos de todo mundo. Mas ele não ficava nesse mesmo lugar! Ele se movia três ou quatro vezes durante a noite e nem mesmo o mais fidedigno dos seus Dorados era capaz de dizer onde o general Villa acabaria aparecendo na manhã seguinte. Rastejei pra frente de novo. E talvez um pouco mais.

Cochilei e acordei. Achei que estava vendo o Cruzeiro do Sul, as estrelas formando o desenho imperfeito de uma cruz, roçando o horizonte austral. Mas isso era possível? Cochilei e dormi de novo. Filhotes de sapo com um lustro dourado cabriolavam aos meus pés. Eram idênticos em tamanho e aparência, uma ninhada de irmãos e irmãs chocados na mesma massa gelatinosa, e quando eu sacudia um dos pés todos se moviam como um só feito um cardume de peixes. Eu olhava pra eles e eles olhavam pra mim e eu me perguntava como é que conseguia vê-los com tanta nitidez, suas plácidas carinhas de sapo. Então me dei conta de que o dia já raiava. Os sapos apenas pareciam ser dourados. Eu estava deitado no meio da estrada e havia dormido durante horas. O sujeito mais à toa do mundo tinha ido pra cama de novo.

Webster e Victor continuavam dormindo. Pairava um estranho silêncio como se ao fundo alguma máquina familiar tivesse parado de funcionar. Vi na varanda provas espalhadas da tempestade de pedras. Eu me levantei e entrei no quintal passando pelo portão insignificante. Nem sinal do cachorro.

No pé da escada chamei Norma em voz alta embora soubesse que não havia ninguém naquele lugar. Senti que era uma casa vazia. Percorri o interior indo de um cômodo esquálido pro outro. Havia recipientes de água por toda parte, baldes e latas e jarras. Na varanda de trás havia uma tina cheia de água. Dentro dela boiava um morcego cinza afogado, sua pele fina e molhada ligeiramente mais escura que a tina galvanizada. Sobre a mesa não havia papéis do Dupree, somente algumas cascas de laranja e um vidro fino de molho de tomate e uma pequena fotografia. Era um retrato de Dupree e seu cão que tinha sido tirado numa dessas cabines fotográficas operadas a moedas. Ali estavam eles, as cabeças coladas, Gogue e Magogue, olhando estupidamente pra mim. Não encontrei nada que fosse da Norma, nenhum fio de cabelo dourado no travesseiro, mas não olhei as coisas com muita atenção e não me demorei.

# Treze

O Buick estava afundado até os para-choques na lama preta. Um trator de lagarta Caterpillar D-9 não teria dado conta de tirá-lo daquele lamaçal, o princípio do vácuo de Von Guericke sendo o que é, implacável, e em mais um ou dois dias o carro seria engolido inteiro pela terra. Os olheiros do Leet ainda não o tinham encontrado e o para-brisa estava livre de folhetos. Vi que do lado de dentro um nojento montículo de lama viva tinha conseguido abrir caminho à força através do buraco do assoalho.

Seguimos a pé até a ruína maia, nossas pernas das calças molhadas de orvalho e recolhendo grama e carrapichos ao longo do caminho. Nosso corpo estava dolorido de dormir no chão e nosso rosto e nossas mãos estavam cobertos de manchas e bolhas por causa das picadas de mosquitos. Fui na frente. Cada um guardou pra si mesmo seus pensamentos matinais. Victor carregava uma pedra coalhada de musgo verde-escuro de um dos lados. Ele não respondia a pergunta alguma sobre ela, não dizia quais eram seus planos pra pedra. Ficou apenas jogando-a de mão em mão até que seus dedos se cansaram.

Nossa aproximação da ruína não foi nem um pouco barulhenta ou alarmante mas tampouco furtiva o suficiente para permitir que víssemos de relance o terceiro irmão. Ele já tinha fugido pro seu esconderijo. Os outros dois estavam felizes como sempre diante da perspectiva de passar outro dia inteiro no mato. Eles nos saudaram com gritos de alegria e nos deram café e tortilhas com banha de porco enlatada de suas parcas provisões. Espalhamos a banha nas tortilhas.

Depois do café da manhã passeamos pela ruína. Eles puxaram uma pedra da pirâmide e me mostraram seu repositório secreto de estatuetas e outros artefatos, mas não me deixaram manusear os objetos. Depois apontaram pras marcas de pneus na terra macia e encenaram um carro passando em disparada pela clareira, cada um a seu modo, numa espécie de dança a motor. Um Popo bêbado, sugeri, mas eles indicaram que o veículo de Popo era muito menor e bem mais lento que a máquina fantasma. Mais uma vez eles me pediram cigarros e lhes dei um pouco do dinheiro que eu pegara da caixa da Ruth. Eles sacaram seus títulos da série E e de início pensei que estavam tentando devolvê-los. Foram até o repositório secreto e voltaram com um crânio de macaco esculpido que me ofereceram junto com os títulos. Por fim entendi qual era sua intenção. Eles queriam trocar essas coisas por uma pilha de rádio de nove volts. Claro que eu não tinha nenhuma pilha e dei a eles o resto do dinheiro e aceitei o crânio. Trocamos apertos de mãos.

Victor e Webster estavam cochilando na grama. Eu os pus de pé e caminhamos mais uns três quilômetros antes de pegarmos uma carona numa caminhonete. O motorista era americano, um sujeito de aparência hippie mas ao mesmo tempo austera, um pioneiro. Nós três nos ajeitamos atrás com os latões de leite, pernas e braços rígidos espalhados em todas as direções pra nos escorar.

Saltamos no mercado de Belize. O ar estava úmido e muito parado. Webster comprou Pepsi-Colas pra nós na loja do chinês e fiquei um pouco surpreso com isso porque a maioria das crianças é muito apegada ao próprio dinheiro. O sr. Wu propriamente dito estava indisposto, ou talvez estivesse na esquina fazendo um depósito no Banco Barclays, debaixo daquele símbolo da águia heráldica preta, ou talvez estivesse simplesmente dormindo. A mãe ou a filha ou a esposa dele estava cuidando da loja. Os bombeiros estavam sentados à mesa deles e eu disse a mim mesmo, As coisas estão acontecendo por toda parte e eles continuam tomando café. Enquanto não for um incêndio, eles não estão nem aí.

Webster foi embora cuidar de suas obrigações no hotel. Victor e eu seguimos a pé pro tabernáculo. A perua de

Christine estava parada defronte à igreja, bem como o jipe do padre Jackie. Eu sabia que Christine me diria algumas palavras duras quando visse o rosto inchado do filho.

A porta estava aberta mas aparentemente não havia ninguém. A capela era uma baderna só. Algumas das cadeiras emprestadas estavam de ponta-cabeça e o chão coberto por uma camada tão grande de papel picado que seria difícil varrer. O projetor ainda estava sobre a mesa, descoberto e desprotegido contra os minúsculos fiapos e fibras e felpas que ganham uma vida peluda e espasmódica quando são ampliados e iluminados.

Subimos a escada. Christine tinha levado pra dentro suas sacolas e lá junto à porta do doutor estava a maleta de couro áspero e enrugado dele, toda abarrotada. Mais fatos sobre malas. Os pratos do café da manhã ou do jantar ainda estavam em cima da mesa. Eu não conseguia entender o súbito declínio na arrumação da casa. Fiquei lá parado e, pensativo, comi alguns feijões-pretos frios de uma tigela. Eu estava comendo em toda oportunidade. Victor se encolheu na cadeira da Melba. Seu queixo reluzia da banha. Christine talvez não fosse uma cozinheira das melhores. As tortilhas com banha tinham sido perfeitamente aceitáveis pra ele.

Eu o acordei e descemos a escada e então ouvimos vozes atrás da tela de cinema. Na parede dos fundos havia uma porta que se abria para um pátio e foi lá que nós os encontramos — o dr. Symes e Melba e Christine e o padre Jackie. Mas onde estava a sra. Symes?

Esse pátio era um recanto de cuja existência eu não sabia, uma pequena área cercada por um cascalho de conchas brancas moídas no chão. Rosas cresciam ao longo da cerca e havia cadeiras rústicas feitas de gravetos e tiras de couro, embora não houvesse nenhuma pra mim. Sob a calha havia um barril de chuva, pra coletar água suave de lavar os cabelos. O pátio sem dúvida se destinava a ser um local de meditação, um retiro privativo, mas nessa ocasião todo mundo estava comendo melancia. O dr. Symes usava sal. Ele não conseguia enxergar os finos grãos brancos que saíam do saleiro e ricocheteava o recipiente nas costas da mão de modo a ter uma ideia do fluxo de sal. A polpa da melancia era alaranjada em vez de vermelha.

Victor foi imediatamente pro colo da Christine. A pedra era um presente pra ela. Ela disse, "Ei, uma supermusguenta!", e a examinou e colocou-a de lado e começou a tirar nacos de terra e cascalho dos cabelos do menino. Ela não me dirigiu nenhuma palavra e ninguém estava curioso pra saber de nossas aventuras por causa de um grave acontecimento que eclipsava esse tipo de coisa. Longe de ser um luau, aquilo era um velório!

A sra. Symes tinha sofrido um derrame, e, deduzi, falecera durante a noite. O dr. Symes e Christine a tinham levado pro hospital na perua, e lá ficaram com ela até receberem a notícia de que não havia esperança. Eu não pude acreditar. Uma pessoa que eu conhecia. Um dia a gente está aqui e no outro já se foi. Uma história bastante velha mas que nunca deixa de me aturdir. Depois eu supero mais ou menos com a mesma rapidez de todo mundo e logo já estou em condições de seguir em frente. Melba cortou uma fatia de melancia pra mim e me sentei nas conchas ásperas e comi com os dedos.

O padre Jackie, que tinha uma voz forte e anasalada, era quem mais falava. Ele disse, "Ela bebia água gelada além da conta mas você não podia dizer nada pra ela".

O dr. Symes se remexeu nas flácidas tiras de couro da cadeira. Ele estava todo aprumado, inclusive com o chapéu e a gravata-borboleta e a lanterna. No chão junto à sua cadeira havia um antigo cofre de aço, de cor verde-escura. Ele limpou as mãos grudentas nas calças brancas. Pude ver que ele estava impaciente com a opinião leiga do padre Jackie, com a noção de que água gelada poderia causar a morte ou até mesmo doenças graves. Até então ele vinha segurando entre os joelhos a bengala de alumínio da mãe, que agora começou a girar rapidamente entre as mãos abertas, como um escoteiro tentando fazer fogo. Tudo isso em preparação pra uma importante declaração.

Antes que ele pudesse falar, o padre Jackie disse, "De uma coisa eu sei. Não havia nada neste mundo de que a Vó tivesse medo".

"Ela tinha medo de furacóes", disse Melba. "Trombas-d'água. Qualquer vento forte ou chuva negra do sul. Aquela nuvenzinha ali em cima já a deixaria inquieta. Ela tinha medo de que pedaços voadores de vidro cortassem o pescoço dela."

O padre Jackie contou uma história sobre uma viagem que ele tinha feito com a sra. Symes a um lugar chamado Orange Walk. Os dois foram no jipe dele a fim de participar de algum tipo de venda ou leilão em um rancho falido. Ele passou o dia inteiro pregando bem-humoradas peças nela, e o efeito de algumas dessas travessuras ela havia conseguido com sucesso reverter contra ele próprio. Foi uma história interessante, ainda que um pouco longa, repleta de episódios divertidos que ilustravam diferentes aspectos do temperamento da velha senhora.

De que parte dos EUA era o padre Jackie? Eu me debatia com esse problema e não conseguia resolvê-lo. Ele falava e falava sem parar. Na minha cabeça formou-se uma teoria sobre a origem de sua voz nasal. Era a seguinte. Quando ele era criança, seu pai caçoador — um homem amargo, invejoso do futuro promissor do filho — o ensinara a falar daquela maneira, o ensinara a grasnar, a recitar "Os três menininhos perderam seus mindinhos e começaram a chorar", assim fixando desde cedo o hábito e assegurando o fracasso do menino no mundo, a demissão de todos os empregos, e até mesmo ataques nas ruas. Mas isso era realmente plausível? Não era mais provável que se tratasse apenas de uma espécie de ganido de púlpito que era ensinado no seminário onde ele havia estudado?

A história de Orange Walk era uma maravilha de boa, eu digo, e quando ela chegou ao fim Christine gargalhou e apertou o joelho do padre Jackie de um jeito íntimo e disse, "Seu danadinho!". Um dos joelhos dele aparecia através da fenda do manto marrom. Ele esticou a mão e tirou da orelha de Victor uma moeda brilhante e disse, "Meu Deus do zéu, o que é isto?", mas o menino estava num estupor de novo, a boca escancarada, e não achou graça da ilusão.

O dr. Symes viu aí sua chance e fez seu pronunciamento. Ele disse, "Eu não sei o que os poetas de Belize estão fazendo nesta manhã, mas posso dizer o que deveriam estar fazendo. Todos eles deveriam estar em seus cubículos compondo memoriais pra essa formidável senhora".

Um enorme inseto rajado passou devagar sobre nosso rosto, voando de um falante pro outro como se estivesse ouvindo. Melba deu tapas no ar, em vão. Ela me perguntou se eu tinha uma câmera. Eu disse que não e então ela perguntou ao dr. Symes. "Com certeza não", ele disse. "A Marvel tinha uma pequena câmera tipo caixa mas eu mesmo jamais fui dono de uma. Nunca fotografei coisa alguma na vida. Por que você está fazendo uma pergunta dessas?"

"Achei que seria uma boa coisa tirar nosso retrato aqui com as rosas e depois mais tarde poderíamos olhar pra ele e dizer: 'Sim, eu me lembro desse dia.'"

O dr. Symes disse que a última vez que ele havia sido fotografado fora na Califórnia. Era pra sua carteira de habilitação e não o deixaram usar seu chapéu. "Não me perguntem por quê. É apenas uma regra deles. Nada de chapéu e nada de boné. Eles têm um milhão de regras na Califórnia e essa por acaso é mais uma delas." Balançou a cabeça e riu da lembrança do bizarro lugar.

Melba disse, "Se o chapéu é seu, não vejo motivo pra não usá-lo se você quiser".

"Nem eu, Melba, mas não pode. Vi uma porção de belas fotos de pessoas usando chapéu. Algumas das melhores fotos que eu vi na vida eram de gente de chapéu. Tudo o que estou dizendo é que isso é proibido na Califórnia."

O padre Jackie disse que tinha uma câmera de 35 milímetros em seu chalé. Mas isso foi apenas à guisa de informação e ele não fez menção de ir buscá-la. Christine disse que seu ex-marido, Dean, tinha várias câmeras caras e que seu tema favorito eram suas ferramentas de conserto de relógios. Ele dispunha os pequenos instrumentos sobre um pano verde e os fotografava do alto de uma escadinha, o desafio sendo captar todas as ferramentas com um mínimo de distorção. Ela não tinha permissão para entrar no quarto enquanto ele fazia isso mas depois ele lhe mostrava as fotos reveladas e perguntava de qual ela gostava mais. Depois que ela deixou Dean e se mudou pra Mesa, ela disse, ele a perturbava espreitando à noite na frente do apartamento dela e lançando em suas janelas fachos de diferentes tipos de luzes. Não sei se ela quis dizer luzes de diferentes intensidades ou de diferentes cores, porque ela disse apenas diferentes tipos de luzes.

O padre Jackie perguntou a Melba se ela queria que ele tomasse providências acerca da publicação de notas de falecimento nos jornais locais e nos jornais de Nova Orleans.

"Vamos devagar com o andor", disse o dr. Symes. "Não queremos fazer esse tipo de coisa às pressas."

"Ficarei feliz de datilografar um obituário ze vocês me zerem as informações. Vou zizer uma coisa, esses jornais vão simplesmente zogar a coisa no zesto do lixo ze não for escrito numa máquina de escrever. Descobri isso de tanto escrever cartas ao edzitor."

O doutor disse, "Devagar com o andor, por favor, meu amigo. Você pode fazer o que quiser da parte daqui, mas eu já disse pra Melba que vou cuidar da parte da Louisiana. Vou fazer todas as notificações que precisam ser feitas. Você entende o que eu estou te dizendo?".

"Não é trabalho nenhum, eu asseguro."

"Eu o agradeço por isso e agradeço a sua preocupação mas quero que você deixe pra lá essa parte."

"Como o senhor quiser."

"Ótimo, ótimo. É isso que eu quero."

Depois o dr. Symes disse a Melba que não gostava da ideia de sua mãe ser enterrada ali naquela lama de Honduras, tão longe de seu verdadeiro lar na Louisiana onde Otho jazia. Melba disse que era uma questão dos desejos da pessoa. A sra. Symes tinha insistido no sepultamento no cemitério de Belize com os piratas e as crianças afogadas e os vagabundos sem nome, e os últimos desejos de uma pessoa, quando razoáveis, tinham de ser respeitados. Ela não tinha feito questão de um daqueles funerais simples que dão uma trabalheira pra todo mundo, mas havia um ou dois pedidos especiais. A idade dela, por exemplo. Ela era sensível com relação à própria idade e não queria uma data de aniversário inscrita em sua lápide. Que assim fosse. Melba tinha a intenção de assegurar que todos os desejos razoáveis de Nell fossem atendidos.

O doutor não fez objeções veementes. "Muito bem", ele disse. "Deixo isso nas suas mãos, Melba. Sei que você vai fazer a coisa certa. Seja lá o que você decida, vai me fazer morrer de rir."

"Não vejo razão pra você não ficar pro funeral."

"Você sabe que eu ficaria se pudesse. Nem sempre a gente pode fazer o que a gente gostaria, Melba. Precisam de mim lá em Ferriday agora e é uma viagem que não posso adiar. É imperativo que eu esteja lá pessoalmente. De qualquer maneira aqui ninguém vai sentir a minha falta. Na cerimônia vai ter tanta gente enlutada que você vai ter de instalar alto-falantes do lado de fora da capela. E em volta do altar, simplesmente por causa das lindas flores. Eu daria tudo pra ver esse formoso arranjo floral, ou uma lágrima cintilante no olho de alguma criança cujo coração a Mamãe tocou."

Eles já tinham debatido esse assunto, pude ver. Melba me mandou ao mercado pra comprar uma segunda melancia e quando voltei os dois estavam discutindo abertamente a divisão do espólio da sra. Symes. Melba tinha sido testemunha do testamento e sabia dos termos. Estava claro que ela e o doutor já tinham falado sobre essa questão também, e agora retornavam ao assunto meramente à guisa de comentário complementar. Mesmo assim, fui capaz de entender que a situação era desoladora para o dr. Symes. Sua mãe o deixara de mãos abanando. Nada pra ele, quer dizer, exceto pelo cofre verde, que continha um poema que ela escrevera sobre um furacão, com cerca de trezentos e poucos versos. O tabernáculo ficava com Melba, e certas quantidades de dinheiro iam para a menina Elizabeth e para um taxista e um faz-tudo de nome Rex. O restante dos bens ficava pra bisneta da sra. Symes, Rae Lynn Symes, que era a filha de Ivo. Era uma bela soma e seria usada no aprimoramento da educação musical da menina.

Não era uma revelação sensacional? Uma bomba? Todas as esperanças do doutor esmagadas por completo? E ainda assim ele mostrava pouca preocupação. Estava derrotado, sim, mas havia também uma espécie de monstruosa galhardia em suas maneiras.

Eu disse, "E quanto à Jean's Island?".

"Ela fica com a ilha também", ele disse. "Pra mim não sobrou um mísero centavo, mas centenas de milhares de dólares pra Rae Lynn e suas aulas de piano. Você pode ver em que posição isso coloca a Marvel. Bem no banco do motorista. A Mamãe criou justamente a situação que ela esperava evitar."

"Então não há nada a fazer."

"Nada eu não diria."

"O que, então?"

"Vou te dizer em que pé estão as coisas, Speed. Preciso estar pessoalmente na Louisiana, tudo bem? É o bastante?"

Não era exatamente o bastante mas foi tudo o que consegui arrancar dele.

Victor estava dormindo. Christine o segurava com um dos braços e com a mão livre desenhava alguma coisa. Ela disse, "Quantos anos tinha a Vó, afinal?".

Eu disse, "A Melba acabou de dizer que a idade dela era um segredo, Christine. Você não ouviu aquilo sobre a lápide?".

"Eu não ouvi isso. O que era?"

Não que a pergunta da Christine fosse propriamente inconveniente mas achei que ela deveria prestar atenção ao que as pessoas diziam. Eu não conseguia parar de pensar na lápide, mesmo durante a história sobre o testamento, ponderando sobre essa vaidade póstuma. Quais eram os temores da sra. Symes? Que as pessoas passeando pelo cemitério parassem diante do túmulo dela e computassem a idade? *Olha só esta aqui. Não admira que esteja morta.*

Christine arrancou o desenho de seu bloco e passou-o de mão em mão. Era um retrato de Melba com as mãos unidas sobre o colo em resignação. Christine talvez até fosse uma artista, quem pode dizer, mas desenhista ela não era. A única coisa que ela tinha feito certo eram os cabelos de Melba, os tufos. O rosto saiu deformado e sem vida, uma semelhança inexpressiva de retrato falado com um olho mongoloide mais baixo que o outro. Já a Melba ficou contente, se não com o retrato, pelo menos com o gesto atencioso. Ela disse, "Você é uma ótima moça, Christine".

O dr. Symes se pôs de pé e se espreguiçou. Perguntou a Melba se poderia ficar com a bengala de alumínio e ela disse que ele podia pegar o que bem quisesse dos pertences pessoais da mãe.

"Não, não, só a bengala. Tenho o meu cofre e vou ficar com a bengala pra apoio e proteção. Vai servir também como um memento, como é que é mesmo, mori."

"Devíamos sentir vergonha de nós mesmos, falando desse jeito, e a pobre da Nell lá no hospital lutando pela vida."

"Ela já passou do ponto de lutar, Melba. Pode acreditar na minha palavra de médico."

"Não sei não, Reo. Você lembra anos atrás quando ela teve aquela doença nos ossos incurável? Ela foi desenganada pelos médicos. Lembra que eles disseram que ela tinha de morrer? Disseram que ela jamais se levantaria da cama. Cinco médicos disseram que ela morreria em três dias. Queriam dar uma injeção nela e colocá-la pra dormir feito um animal. E isso foi há trinta e seis anos. Espero que hoje todos esses médicos estejam mortos."

"Pneumonia, Melba. Aspiração. Fluidos pulmonares. Neste momento a infecção está entrando em ação e ela nunca mais vai conseguir se livrar dela. Já vi isso acontecer muitas e muitas vezes com pessoas idosas. Pode acreditar no que eu digo. Dessa vez é o fim."

Ele pegou seu cofre e disse, "E agora se vocês, boas pessoas, me dão licença, vou ao hospital dar um beijo de despedida na minha velha mãe". Deu uma batidinha no meu sapato com a bengala e disse, "Speed, comporte-se", e se retirou.

Eu tinha repreendido Christine por não ouvir e o tempo todo eu é quem estava dormindo no volante. A sra. Symes não tinha exalado seu último suspiro ainda!

Algumas gotas de chuva caíram sobre nós, das graúdas. Melba disse que gotas grandes significavam que podíamos esperar um aguaceiro, acompanhado de violentas descargas elétricas céu abaixo. Ela apanhou com a mão em concha uma gota prateada e fechou os dedos e disse que aquilo a fazia lembrar algo que talvez achássemos interessante. Era uma visão recente. Ela tinha visto o dr. Symes ser abalroado por uma carreta numa movimentada rodovia americana. Era noite e caía granizo na pista expressa e ela só conseguia vê-lo de maneira intermitente junto aos faróis dos caminhões gigantes que o arremessavam de um lado pro outro, como um toureiro.

Enquanto ela falava, o inseto rajado pairava defronte ao seu rosto de um jeito irritante. Ela estapeou o ar de novo e disse, "Sai daqui, inseto malcriado!". Ela pediu que não divulgássemos a sinistra visão ao dr. Symes caso o víssemos de novo, e foi pra dentro.

Seguiu-se um silêncio constrangedor, como dois desconhecidos que de repente se veem sozinhos. Então o padre Jackie inclinou-se na minha direção e disse que a sra. Symes era uma boa mulher mas que não era da alçada dela se meter a batizar criancinhas, nem ninguém. Ela não tinha autoridade. E não competia a ela encher a cabeça das pessoas com aquela bobajada calvinista. Já com relação a Melba, ele disse, tamborilando um dos dedos na placa de aço de seu próprio crânio reconstruído, ela era um pouco doida. Tinha ataques de riso em momentos inapropriados. Certa vez tinha dado a uma menininha um camundongo tostado pro gato dela. Eu não disse uma palavra porque não queria instigar mais confidências daquele sujeito.

Christine me perguntou quem era John Selmer Dix e eu disse que era um famoso escritor. O padre Jackie disse que tinha lido vários livros de Dix e os achara excelentes. Ele disse que sempre havia sido um admirador das histórias de detetive inglesas, embora desaprovasse a prática inglesa de dar a todos os personagens americanos nomes como Hiram ou Phineas ou Homer, e de fazê-los falar de um jeito esquisito. Eu não consegui entender isso, e depois me dei conta de que ele devia ter confundido Dix com algum outro cara, com os grunhidos presunçosos de algum outro escritor. Ele perguntou a Christine se ela gostaria de lhe fazer companhia no almoço em seu chalé.

"Alguns dos rapazes e moças do Corpo da Paz vão passar lá pra uma sessão de bate-papo", ele disse. "Sei que você vai gostar deles. São pessoas realmente supimpas. É uma coisa que a gente faz sempre. Nada chique, garanto. A gente apenas toma vinho e come queijo e torradas e outros petiscos e troca ideias. Mas não diga que não avisei! Às vezes as coisas ficam acaloradas!"

Christine disse que tinha pensado em ficar no tabernáculo e relaxar e conversar com a Melba e ouvir a chuva no telhado de zinco.

Ele disse, "E quanto a você, Brad?".

Ele achava que o meu nome era Brad! Reconheci a gentileza da lembrança e desconfiei também de que aquele pessoal do Corpo da Paz talvez tivesse violões e por isso recusei.

# Catorze

Melba estava certa com relação ao aguaceiro. Não houve muitos relâmpagos mas a água caiu e o vento soprou. Venezianas de madeira foram reforçadas com ripas na cidade inteira. Folhas e ramos de palmeira quebrados e cabos de alta tensão caíram nas ruas. A luz logo foi a nocaute e todas as lojas ficaram às escuras por dentro, embora ainda não fosse nem meio-dia. Chapinhei pelo foyer do Hotel Jogo Limpo onde uma camada de cerca de três centímetros de água já havia se acumulado. Ruth desapareceu. A caixa de dormir de Webster começou a boiar e coloquei-a sobre o balcão.

Subi correndo as escadas e encontrei um magricela desconhecido sentado na minha cama. Ele calçava botinas pesadas de estilo europeu, com cadarços de uma ponta à outra. Ele estava lá sentado no escuro escrevendo num caderno com espiral. Quando abri a porta ele deu um pulo e fechou o caderno e enfiou-o debaixo de um travesseiro. Esse sujeito esquisito estava compondo alguma coisa! Eu o flagrara em pleno ato de colocar a caneta no papel e a sua vergonha era algo doloroso de ver.

"O que você quer?", ele disse.

"Este é o meu quarto."

"Foi este que ela me deu."

"Cadê a minha mala."

"Não sei. Este é o quarto que ela me mostrou. Não tinha nada aqui. Você está de saída do hotel?"

"Não, eu achava que não."

Ele era alto e amarelo e volumoso na cintura, um ectomorfo com uma pança. Tinha pinta de ser uma pessoa inteligente. As coisas dele estavam enfiadas dentro de um saco de pano plastificado e estrangulado no topo com um cordão. Ele puxou o saco mais pra perto de si, de maneira protetora. Ele me via como uma ameaça não apenas pro caderno dele mas pro saco também.

Eu o interroguei. Ele disse que tinha lugar reservado num voo da Nicaraguan Airlines com destino a Nova Orleans que fora cancelado por causa do mau tempo. Os últimos meses ele havia passado nas colinas prospectando imaculita e jade e plumas da cauda do raro pássaro quetzal. Agora estava voltando pra casa a fim de ver seu irmão montar num rodeio na prisão, e, se fosse possível, também queria ir à feira estadual. Depois voltaria pra retomar suas escavações de imaculita e lavrar certos leitos de rio com jade.

"O que é imaculita?", eu disse. "E por que ela é extraída?"

"É um cristal fino usado em instrumentos ópticos de precisão."

"Só isso?"

"Só isso. Essa é a história da imaculita."

"Engraçado que eu nunca tenha ouvido falar. Eu não me importaria de ver um pouco dessa coisa."

"Não tenho aqui comigo. E também não tenho jadeíta nem plumas da cauda do quetzal."

O modo como ele disse isso me fez pensar que estava mentindo. As minhas roupas estavam encharcadas e eu pingava água no chão. Tínhamos de conversar aos brados por causa da chuva tamborilando o telhado de zinco. O estrondo era terrível e eu pensei em Christine, que não estava acostumada a se regalar com aquele tipo de batucada em Phoenix.

"Estou curioso pra saber das minhas coisas. O menino ou a mulher levaram a minha mala daqui?"

"Não sei de nada disso. Este quarto foi o que ela me deu. Já paguei por ele mas se houve algum mal-entendido eu aceito de bom grado ir pra outro quarto."

"Olha só, por que haveria algum problema com relação a você ir à feira estadual?"

"Que eu saiba não há problema algum."

"Fiquei com a impressão de que haveria algum problema. Não é malabarismo algum ir à feira, é?"

"O rodeio é em Huntsville e a feira é em Dallas."

"Duas cidades completamente separadas, então. É isso que você quis dizer."

"É."

Ele ainda estava incomodado de ter sido pego em flagrante praticando seu vício — escrever canções ou o quê? — e pude ver que nossa conversa barulhenta e expositiva era desagradável pra ele, ele tendo acabado de chegar da solitude da floresta. O vento arrancou uma folha de zinco acima da cabeça dele. A coisa sacudiu pra baixo e pra cima algumas vezes antes de ser expelida pra longe de vez. Que fique bem claro que quando digo "zinco" estou me referindo ao termo popular pras folhas de ferro galvanizado e corrugado. Uma cascata de água desabou sobre a cama e nós a arrastamos para um canto do quarto. Agora tínhamos de falar em voz ainda mais alta por causa do vento que guinchava através do buraco no teto. Mas esse buraco, eu disse a mim mesmo, vai agir como uma saída de ar de segurança e vai impedir a casa de explodir ou de implodir sob uma súbita pressão diferencial. O chão se erguia e as paredes rangiam. O alicerce não era capaz de suportar aquelas violentas tensões.

"Acho que é um furacão", ele disse. "O que você acha?"

"Certamente é algum tipo de severa depressão."

"Talvez a gente devesse ir pra outro lugar."

"Todas as outras casas são como esta."

"O Hotel Fort George é bastante sólido."

"Mas não dizem pras pessoas ficarem dentro de um recinto? Onde você está?"

"Acho que a gente devia tentar ir pro Fort George."

"Talvez você tenha razão."

Sem a menor pressa, ele gastou um tempão pra abrir o saco e enfiar o caderno e amarrar de novo de uma maneira especial. Era tudo meio que uma encenação, aquele ar impassível que tanto ele como eu nos esforçávamos tanto pra demonstrar um pro outro, mas a bem da verdade devo dizer que eu não estava abalado por aquela convulsão da natureza. A tempestade provocou uma mudança no calor enervante e não é exagero dizer que a achei estimulante — ao menos não é um exagero desmedido. Devo dizer também que ela propiciou uma bem-vinda distração dos meus problemas pessoais.

O sujeito do Texas carregou seu saco de coisas debaixo do braço. Seu modo de correr era descoordenado e engraçado. O meu era estudado. Ele corria como um pato. A água jorrava pelas ruas, o que dificultava a ação de erguer os pés. Nós nos movíamos rápido feito flechas a sotavento de uma casa para outra. O riacho preto estava cheio demais e transbordava das margens, por causa das chuvas pesadas a montante ou do mar encapelado que bloqueava seu desaguamento, eu não sabia dizer, talvez ambas as coisas. Parecia não haver padrão no modo como o vento soprava. Vinha de todos os pontos da bússola. A velocidade também era irregular, e eram as rajadas de vento que faziam a maior parte dos estragos. Minha preocupação era com as chapas retorcidas de zinco que voavam estrondeando de um lado pro outro. Uma daquelas coisas poderia arrancar a cabeça de alguém. Alguns dos telhados tinham sido completamente desmantelados, deixando expostos somente vigas e traves. Vi uma seringueira com seus galhos mais ou menos intactos, mas todas as folhas arrancadas. Tinha um aspecto invernal.

Não conseguimos chegar ao Fort George. Um policial nos empurrou da rua pra dentro de uma área militar cercada e nos colocou pra trabalhar numa brigada de sacos de areia. A cerca de tela circundava um pátio com uma frota de veículos oficiais atrás da delegacia, e era um cenário de atividade frenética. Homens corriam de um lado para o outro e caminhões Bedford e Land Rovers entravam e saíam pelo portão. Em sua maioria os trabalhadores pareciam ser prisioneiros. Tinham sido arrancados da cadeia para encher pequenos sacos de sisal com areia e conchas quebradas. Esse material era empilhado em montes num canteiro de obras perto das garagens das viaturas.

Não havia o mínimo de pás suficientes. O texano e eu fomos incumbidos de trabalhar na unidade de carregamento. Carregávamos sacos de areia, um em cada mão, e os jogávamos dentro das caçambas dos caminhões. Depois os sacos eram levados pra construir diques e segurar sob seu peso os frágeis telhados — tarde demais, ao que parecia. Um oficial negro e grandalhão munido de um chicote de equitação e um megafone dava as ordens. Eu não entendia uma palavra do que ele dizia. Os outros o chamavam de capitão Grace. Ele tinha um revólver Webley num coldre de lona na cintura. Como convinha ao seu posto, era o homem mais calmo do pátio.

Todo mundo tinha a sua função. Webster estava lá, e ele e alguns outros meninos seguravam os sacos abertos ao passo que os detentos os enchiam. Um terceiro grupo amarrava com barbante a boca dos sacos e os demais faziam as vezes de carregadores. A chuva nos vergastava e nos cobria como mantos ofuscantes, e a areia, embora molhada, girava em redemoinhos, ferroando nosso rosto e nossos braços. Estávamos trabalhando numa área aberta mas a cerca de tela proporcionava alguma proteção contra objetos voadores. Não tive oportunidade de perguntar a Webster sobre as minhas coisas.

Entre os presidiários havia dois americanos — um jovem viciado em drogas e um homem mais velho, mais pesado. Ele estava descalço, este sujeito mais velho, como todos os demais prisioneiros, e usava uma camisa de malha rasgada dos dois lados, tamanho era o seu esforço. Ele parecia ser o chefe dos que manejavam as pás. Que penavam um bocado pra dar conta do trabalho, sendo tão poucos, e com um palavrório esportivo de incentivo ele tentava instigá-los a empreender proezas heroicas. O time dele! Ele cavava feito um louco e berrava com os rapazes por serem lerdos demais e por não segurarem os sacos devidamente abertos. Eu já tinha reparado nele antes mas pra mim ele não passava de um borrão barulhento e molhado.

Logo fui buscar uma leva de sacos no posto de trabalho dele e ele disse, "Jeito errado! Jeito errado! Coloque os sacos deste lado e saia pelo outro!". Eu vinha mantendo a cabeça abaixada de modo a proteger meus olhos das coisas que a ventania trazia e quando a levantei pra dar uma olhada naquela pessoa estridente fiquei embasbacado. Era Jack Wilkie!

Falei com ele. Ele me reconheceu e me dispensou com um aceno. Estávamos nos encontrando em circunstâncias estranhas em um lugar distante e havia muitas perguntas a serem respondidas — mas não era hora para uma visita! Foi isso que eu julguei que ele queria dizer com seus gestos urgentes. Fazia dias que ele não se barbeava e havia torrões de areia grudados em suas costeletas cor de cobre. Ele tinha de ficar segurando as calças porque estava sem cinto.

Voltei ao trabalho e refleti sobre esse novo acontecimento. Alguém me chamou. Era o sujeito magricela do Texas, pendurado na traseira de um caminhão e apoiado numa das pontas de uma comprida escada de madeira. Ele tinha sido recrutado à força para integrar um novo grupo, o grupo da escada. O saco dele estava escondido dentro de uma das garagens e ele queria que eu ficasse de olho em suas coisas durante sua ausência. Fiz que sim com a cabeça e acenei, indicando que faria o que ele estava me pedindo, mensagem entendida. O caminhão saiu e foi a última vez que vi aquele sujeito misterioso com vida. O nome dele era Spann ou Spang, o mais provável é que fosse Spann.

Três caminhões do Exército entraram pelo portão e juntos deram meia-volta numa bela manobra. Soldados britânicos saltaram no chão com pás novas prontas pro uso. Agora tínhamos um punhado de pás mas a areia tinha acabado. O oficial do Exército e o capitão Grace deliberaram. Rapidamente tomaram uma decisão. Todos os meninos pequenos foram deixados pra trás e os demais foram arrebanhados dentro dos caminhões e levados pras dunas cobertas de grama no norte da cidade. O capitão liderou o comboio em seu Land Rover azul. Jack e eu fomos juntos, e havia cerca de outros vinte homens na caçamba do nosso caminhão. Tivemos de ficar em pé. A cobertura de encerado da carroceria tinha sumido e nós nos agarrávamos à armação de madeira flexível. Pude ver que eu era mais alto do que pelo menos um daqueles soldados da Coldstream Guards, se é que de fato eles eram dessa tropa. Nós éramos jogados de um lado pro outro. Jack distribuía socos furiosos toda vez que alguém pisava em seus pés descalços.

O capitão Grace tinha feito uma excelente escolha. O novo lugar era o Comstock Lode* da areia e eu mal podia esperar pra pôr as mãos nela. Em certos pontos as dunas tinham nove metros de altura e situavam-se a cerca de duzentos e cinquenta metros da orla normal, de modo que estávamos razoavelmente bem protegidos do mar. Mesmo assim, de quando em quando uma ou outra onda monstruosa se arrastava praia afora e quebrava bem no topo das dunas, molhando-nos e deixando atrás de si um longo rastro verde de guirlandas de vegetação aquática. A areia tinha se acumulado ali entre um afloramento rochoso e um bosque de palmeiras. Os troncos finos das palmeiras estavam todos dobrados em curvas pitorescas e as frondes no topo mantinham-se histericamente eretas como um guarda-chuva do avesso. Nenhuma árvore, porém, tinha sido desarraigada, e concluí que aquele vendaval, que já amainava um pouco, provavelmente não era um furacão de grandes proporções.

Era um bom lugar pra areia, eu digo, o único senão era que os caminhões tinham de atravessar uma estreita faixa de água represada no talude interno das dunas. A água não era muito funda mas o solo era fofo e os caminhões patinavam e pelejavam pra passar com a caçamba repleta de sacos de areia. Agora nós os estávamos enchendo e carregando num ritmo muito mais intenso. Mais uma vez Jack assumiu o comando e nos instigava a frenesis de produtividade. Ninguém parecia dar a mínima. Os prisioneiros e os soldados o achavam engraçado e os oficiais ficavam afastados e o deixavam fazer seu trabalho.

Os motoristas dos caminhões vinham um atrás do outro e todas as vezes percorriam a mesma rota através da água, tal era seu treinamento ou tais eram seus instintos ou suas ordens, e de tanto chafurdar no terreno em pouco tempo converteram o vau em um charco. Como era de se prever, um dos caminhões atolou de vez e nós, os carregadores, tivemos

---

* Grande depósito de minério de prata descoberto em junho de 1859, em Virginia City, estado de Nevada; o "filão de Comstock" recebeu esse nome por causa de um dos donos da propriedade, Henry Comstock. (N.T.)

de encarar a água e remover da caçamba até o último saco de areia. Assim mais leve, o caminhão avançou cerca de vinte centímetros antes de afundar de novo.

O oficioso Jack interveio e começou a coordenar essa operação também. Tomou o volante do soldado. Era uma questão de sentir, ele disse. O truque era engatar uma marcha mais alta e começar a avançar com suavidade e depois diminuir uma marcha e acelerar a todo vapor no momento preciso em que você sentia os pneus se firmando. Foi o que Jack fez. O caminhão cambaleou, depois cambaleou de novo, e por um momento as coisas pareciam promissoras, até que todas as dez rodas submergiram uns trinta centímetros, agora um caso perdido. Jack disse que as relações de transmissão eram muito espaçadas naquele caminhão. O jovem oficial britânico, antes um tanto inseguro, corajosamente arrancou Jack da cabine e lhe disse que ficasse longe de seus veículos "em futuro" — em vez de "*no* futuro".

O segundo caminhão sucumbiu tentando desatolar o primeiro, e o terceiro fez uma viagem até a cidade e nunca mais voltou, por algum motivo que não nos foi dado conhecer. Tínhamos uma montanha de sacos por entregar e mais nenhum saco vazio para encher. As pás foram ao chão e nós nos deitamos sobre os sacos, nossa primeira pausa pra descansar em quatro ou cinco horas. A essa altura restava apenas um fiapo de fúria na tempestade, embora ainda chovesse. Um sargento do Exército zanzava à nossa frente pra mostrar que ele mesmo não estava cansado.

"Belo jeito de ganhar hemorroidas", ele disse, olhando pra nós. "O melhor jeito que eu conheço. Sentar na terra úmida desse jeito." Mas ninguém se levantou, assim como ninguém deu bola quando ele nos alertou contra os perigos de beber água demais no nosso estado de exaustão.

Jack estava respirando ruidosamente pela boca. Ele era o mais velho e era quem tinha trabalhado com mais afinco. As palmas de suas mãos eram um escabroso caos áspero de bolhas estouradas. Olhei os meus próprios dedos, dobrados em repouso e dando pequenos espasmos involuntários.

Era nossa primeira chance de conversar. Jack disse que seu Chrysler fora rebocado em Monterrey, onde ele mandou endireitar o eixo de transmissão e instalou duas novas juntas universais. Não teve dificuldade pra localizar meu paradeiro desde San Miguel. Os bebuns do bar Cucaracha lhe deram a pista da fazenda nas Honduras Britânicas. Ele não conseguiu me localizar de imediato em Belize. Foi falar com o cônsul americano e ficou sabendo das duas fazendas em nome de Dupree no país. Eu tinha dado uma bobeada, não ir falar com o cônsul, mas Jack também comeu bola. Ele foi pro lugar errado, a fazenda Dupere, aquela ao sul da cidade.

O administrador do rancho lá era um senhor idoso, ele disse, um holandês, que alegou não saber patavina sobre nenhum Guy Dupree do Arkansas. Jack não ficou satisfeito com as respostas dele e insistiu em fazer uma busca na propriedade. Relutantemente o velho permitiu mas antes que ele terminasse de esquadrinhar o local os dois tiveram uma altercação, alguma coisa a ver com um primata. Devia ter sido por causa de algum macaquinho de estimação, mas Jack chamou-o de primata.

"Aquele primata repugnante me seguia por toda parte pra onde quer que eu fosse", ele disse. "Ficava a uns dois passos atrás de mim. O velho que mandou ele fazer isso. Eu tinha visto o velho falando com o primata. Toda vez que eu abria uma porta ou olhava dentro de algum lugar, aquela besta-fera pavorosa enfiava a cabeça e olhava em torno também. Depois ele arreganhava os dentes nojentos pra mim, do jeito que eles fazem. Foi o velho quem mandou ele me seguir pra todo lado e zombar de mim e cuspir em mim. Eu disse pro velho holandês que era melhor acalmar o primata mas ele não me deu ouvidos. Eu disse tudo bem, então, vou ter de dar um tiro nele, e aí ele o mandou voltar. E foi isso. Não deu em nada. Eu não atiraria no primata nem que eu tivesse uma arma. Mas quando voltei pra cidade me prenderam. Aquele velho tinha usado o rádio pra avisar a polícia que eu saquei uma arma pra ele. Eu nem tinha arma nenhuma mas eles tomaram meu cinto e meus sapatos e me encarceraram."

Os prisioneiros negros tinham começado a se inquietar. Estavam de pé e resmungavam furiosamente entre eles. O jovem viciado americano disse que queriam cigarros. O tabaco e os papeluchos deles estavam molhados e eles queriam alguma coisa pra fumar. Era um motim do cigarro! Com seu chicote de couro o capitão Grace deu uma chibatada no pescoço do líder e isso dispersou a insurreição. Ele ordenou que todo mundo se sentasse e se dirigiu a nós através de seu megafone.

Eu não entendia uma palavra do que ele estava dizendo. Jack tampouco. Perguntei a um cabo de rosto avermelhado mas também não entendi o que ele disse. O jovem viciado tinha se habituado a ouvir aqueles discursos e explicou tudo pra nós. Agora a emergência havia chegado ao fim. Os prisioneiros e soldados deveriam aguardar o transporte. Os que haviam sido aliciados nas ruas estavam livres pra seguir o próprio caminho, voltar a pé pra cidade se quisessem, ou também poderiam esperar os caminhões.

O capitão Grace entrou em seu Land Rover e fez sinal pra que o motorista o levasse embora dali. Depois deu uma contraordem erguendo uma das mãos e o motorista parou de forma tão brusca que os pneus produziram um breve chilreio na areia úmida. O capitão desceu e caminhou na direção de Jack e disse, "Você. Você também pode ir".

"Obrigado", disse Jack. "O senhor está indo pra cidade agora naquele jipe?"

"Sim, estou."

"Que tal uma carona?"

"Carona?"

"Transporte gratuito. Preciso de transporte gratuito pra cidade."

"Comigo? Certamente que não."

"O senhor pegou meus sapatos na delegacia. Não posso ir a pé desse jeito."

Por um momento o capitão Grace foi tomado de surpresa pelo descaramento de Jack. Ele disse, "Então você pode esperar os caminhões como todos os outros".

Fizemos a pé todo o caminho de volta até Belize, minha segunda longa caminhada do dia. Uma vez que Jack estava em desvantagem, deixei que ele estabelecesse o ritmo. Jack estava descalço mas não era homem de fazer cera ou pisar com cautela por causa disso. Ele parou uma vez pra descansar, mãos nos joelhos, cabeça baixa, a postura dramática do atleta exausto. O sol surgiu. Numa curva da estrada uma nuvem de borboletas pálidas apareceu diante de nós, chegadas de surpresa talvez de outra parte do mundo. Digo isso porque elas pairavam em um único lugar como que confusas. Passamos em meio a elas.

Jack falou de como eram gostosos os ovos fritos no México e de como ele nunca enjoava deles. Eram sempre frescos, com gemas duras, ao contrário dos aguados e frios ovos de estoque do nosso próprio país. Ele falou de ovos e falou da vida. Havia de modo geral crueldade demais no mundo, ele disse, e a fonte de tudo isso era o pensamento negativo. Ele disse que eu deveria evitar pensamentos negativos se quisesse que a minha breve estada na Terra fosse feliz. A cabeça de Guy Dupree estava cheia de coisas negativas, e em menor escala a minha também. Esse era o nosso principal problema. Deveríamos limpar as nossas cabeças, e nossos corações rancorosos também.

Até onde eu sabia ele estava certo, com relação a Dupree pelo menos, mas esse papo não parecia do feitio do Jack. Não parecia o Jack Wilkie que eu conheci em Little Rock e em cuja escrivaninha havia um troço em formato de prisma que dizia: "Quando o dinheiro fala, tudo o mais cala." Meu palpite era que ele andara lendo alguma coisa em sua cela. Dois ou três dias na cadeia e ele era um grande filósofo! As ideias que são incubadas nesses lugares! Eu disse que o mal-estar de Dupree, fosse qual fosse, era somente dele, e que colocar nós dois juntos no mesmo balaio era me prestar um grande desserviço.

"Algo pra fazer você refletir", ele disse. "Só isso. Não vou dizer mais nada."

Na cidade as águas tinham retrocedido. Fomos saudados por um espetacular arco-íris que se arqueava de uma ponta à outra do estuário. Fiquei de olho pra ver se ele mudava de posição ou se desaparecia parcialmente à medida que o nosso ângulo de aproximação se alterava mas ele permaneceu fixo. As bandas coloridas eram brilhantes e nítidas — azul, amarelo e rosa —, nada de vislumbres indistintos. Era o arco-íris mais substancial que eu já tinha visto. Havia depósitos de lama nas ruas e uma mixórdia de barcos encalhados ao longo das margens do riacho. Jaziam desajeitadamente de lado. O fundo dos seus cascos brancos era coberto por um imundo matiz marrom que não deveria ser visto. Todo mundo parecia estar na rua. Mulheres e crianças resgatavam objetos flácidos em meio aos escombros. Os homens estavam bêbados.

Jack entrou na delegacia pra reclamar suas coisas. Fiquei do lado de fora no pátio da frota de veículos oficiais e olhei ao redor à procura do saco com as coisas de Spann. Tinha sumido. Eu dissera a ele que tomaria conta do saco e depois não fiz isso. Alguém o tinha roubado. Alguém naquele exato momento estava fuçando as canções dele e seu jade e suas plumas, que, eu suponho, o próprio Spann devia ter roubado, por assim dizer. Mais tarde fiquei sabendo de sua morte. Ele estava pendurando sacos de areia no alto de um telhado de zinco — um saco amarrado ao outro com um pedaço de corda — quando escorregou e caiu e foi empalado por um cano enferrujado que estava esperando por ele lá embaixo na grama.

Jack apareceu na varanda calçando sapatos pretos tipo oxford do excedente da Marinha dos EUA. As meias dele, supus, tinham sido perdidas pelo funcionário encarregado de inventariar os pertences dos presos, ou talvez queimadas. Ele ficou lá papeando de maneira amigável com um oficial negro, o sargento Wattli, talvez, agora dois camaradas incumbidos da aplicação da lei. Tudo tinha sido perdoado. Jack me viu e sacudiu no ar as chaves do carro.

O Chrysler amarelo estava estacionado em uma das garagens. Examinamos o carro e Jack apontou pra alguns borrifos de sangue na placa e no para-choque traseiro. Ele riu do sucesso de sua armadilha, que era uma lâmina de navalha presa com fita à tampa do tanque de gasolina. Uma pessoa não autorizada tinha colocado a mão ali e acabou com os dedos fatiados. Pra uma pessoa cujas próprias mãos estavam ensanguentadas, Jack demonstrou uma espantosa falta de solidariedade. Nenhuma dessas medidas de segurança tinha sido levada a efeito na parte da frente do carro. A bateria havia sumido. Os dois cabos com os terminais estavam pendurados rijamente no espaço vazio acima da bandeja da bateria vazia. Jack ficou furioso. Ele disse que exigiria uma compensação. Exigiria do capitão Grace que a cidade de Belize comprasse uma bateria nova pra ele.

"Volto já e aí a gente vai comer bacon e ovos."

Ele entrou de novo na delegacia mas dessa vez não saiu. Cansei de esperar e deixei um bilhete no carro dizendo que eu estaria no Hotel Jogo Limpo tirando um cochilo.

# Quinze

Abri caminho em meio a um mar de bêbados barulhentos. Era pôr do sol. Não haveria crespúsculo naquelas latitudes. O ar estava abafado e do chão subiam vapores. Os bêbados eram em sua maioria alegres e inofensivos mas eu não gostava de ser empurrado, e havia isso também, o medo de ser esmagado e devorado por uma maré de pessoas negras. O sonho ancestral deles! Havia árvores boiando e tambores de aço empilhados sob a ponte arqueada. Através de uma massa entrançada de galhos vi uma mula morta.

Um homem beliscou meu braço e me ofereceu bebida de uma garrafa — rum claro, acho. Algumas escamas translúcidas estavam grudadas na garrafa. Ele me fitou atentamente em busca de algum sinal de gratidão. Tomei um gole e suspirei e o agradeci e limpei a minha boca com as costas da mão em um gesto exagerado. Na beira do córrego as crianças estavam provocando, com uma câmara de ar inflada, uma cobra preta enrolada. Elas tentavam fazer a cobra dar um bote naquilo. A cobra dava uns encontrões com o focinho na borracha mas já tinha percebido que a coisa gorda e vermelha não era carne viva, somente um simulacro, e se recusava a colocar em ação seus dentes dobrados pra trás dentro da boca.

Quis saber do Webster. As crianças não o tinham visto. Eu me perguntava como ele e os outros tinham se virado durante a tempestade, pensando em todos eles um por um, inclusive na mãe do padre Jackie, em cuja pele amarela eu jamais havia posto os olhos. Será que o dr. Symes tinha saído são e salvo da cidade? E, se sim, como? Ele se recusaria a entrar em um ônibus e não iria de avião e certamente não era marinheiro. A que isso tinha levado?

Carros e caminhões se deslocavam de novo pelas ruas. Havia um buzinaço, por causa dos bêbados que atravancavam o caminho, e também em celebração à vida poupada por mais um dia. Distingui o bipe inconfundível de um Volkswagen e quase no mesmo instante vi Christine em sua perua. Ela estava presa no engarrafamento. Buzinava sem parar e batia a mão esquerda na porta. Victor estava sentado no banco soprando um apito de plástico.

Fui até ela e disse, "Você não devia estar aqui no meio disso".

"Eu estou bem, é a Melba."

As janelas do lado do motorista estavam abertas e vi Melba deitada na traseira, aninhada em meio às obras de arte e cocos verdes.

"O que há de errado com ela?"

"Eu não sei. Estou tentando levá-la pro hospital."

"Isso é uma emergência, então?"

"Pode apostar suas botas que sim."

Dei uma de batedor e fui andando à frente da perua, sacudindo os braços e abrindo caminho como um maquinista de locomotiva que espanta as vacas dos trilhos. "Abram alas!", eu berrava, "Abram um buraco! *¡Andale!* Deem passagem! *¡Cuidado!* Pra trás, por favor! Corrida pro hospital!". Sou capaz de dar um tremendo show de coragem quando represento uma causa maior do que eu.

No hospital todas as macas estavam em uso e tive de carregar Melba pra dentro do lugar e por um longo corredor apinhado de camas. Ela não pesava quase nada. Era só roupas. Seus olhos estavam abertos mas ela não falava. Só havia lugar pra esperar de pé no pronto-socorro e mesmo assim não muito. Victor encontrou num armário uma cadeira de rodas dobrada e Christine a abriu e coloquei Melba sentada nela. Não encontramos nada que pudesse servir como cinto de segurança e por isso tive de colocar no colo dela uma caixa grande de alvejante de modo a evitar que ela caísse pra frente.

Christine parou uma enfermeira ou médica e essa pessoa olhou dentro dos olhos de Melba com a ajuda de uma lanterna clínica de bolso e depois saiu andando, à maneira dos médicos, sem nos dizer coisa alguma. Pousei o queixo de Melba em cima da caixa marrom vazia pra deixá-la mais confortável. Um médico, um senhor mais velho, começou a berrar. Ele brandia no ar um recipiente de aço inoxidável e ordenou que todo mundo que não fosse paciente legítimo saísse do recinto. Teve de repetir diversas vezes essa ordem até que alguém começasse a se mexer. Outros fizeram coro ao grito, vários subalternos. Christine me disse que a identificação adequada era muito importante em um hospital. Olhamos ao redor à procura de formulários de internação e crachás. Mas agora o médico ensandecido estava berrando diretamente pra nós. Ele não nos deixou explicar as coisas e tivemos de sair. Escrevi "MELBA" na tampa da caixa na frente do queixo dela e a deixamos lá. Não consegui me lembrar do sobrenome dela, se é que algum dia eu tinha sabido qual era.

Mal saí do quarto e já me vi forçado a trabalhar de novo. Dessa vez tratava-se de ajudar os auxiliares de enfermagem do hospital a empurrar os pacientes acamados de volta aos seus respectivos quartos. Essas pessoas, camas e tudo, tinham sido transferidas pra corredores centrais durante a tempestade, longe das janelas.

Christine foi sozinha procurar a sra. Symes e animar doentes. Ela avançava alegremente de cama em cama, com a confiança de um atleta que foge da convocação pro Exército e assina autógrafos pra soldados mutilados. Alguns pacientes ficavam visivelmente revigorados pela visita, outros não esboçavam a menor reação e outros ainda ficavam desconcertados. Os que eram capazes de mexer o pescoço olhavam de relance uma segunda ou terceira vez pra ela e pro Victor passando corredor afora.

Trabalhei com um sujeito de nome Cecil, que sabia pouca coisa mais do que eu sobre o interior do hospital. Ele estava amuado porque era hora do seu jantar. Ele próprio parecia doente e de início eu o tomei por um paciente do ambulatório, mas ele disse que trabalhava ali fazia quase dois anos. Em certo momento ele se descuidou e fez a asneira de nos levar a uma sala onde sete ou oito cadáveres jaziam no chão, as cabeças todas alinhadas com precisão, como se niveladas por um barbante. Spann devia estar entre os mortos, mas dessa vez não o vi, tendo rapidamente desviado meu olhar daqueles rostos.

Nossa tarefa não era tão fácil quanto poderia parecer. As camas fora do lugar nem sempre estavam imediatamente defronte aos quartos de onde tinham saído, e havia complicadas passagens e intersecções a serem decifradas. Os pacientes também eram uma aporrinhação. Suplicavam por suco de fruta e narcóticos e queriam que seus curativos fossem trocados e reclamavam quando os deixávamos nos quartos errados ou quando não conseguíamos posicionar a cama precisamente no mesmo local de antes. Cecil, tarimbado, fazia ouvidos moucos pra esses apelos.

Eu estava exausto, morto em pé, um zumbi, e nem um pouco preparado pra segunda grande supresa daquele dia. Encontrei Norma. Foi ali naquele lugar de sofrimento concentrado que finalmente a encontrei, e meus sentidos estavam tão entorpecidos que tomei isso como uma coisa normal. Cecil e eu a estávamos empurrando pra um quarto vazio, uma garota magrinha, semiadormecida e muito pálida, quando a reconheci pela veia pulsante na testa. Os cabelos dela estavam cortados muito curtos, e em volta do pescoço havia uma echarpe ou lenço vermelho amarrado, comprido o suficiente pra dar um nó e deixar duas pontas. Alguma enfermeira zelosa tinha propiciado aquele pouco de cor, eu disse a mim mesmo, embora não fosse parte de suas atribuições fazê-lo. Meu coração se voltou para aquelas dedicadas senhoras de branco.

Falei com a Norma e ela olhou pra mim. Havia delicadas gotículas de suor sobre seu lábio superior. Ela estava com dificuldade de enxergar. Tive um tímido impulso de pegá-la nos meus braços e depois me recompus, me dando conta do quanto seria inapropriado fazer uma coisa dessas com Cecil ali ao meu lado. Cheguei mais perto, mas não uma proximidade grosseira. Não queria enfiar a minha cara de pássaro no rosto dela como Melba tinha feito tantas vezes comigo.

"Midge?", ela disse.

"Sim, sou eu. Eu estou bem aqui. Você achou que era um sonho?"

"Não."

Ela mal podia acreditar nos próprios olhos! Expliquei as coisas a Cecil, balbuciando um pouco, e vasculhei meus bolsos à procura de dinheiro ou algum outro objeto de valor que eu pudesse dar a ele, pra marcar a ocasião, mas nada encontrei e simplesmente fiquei dando tapinhas em suas costas, mais tempo do que normalmente se faz. Eu lhe disse que agora me encarregaria de tomar conta dela e que ele poderia ir cuidar da própria vida. Todas essas coisas estavam revirando na cabeça de Cecil e pude ver que ele não acreditava que ela era minha esposa, embora tivesse me chamado pelo nome. Vi nos olhos dele que ele achava que eu era um porco pervertido que precisava ser vigiado. Ele ficou plantado no vão da porta, atento pra ver se o seu jantar chegava e de olho em mim.

Interroguei Norma com alguma minúcia. As respostas que ela dava demoravam a sair e nem sempre iam direto ao ponto. Fui paciente com ela e levei em consideração a sua condição. Ela me disse que estava no hospital fazia uma semana ou dez dias. Fora submetida a uma cirurgia para retirada do apêndice. Uma semana atrás? É, talvez mais tempo. Então por que ela ainda não estava de pé? Ela não sabia. Como é que ela tinha ficado com apendicite? Ela não sabia dizer. Ela ficou internada em um quarto individual o tempo todo ou num quarto coletivo? Ela não lembrava. Ela não conseguia lembrar se havia ou não mais alguém no quarto dela? Não. Ela não sabia que havia uma grande diferença no custo desses dois tipos de acomodação? Não.

Ela virou o corpo pra encarar a parede. A manobra fez com que ela se retraísse. Parou de responder às minhas perguntas. Eu tinha tomado o cuidado de não mencionar Dupree e outras questões indelicadas mas de alguma maneira consegui ofendê-la. Alisei o lençol e o estiquei aqui e ali. Ela não rechaçou o meu toque. Ela tinha virado o rosto mas meu toque não era repugnante pra ela.

"Tenho uma surpresinha pra você", eu disse. "Eu trouxe seus remédios pra você lá de Little Rock."

Ainda de costas pra mim ela estendeu uma das mãos em concha.

"Eles não estão comigo aqui agora, mas eu trouxe. Qual é o nome do seu médico?"

Nenhuma resposta.

"Quero ter uma conversinha com esse sujeito. O que ele está dando pra você tomar? Você sabe?"

Nenhuma resposta.

"Você percebe que está só pele e osso?"

"Eu não estou com vontade de conversar, Midge. Estou tentando ser educada mas não me sinto bem."

"Você quer ir embora pra casa?"

"Quero."

"Comigo?"

"Acho que sim."

"O que tem de errado comigo?"

"Você só quer ficar dentro de casa o tempo inteiro."

"Eu não estou dentro de casa agora. Não poderia estar mais longe de casa."

"Você não me quer de volta."

"Quero, sim. Eu também sou difícil de agradar. Você sabe disso."

"Não estou com vontade de conversar agora."

"A gente não precisa conversar. Eu vou pegar uma cadeira e apenas ficar sentado aqui."

"Tá, mas desse jeito eu vou saber que você está aí."

Encontrei uma cadeira dobrável e me acomodei pra uma vigília. Uma mulher gorda e idosa passou pelo corredor e Cecil resmungou e instruiu-a a entrar no quarto. Era a mãe dele. Tinha trazido o jantar do filho em um balde de plástico. Ele fuzilou-a com o olhar pelo atraso, um furacão não era desculpa, e examinou a comida e na mesma hora rejeitou por completo algumas das coisas dentro do balde. Fiquei surpreso de ver que depois de tantos anos ela não sabia do que ele gostava. Talvez fosse impossível prever os caprichos dele. Os dois não trocaram uma palavra. Cecil não a agradeceu e ela ficou contente de permanecer lá de pé em silêncio segurando o balde vendo o filho comer, uma tarefa vagarosa e esfalfante.

Um velho inconsciente foi trazido numa cadeira de rodas pro quarto e logo depois entrou uma moça com bandejas de comida em um carrinho. Norma bebeu um pouco de chá mas não consegui convencê-la a comer nada. O velho na outra cama roncava. Comi o jantar dele. Uma enfermeira apareceu pra medir as temperaturas. Ela despachou Cecil pro berçário, onde precisavam dele pra limpar a bagunça. Ele disse que agora já tinha terminado seu turno de trabalho e ia pra casa, dirigindo-se a ela como "Irmã", embora ela não fosse freira. Ele e a mãe foram embora.

A enfermeira me disse que a recuperação de Norma era lenta porque ela não comia coisa alguma a não ser gelo. Estava desidratada também, por conta de uma persistente diarreia. Mas não havia sinal de febre e nenhum outro sinal de peritonite. "Em casos de desidratação, não eram indicados fluidos intravenosos?", perguntei. Diante dessa repreensão implícita a enfermeira tornou-se ríspida. Com relação ao plano atual de tratamento, ela disse, eu teria de tratar do assunto "com médico" em vez de "com o médico".

Esmigalhei um pão dentro de uma xícara com leite e a cada meia hora eu acordava Norma e a forçava a engolir uma ou duas colheradas. Mais tarde outra enfermeira veio com velas e pediu que as luzes e o ventilador fossem desligados de modo a permitir que mais eletricidade fosse pras áreas de maior necessidade. Pra mim a luz pouco importava porque o gerador de emergência estava produzindo voltagem suficiente apenas para esquentar o filamento da lâmpada até formar um vermelho baço. Senti falta do ventilador por causa de seu zumbido camarada. Depois que a primeira vela se extinguiu eu não acendi outra. Uma pequena espiral cinza de incenso antimosquito queimava sem chama no parapeito da janela. O caracol de fumaça voava quarto afora numa comprida voluta que manteve sua inteireza por um bom tempo. Abanei Norma com uma revista quando pensei nisso. Ela me pediu pra parar de acordá-la. Eu disse que isso não seria necessário se pelo menos ela terminasse de comer o pão com o leite e um copinho de creme de ovos com a noz-moscada por cima. De má vontade ela fez isso e depois ambos dormimos, eu na minha cadeira.

Ela me acordou antes do amanhecer e me pediu um copo com gelo picado. Gelo às cinco da manhã! Peguei alguns cubos no posto das enfermeiras e triturei com uma tesoura. Agora ela estava totalmemte desperta e disposta a conversar. Suponho que pra ela era mais fácil no escuro. Ela mastigou o gelo e me contou das viagens com Dupree. Fiquei fascinado. A voz dela era pouco mais que um sussurro mas eu ouvia com atenção cada palavra. Ela poderia ter sido uma das heroínas videntes de Melba, com olhos "sobrenaturalmente brilhantes".

Que história! Que viagem! Primeiro eles tinham ido pra Dallas, onde Dupree se encontraria com os famosos fotógrafos radicais, Hilda Monod e Jay Bomarr. Eu digo "famosos", embora Norma nunca tivesse ouvido falar daquelas pessoas. Dupree tinha entrado em contato com eles por intermédio de uma terceira pessoa em Massachusetts, um sujeito que se responsabilizara por ele, dizendo a Hilda e Jay que Dupree tinha ameaçado matar o presidente e garantindo que ele era confiável. E disse também, ou talvez tenha sido o próprio Dupree, que Dupree era dono de um shopping center em Memphis que gerava uma vasta renda agora à disposição do movimento radical. Hilda e Jay estavam ansiosos pra trocar ideias com ele, ou pelo menos foi o que eles disseram.

Mas eles não deram as caras em Dallas, e em vez disso telefonaram da Flórida para dizer que se atrasariam, que estavam ministrando um workshop numa casa de repouso pra radicais da velha guarda em Coral Gables. Dupree deveria rumar pra San Angelo e esperar. Houve outro empecilho e ele foi instruído a seguir pra Wormington e se encontrar com um sujeito chamado Bates. Bates os hospedaria em sua casa. Mas Bates não tinha sido informado acerca desse arranjo e se recusou a falar com Dupree. Bates era dono de uma caverna nos arredores de Wormington cuja temperatura era mantida a constantes quinze graus Celsius. Qual era o papel dessa gruta no escopo dos planos dos radicais, ou se é que tinha algum papel, Norma não soube dizer, e será eternamente alvo de especulação. Ela e Dupree hospedaram-se em um hotel de beira de estrada e ele andou de um lado pro outro do quarto, ficou impaciente com a enrolação e ligou pra Hilda e Jay com um ultimato. Ou eles paravam com as evasivas ou ele levaria seu dinheiro e suas ideias pra outras bandas.

Marcou-se uma reunião no México, em San Miguel de Allende. Hilda e Jay participariam de um seminário lá com um radical dinamarquês em visita ao país. Seria um lugar seguro e tranquilo pra falar de negócios. Mas eles precisavam de um carro. Será que Dupree poderia fornecer um automóvel? Não naquela ocasião, ele disse, mas uma vez em San Miguel, após um satisfatório encontro em pessoa, ele lhes entregaria as chaves de um Ford Torino.

E assim eles rumaram pro México. Norma dirigiu na maior parte do caminho porque Dupree queria dar os últimos retoques na apresentação que ele estava preparando pros dois mal-afamados radicais. Ele embaralhava seus papéis e resmungava consigo mesmo e comia barras de chocolate e dava goles em um frasco cor-de-rosa de Pepto-Bismol. Estava muito empolgado, ele disse, mas não discutiria com ela suas ideias sobre a nova ordem social, alegando que ela era burra demais pra compreender sua obra.

Por que, nesse ponto, ela não deu um tabefe na cara dele e voltou pra casa?

"Eu não sei", ela disse.

Ela não sabia! Ela sabia que ele tinha ameaçado o presidente dos Estados Unidos e que agora estava envolvido em algum outro diabólico empreendimento político e além disso estava fazendo grosseiros comentários pessoais, e ainda assim ela ficava de bobeira ao lado dele esperando mais! Então eu vi a resposta. Eu sou lento mas sei das coisas. Eu tinha lido livros e ouvido muitas canções sobre gente que é massacrada pelo amor com um machado e desaba com os joelhos trêmulos e eu achava que isso era apenas uma coisa que as pessoas diziam por dizer. E agora ali estava, o amor verdadeiro. Ela estava apaixonada por aquele macaco! Fiquei pasmo mas a bem da verdade eu não podia culpá-la. Eu sabia que ela estava confusa com a vida e o casamento, pensando que toda a gama de homens se estendia apenas do Dupree até mim e vice-versa, e eu não era capaz de guardar rancor dela, em sua condição lamentável. Mais tarde ela me disse que Dupree tinha prometido que eles se casariam novamente "em uma floresta", onde trocariam alianças em formato de coração e algum tipo de votos instantâneos improvisados na hora. Ele não tinha vergonha.

A duras penas Jay e Hilda chegaram a San Miguel com uma semana de atraso. Ficaram alguns dias empacados em Beaumont, Texas, depois que uma carreta bateu em cheio na traseira de seu Saab sedã. E ao longo do caminho houve muitos enguiços subsequentes. Nenhum dos dois dirigia, é claro, e eles viajavam com três puxa-sacos que se encarregavam desse tipo de tarefa. Cinco radicais fétidos num Saab de três cilindros! Norma não conseguia se lembrar dos nomes dos puxa-sacos. Ela disse que eles usavam pequenos bonés e se remexiam feito esquilos e abriam um sorrisinho de quem sabe das coisas quando olhavam uma pessoa no rosto. Jay e Hilda foram educados com ela mas os puxa-sacos tiraram sarro de seu sotaque.

A reunião foi um fiasco. Jay e Hilda ficaram aborrecidos ao saber que Dupree não era dono de shopping center nenhum e não tinha um centavo e nenhuma intenção de lhes dar um carro. E não apenas isso, mas falava com eles com intimidade, como um igual ou superior, como quem tinha autoridade, dizendo que queria que a dupla revisasse de cabo a rabo seu ideário, incorporando, entre outras coisas, uma nova doutrina racial. Dupree mostrou slogans provocativos que ele tinha escrito, frases pra serem gritadas. Chegou inclusive a fazer uma preleção sobre fotografia. Eles não acreditavam no que estavam ouvindo! Norma disse que Jay Bomarr ficou particularmente indignado. Desde a colisão em Beaumont ele estava usando em volta do pescoço um desconfortável e rígido colete cervical de plástico e não era fácil virar-se de lado enquanto Dupree ticava com as pontas dos dedos pontos importantes.

O encontro terminou com recriminações e com os papéis de Dupree esparramados pelo chão do Café Bugambilia. Seguiu-se um sem-número de dias vazios. Dupree perambulava pela cidade com seu cachorro. Norma já tinha começado a sofrer de desordens internas e não se afastava muito do hotel. Eu a obriguei a descrever tudo o que ela tinha comido desde Little Rock, até onde ela conseguia lembrar. Insisti e repisei tanto que ela ficou irritada e exasperada mas no fim valeu a pena porque dessa maneira fui capaz de identificar os amendoins rançosos como os causadores do problema dela. Uma vez esclarecido esse ponto, permiti que ela continuasse a contar sua história.

Ela disse que os radicais passavam a maior parte do tempo numa lanchonete perto da praça. Lá era possível fazer chamadas interurbanas e Jay era ótimo ao telefone. Eles ficavam lá sentados o dia todo sendo bajulados por jovens admiradores e comendo refeições frugais e conspirando preguiçosamente e recebendo e fazendo inúmeros telefonemas. Um dos puxa-sacos ficava o tempo inteiro plantado ao lado do Saab amassado a fim de vigiar o equipamento de câmera. Os outros dois eram chamados de Unidade de Observadores de Terreno, e andavam pela cidade escutando às escondidas as conversas e depois relatavam a Hilda e Jay o que as pessoas estavam dizendo, os assuntos do dia nesse ou naquele lugar específico. Hilda, que tinha pouco a dizer, parecia ser o verdadeiro chefe do bando.

Certa feita Dupree apareceu para uma visita rápida e estacou no vão da porta da lanchonete e tentou desconcertá-los com um olhar fixo e carrancudo. Eles viraram as cadeiras pro outro lado. Ele voltou no dia seguinte com seu cachorro e caminhou a passos lentos dentro do lugar. Saía pela porta dos fundos e reaparecia quase instantaneamente na porta da frente. O chow-chow agora tomava parte do truque! Se é que ficaram surpresos ou abalados os radicais não demonstraram e continuaram fitando Dupree com um silêncio desdenhoso.

O dinamarquês nunca deu as caras mas mesmo assim o "seminário" foi realizado, sob a sombra das árvores em um lugar chamado Parque Francês. Jay Bomarr abriu os trabalhos com seu famoso discurso, "Venham sonhar junto comigo". Que eu mesmo já tinha ouvido na Ole Miss, por incrível que pareça, no tempo em que Jay arrastava multidões. Era um sonho de sangue e de rostos esmagados, com muita lenga-lenga sobre "o povo", cujo dever histórico era tornar-se um rebanho anônimo e submeter a própria vida ao controle absoluto de uma pequena quadrilha de intelectuais astutos e perversos. Norma disse que o discurso fez razoável sucesso junto aos jovens americanos e canadenses, a julgar pelos aplausos. Nenhum mexicano compareceu exceto o professor que presidia a coisa. Dupree estava lá, de pé bem na frente, e durante algum tempo importunou Jay. Ele estava munido de um desses cacarecos de fazer barulho na véspera de ano-novo, uma matraca que ele sacudia de um lado pro outro. Os puxa-sacos a tomaram dele e o levaram pro matagal e o espancaram.

Hilda sucedeu Jay no palanque, pra debater suas premiadas fotos de "eremitas". Essa foi a palavra que Norma julgou que Hilda tinha dito, embora possa ter sido outra coisa. Semitas? Marmitas? Islamitas? Sodomitas? Norma não tinha certeza porque Hilda logo foi interrompida por Jay, que tinha um anúncio perturbador a fazer. A garrafa térmica da dupla tinha sido roubada. Ele disse que ninguém faria perguntas se a pessoa que havia surrupiado a garrafa a devolvesse sem demora. O apelo não surtiu efeito. Hilda tentou recorrer a ameaças. Ela disse que pararia de falar se a garrafa não fosse devolvida imediatamente. Houve gemidos de consternação em meio à plateia de jovens entusiastas da fotografia. Os três puxa-sacos empreenderam uma rápida busca no parque e encontraram vários objetos mas nada semelhante a uma garrafa térmica. Alguém ofereceu a Hilda uma garrafa substituta de tamanho e qualidade equivalentes. Ela disse que não servia de jeito nenhum e guardou seu material da palestra e declarou o seminário cancelado até segunda ordem. Jay e o professor tentaram persuadi-la a continuar, prometendo uma ampla investigação. Ela disse que isso estava fora de cogitação. Os radicais guardaram seus apetrechos de apoio visual e retornaram pra lanchonete, pra aguardar lá a ruína do ladrão arrependido.

Tudo isso está bastante claro. Norma me contou de maneira direta e sem rodeios e deixei a narrativa ainda mais clara em meu resumo. Mas ela não foi capaz de me fazer um relato satisfatório do restante da jornada, nada além de fragmentos sedutores. Ela não conseguiu se lembrar sequer de quando veio à tona a ideia de seguir adiante até as Honduras Britânicas. Dupree tinha dito que era um lugar idílico. Ela estava toda animada pro seu casamento na floresta lá.

Depois, ela disse, ele começou a se comportar "de maneira estranha", e pra ela fazer uma declaração dessas o que eu esperava ouvir a seguir era que Dupree tinha sido acometido de surtos de latidos. Mas não era exatamente isso. Depois que San Miguel ficou pra trás ele passou a falar com ela por meio de um pequeno megafone. Ela tinha pedido a ele que repetisse algum comentário — em apenas uma ocasião — e depois disso ele fingiu acreditar que ela estava surda. Ele enrolou um pedaço de cartolina formando um cone e colou com fita adesiva as pontas e fingiu acreditar que ela era incapaz de ouvi-lo a menos que ele falasse através do artefato, mirando diretamente na orelha dela, a cerca de trinta centímetros de distância. A lembrança da casa da fazenda provocou nela um arrepio. Ela ficou lá por uns quatro dias e doente o tempo todo. Coisas terríveis aconteceram do lado de fora. Os empregados atiraram nas vacas e espancaram Dupree e destruíram a bomba-d'água. Desse ponto em diante ele ficou impossível. Tinha ataques de fúria quando a flagrava tomando banho na tina, usando a escassa água. Ele a acusava, através do megafone, de se fingir de doente pra fugir de suas obrigações, e a acusava de colocar comprimidos de vermicida na água que ele bebia. Ele tinha uma cartela de vermífugos pro cachorro e não estava conseguindo achá-la. A essa altura a dor no lado do corpo de Norma estava quase insuportável e até mesmo Dupree viu que ela estava gravemente doente. À noite ele levou-a de carro pra cidade e deixou-a no hospital, e essa deve ter sido a noite em que ele se embebedou e ateou fogo ao meu Torino.

Que história! Dinamarca! Coral Gables! Mas eu estava começando a esmorecer e já não conseguia acompanhar os detalhes. Norma me pediu pra buscar um pouco mais de gelo e eu disse que não era de gelo que eu e ela precisávamos, mas sim de um pouco mais de sono.

O velho da outra cama acordou assim que raiou o dia. Despertou de repente e ergueu a cabeça cerca de dois centímetros, nesse ponto a gravidade levando a melhor sobre ele, e disse, "Mas que diabos está acontecendo?".

"Eu não sei", respondi com sinceridade.

Ele tinha um olho esbugalhado e vermelho na borda da pálpebra, como o sr. Proctor. Ele queria café e fui ver se conseguia arranjar um pouco.

# Dezesseis

Ruth tinha me expulsado do Jogo Limpo sem me dar ouvidos e Webster levara a minha mala pra um hotel mais barato chamado Delgado, e disse ao gerente de lá, outra mulher, que eu era um hóspede exemplar em todos os sentidos, exceto pela falta de pagamento. Ela se arriscou e me deu uma chance. Não houve dificuldades. Fui pessoalmente ao posto do telégrafo e despachei um telegrama pro meu pai pedindo dinheiro e o recebi na manhã seguinte. A localização do Delgado não era tão conveniente e as acomodações eram menos confortáveis. O preço das diárias, porém, era razoável.

Chamei um táxi e levei Norma embora do hospital e a instalei na cama do meu quarto. A mulher mandachuva do Delgado preparou uma espécie de sopa ou ensopado de peixe que era danada de boa e foi isso o que dei de comer a Norma, com arroz cozido. O médico inglês me disse que ela podia comer o que quisesse mas pra garantir achei melhor usar de cautela e não permitir frituras. Tive de negar também seu pedido de abacaxi fresco, este sendo áspero e fibroso. Depois de dois dias enfiando-lhe sopa goela abaixo eu a fiz se pôr de pé novamente, fazendo pequenas caminhadas obrigatórias pelo quarto. Ela cambaleava e reclamava. Comprei pra ela uma pulseira de dentes de tubarão. Lia pra ela trechos de revistas velhas até ela me pedir pra parar de fazer isso.

A sra. Symes tinha dormido durante todo o furacão. Ela recebeu alta do hospital naquela mesma semana, embora tenha continuado mais ou menos presa à cama. Christine e a menina Elizabeth cuidavam dela. O derrame deixou como sequelas uma leve paralisia no braço esquerdo e uma ligeira dificuldade na fala. Contudo, ela não parecia estar gravemente incapacitada.

"Mais uma vergastada de Deus Todo-Poderoso", ela me disse. Concordei com um meneio de cabeça, sem saber se ela estava se referindo à tempestade ou ao derrame. Christine flexionava o braço e os dedos da velhinha pra que os músculos dela não atrofiassem.

"Você sabe por que Deus manda essas coisas?"

Eu disse, "Não, senhora, não sei".

"Elas são mandadas pra testar a gente. Me diga uma coisa. As portas estão emperrando?"

"Estão."

"Achei o mesmo. Fica difícil pra nós quando as portas emperram."

"Eu queria saber se a senhora poderia me fazer um favor, Vó."

"Se eu puder eu faço, meu bem. Você vê a situação lamentável em que estou."

"Eu queria saber se senhora pode escrever um bilhete pro capitão Grace em nome de um amigo meu. Ele está na cadeia e precisa de uma ajuda."

Ela tinha esquecido meu primeiro nome e me perguntou qual era. Eu lhe disse e mais uma vez ela me contou que não havia ninguém chamado Ray na Bíblia. Mas tudo bem, ela disse, Ray estava de bom tamanho tanto quanto qualquer outro nome aqui na Terra. Somente Deus sabia o nosso verdadeiro nome.

Todo mundo estava doente ou na cadeia. Melba estava deitada no quarto do quadro marrom na parede. Na verdade não havia nada de errado com ela no hospital mas quando ela acordou de seu transe no pronto-socorro ela se levantou e voltou a pé pra casa e foi essa pouco habitual caminhada de uma ponta à outra da cidade que a levou a nocaute. Por isso ela também estava acamada, pela primeira vez em anos, e Christine se viu atarefadíssima, tendo de cozinhar e fazendo as vezes de enfermeira. Admirável Christine! A menina Elizabeth também era uma boa trabalhadora, e Victor era um resmungão imprestável. Perguntei a ele por que é que ele não ia brincar lá fora pra sair um pouco das costas de Christine, e ele disse que uma galinha lhe dera uma bicada na rua.

Eu fiz o que podia, atendendo aos pedidos insistentes da sra. Symes, pra descobrir o que tinha acontecido com o dr. Symes. Fiz perguntas na rodoviária e no aeroporto e no consulado. Dei outra olhada nos cadáveres do hospital, onde vi o pobre Spann, sua caneta tão ativa silenciada pra sempre. Perguntei no posto Shell e no posto Texaco. Conversei com pescadores. Quando visitei Jack na cadeia, passei os olhos por todos os detentos. Claro que eu também estava atento no que diz respeito a tentar avistar Dupree. Achei que havia uma chance excelente de que ele tivesse sido preso de novo, por um ou outro motivo. Não encontrei sinal nem de um nem de outro. A sra. Symes disse que tinha a forte sensação de que Reo estava morto, arrancado abruptamente da vida em pecado. Melba disse que não, ele ainda estava vivinho da silva e mesmo sem ter provas era essa a sua intuição. Achei que o palpite de Melba era o mais convincente dos dois.

Dei uma passada no tabernáculo pra relatar o fracasso das minhas investigações e pegar o faqueiro de prata, tendo em mente fazer uma bela surpresa. Eu pegaria uma daquelas colheres redondas do conjunto e com ela daria a sopa a Norma, e então, com um floreio e um sorriso travesso, lhe revelaria o familiar desenho floral do cabo. Isso, pensava eu, um inesperado toque de lar, suscitaria agradáveis lembranças domésticas, por meio do conhecido princípio da associação.

Mas primeiro eu tinha de ir ao escritório do jornal. A sra. Symes queria que eu fosse lá a fim de solicitar a inclusão do nome do doutor na lista de pessoas desaparecidas. Webster e alguns outros meninos estavam defronte ao lugar separando em partes iguais uma pilha de exemplares do *Clarim*. Num impulso, e isso não era do meu feitio, dei a ele o faqueiro de prata da sra. Edge. Eu o chamei e disse, "Ei, você quer isto aqui? Estou cansado de brincar com ele". O baú estava enrolado numa toalha velha e ele ficou desconfiado. "Dessa vez não é um pote", eu disse. "Isto é prata esterlina." Eu o aconselhei a levar a prataria pro padre Jackie ou algum outro adulto de confiança pra que a guardasse ou vendesse.

"O que estou dizendo é o seguinte. Não quero que você deixe a Ruth tomar isso de você." Eu o orientei a cultivar bons hábitos de leitura e o deixei lá segurando o pesado baú e voltei pro Delgado e contei a Norma o que eu tinha feito, desculpando-me por minha ação impulsiva. Ela disse que não se importava. Ela queria ir embora pra casa.

Por fim consegui que Jack fosse libertado da prisão, e não graças ao cônsul americano. Aquele sujeito esquisito disse que o assunto não era da alçada dele e que mesmo que ele pudesse não mexeria um dedo pra intervir. O bilhete-testemunho da sra. Symes deu conta do recado, combinado a um pagamento ilícito e à promessa de que Jack deixaria imediatamente o país. Ele ficou contente de ser um homem livre de novo. Arranjamos uma bateria usada num posto Texaco e sugeri uma rápida ida até Bishop Lane. Eu mostraria a Jack a casa de Dupree e ele poderia dar uma olhada no lugar e talvez encontrar algumas pistas, ver alguma coisa que eu com meus olhos inexperientes tinha deixado passar. Mas Jack já não estava preocupado com Dupree. Ele disse, "Você pode fazer o que quiser, Ray. Eu estou indo pra casa".

Norma e eu voltamos pra casa com ele no Chrysler. Ele dirigiu o caminho todo com as mãos esfoladas, não confiando em outra pessoa ao volante. Que viagem! Que grupo taciturno! Norma vociferava comigo, e Jack, que mais uma vez tinha lido coisas em sua cela, falava de ciclos econômicos e da queda do Império Romano e dos muitos paralelos impressionantes que podiam ser traçados entre aquela sociedade e a nossa. Norma me chamou de "Guy" um par de vezes. A minha própria esposa não se lembrava do meu nome.

Contei sobre o pelicano que tinha sido atingido por um raio. Eles não acreditaram. Tentei falar do sr. Symes e Webster e Spann e Karl e a atenção deles se dispersava. Então me dei conta de que teria de escrever, de apresentar tudo de forma organizada, e foi o que fiz. Mas vejo que me ocupei demais com questões preliminares e que exagerei na dose e passei muito do ponto. Que seja. Agora está feito. Deixei de fora algumas coisas, entre elas os meus não pouco importantes problemas pra lavar roupa. Mas não omiti muita coisa, e em prol do maior interesse da verdade não poupei ninguém, nem a mim mesmo.

Nossa jornada pra casa foi sem pressa. Jack dirigia apenas durante o dia. Pernoitávamos em agradáveis hoteizinhos de beira de estrada. Norma recobrou um pouco do ânimo depois que comecei a deixá-la pedir suas próprias refeições. Paramos numa praia no sul de Tampico pra dar um mergulho no Golfo. Norma entrou na água com vestido e tudo feito uma velha porque não queria que Jack visse sua cicatriz recente no abdome. Um homem apareceu com um fogareiro a carvão feito a partir de um balde e grelhou camarões pra nós lá mesmo na areia. A comida e a bebida nos deixaram com sono e passamos a noite na praia. Jack dormiu no carro.

Norma e eu ficamos a noite inteira deitados na areia morna sob um pedaço de lona dura que Jack carregava no porta-malas. Ouvimos a rebentação e contemplamos as riscas incandescentes de meteoros. Apontei pra ela a tênue luz cinérea do sol refletida pela Terra sobre a face mais escura e corcunda da Lua. Ela admitiu que sua escapada com Dupree tinha sido uma tolice e eu disse que agora deveríamos considerar o assunto encerrado. Reafirmamos nosso afeto um pelo outro.

No dia seguinte estávamos todos de bom humor e cantamos *Goodnight, Irene* e outras velhas canções enquanto íamos nos aproximando da fronteira em Matamoros. Por sua vez a euforia definhava à medida que chegávamos mais perto de casa e quando passamos por Texarkana tínhamos mais ou menos voltado a ser nós mesmos. Jack ficou solene e começou a fazer perguntas retóricas. "O que é que todo mundo está procurando?" Norma não hesitou; ela disse que todo mundo estava procurando amor. Ponderei um pouco sobre a questão e declarei que todo mundo estava procurando um bom emprego ou um trabalho pra fazer. Jack disse que havia muita gente à procura dessas coisas, mas que todas as pessoas estavam procurando um lugar onde pudessem comprar comida barata

— regularmente. Essa condição era importante porque quando mencionei os camarões baratos e deliciosos que tínhamos comido na praia, Jack disse, sim, mas não dá pra esperar que aquele cara mexicano apareça toda tarde com a grelha dele e o saco molhado e estufado de camarões.

Muito mais tarde ficamos sabendo que Dupree tinha ido por via terrestre — a pé! com botas de caubói! dando de cara com árvores! — até Honduras, a Honduras genuína. Primeiro ele foi parar num lugar no litoral chamado La Ceiba e depois pegou carona num avião de inspeção de campos de petróleo até a capital Tegucigalpa. Minha previsão era que ele se arrastaria de volta depois de uns poucos meses. Muita gente vai embora do Arkansas e a maioria acaba voltando mais cedo ou mais tarde. Não conseguem dar conta de atingir a velocidade de escape. Creio que seja mais ou menos igual em todo lugar. Mas aquele macaco ainda está lá, até onde eu sei.

Eu nunca disse coisa alguma sobre o meu Torino ao sr. Dupree. Sei com certeza que ele pagou a multa da fiança e desconfio de que tenha usado sua influência política pra deixar em banho-maria a acusação formal contra Guy, isso se a coisa não foi arquivada por completo. Sem dúvida o paradeiro de Dupree não era segredo nenhum, mas nada foi feito no sentido de prendê-lo e extraditá-lo.

A mãe de Dupree foi duas vezes de avião até lá pra ver o filho, da segunda vez pra levar um pit bull. Era o tipo de cachorro que ele queria e não conseguia encontrar em Honduras. Ela deve ter tido uma trabalheira sem fim pra introduzir aquele cachorro em outro país por via aérea, especialmente um animal grotesco como o pit bull, mas conseguiu. Não sei o que aconteceu com o chow-chow. Ela diz pra todo mundo que Guy está "pensando e escrevendo" e vai muito bem. De outras pessoas ouvi que ele perambula o dia inteiro por Tegucigalpa num estupor narcótico, cumprimentando com um meneio de cabeça os hondurenhos e fazendo longas caminhadas com suas botas largas e velhas. Ele mantém a mão esquerda enfiada no bolso, dizem, com a mão direita livre balançando em um enorme arco militar. Presumo que lhe mandem dinheiro. A pessoa pode mendigar drinques mas acho que tem de ter dinheiro pras drogas.

No Natal despachei pelo correio um catálogo da Sears para a sra. Symes e anexei meu próprio exemplar do livro *Vida de Nelson*, de Southey, pro Webster. Não tive resposta de Belize e desconfio de que o pacote foi extraviado ou roubado.

Norma recuperou a saúde e nossa convivência nunca foi tão boa. Juntos fomos a festas e a partidas de futebol americano. Tivemos um Natal formidável. Fomos ao Baile da Sociedade Americana do Câncer com a sra. Edge e um de seus rubicundos acompanhantes e eu até dancei um pouco, o que não quer dizer que perdi as estribeiras. Em janeiro obtive meu diploma de bacharelado e decidi continuar na faculdade e tentar de novo a engenharia, de olho numa pós-graduação na área da geologia e uma provável entrada no muito empolgante e instigante campo das placas tectônicas. Até que em abril, depois da última geada, Norma ficou inquieta de novo. Ela foi a Memphis visitar uma amiga chamada Marge. "Adeuzinho, adeuzinho", ela me disse, e quando dei por mim ela tinha seu próprio apartamento lá, e um emprego fazendo alguma coisa numa emissora de televisão. Ela disse que talvez voltasse mas não voltou e dessa vez eu a deixei ir embora. São só uns duzentos quilômetros até Memphis mas não fui atrás dela de novo.